花屋さんが言うことには

山本幸久

ポプラ文庫

contents

I
泰山木

Kawarazaki Flower Shop

土曜の夜中、ファミレスに呼びだされた。

相手は男だ。とは言ってもロマンチックな話ではない。四十代なかばの冴えないオジサンなのだ。

君名紀久子（きみなきくこ）のスマホに電話があったのは、三十分ほど前だ。会って話がしたいと言われ、断ろうとした。でもできなかった。最寄り駅にいると言うのだ。

いまからきみのアパートにいってもいいかな。

いいはずがない。やむなく紀久子は駅近くのファミレスを指定した。十時半までには必ずいきますので、と念を押し、慌てて外出着に着替え、さすがにスッピンはどうかと思い、軽く化粧もした。

六月アタマで、夜でも長袖シャツにパーカを重ねれば、じゅうぶん凌げた。ファミレスまでの数分間、自転車を漕いだので、汗がにじんだくらいだ。

ファミレスの前まで辿り着くと、呼びだしたオジサンが窓際に座っているのが見えた。彼も自転車に乗る紀久子に気づき、「よっ」という感じで手をあげた。会社でもおなじように挨拶をする。勤め先の上司で、第二営業部営業課第三チームリーダー補佐だ。紀久子は胸の内で補佐と呼んでいた。

気が重い。できれば引き返したいところだが、ウチに押しかけてきても困る。パーキングの端っこにある駐輪場に自転車を置き、ファミレスに入った。

「遅くに悪いね」紀久子が席に着くと、補佐が申し訳なさそうに言う。「なにか食べる？」

「私はドリンクバーだけで」

「そう？　俺、夕飯がまだだったんで、お腹減っちゃってさ。鯖煮定食頼んじゃったんだ」

十時半で夕飯がまだなのか。いや、それよりも。

「休日出勤ですか」

「え？　ああ、そっか。今日は土曜だもんな」

わざとらしい物言いだ。

「忙しいみたいですね」

「そりゃ忙しいさ。きみが会社にこないんだもん」

すみませんと危うく詫びそうになった。私はなにも悪くないと紀久子は自分に言い聞かせる。

「このあと会社、戻らなきゃならないし」

「家には帰らないんですか」

「帰っても寝るだけだからなぁ」

「奥さんになんか言われません？」

「俺がいないのがフツーだからなぁ。たまに帰ると五歳の子が、おかえりなさいじゃなくて、いらっしゃいませって言うんだぜ、はは。ウケるでしょ」

全然ウケない。

「私に話というのは」

「鯖煮定食を食べてからでいい？　きみもドリンクとってきなよ」

どんな話なのかはわかっていた。会社に戻ってこいというのだ。もちろん紀久子はきっぱり断るつもりである。それにしてもしぶとい。

十日前、社長宛に退職願いを送った。社員証と会社から支給された携帯電話もである。その日から紀久子は出社していない。すると私物のスマホにメールが山のように届き、電話もひっきりなしにかかってきた。すべて会社からだった。電源を切り、夜中にだけ確認するようにした。メールと電話は日を追う毎に減っていき、一週間もするとぱたりと止んだ。いい加減あきらめたのだろうと油断していたのがまずかった。

さきほどかかってきた電話は、０８０からはじまる電話番号で、だれだろうと思ってでたら、補佐だったのである。自分の携帯電話でかけているんだと、電話のむこうでうれしそうに言われ、紀久子はうんざりした。

ドリンクバーでプラスチックのコップに烏龍茶を注いでいると、新しい客が入ってきた。三十代前半と思しき女性で、郊外のファミレスにはあまりにそぐわないドレスアップした格好だった。なによりも目を引いたのは頭に載せた花だ。アップした髪に、白くて大きな花をあしらった髪飾りが付いていたのである。

あれってなんの花だっけ。

紀久子は名前に「キク」が含まれているが、花にはさして興味はない。それでもキレイな花があれば、足を止めて眺めるくらいはする。

遠目から見ても、女性の顔がうっすらと赤いのがわかった。黒のレースをふんだんにあしらった華やかなドレスで、肩に小さなバッグを提げ、手には白くて大きな紙袋を持っている。スタッフに案内されて歩きだしたが、いまいち足取りが心許ない。彼女は紀久子達の隣のテーブルに腰をおろし、案内したスタッフに、「グラスワインちょうだい」とオーダーした。

烏龍茶を持って席に戻る途中、紀久子はさりげなく女性を横目で窺った。その視線に気づいたらしく、彼女は微笑みかけてきた。紀久子は軽く頭を下げる。

私を知ってる?

そんなはずがない。十八歳の春、美大に通うために上京して六年以上、東京の西端にある鯨沼（くじらぬま）というこの町で暮らしている。ずっとおなじアパートで、今年の三月にはさらに二年、契約を更新した。ただし美大は地理的に東京の真ん中あたりで、電車とバスを乗り継ぎ、三十分はかかる場所だった。学生時代は美大近くのコーヒーショップでアルバイトをしていたし、やめた会社は都心だったので、六年間住んだこの町に友達どころか知りあいもいない。駅前のスーパーや帰り道のコンビニにいくことはあっても、いきつけの店などもなかった。

いや、でも。

女性をどこかで見かけたおぼえがあった。席に着いてからも思いだせない。補佐の肩越しに見える、彼女の頭に飾られた花の名前もわからないままだ。

「おっと、そうだ」補佐が箸を置き、背広の内ポケットからなにやら取りだした。「これ、忘れないうちに返しておくね」

紀久子が書いた退職願いだった。

「返すってどういうことですか」

「やめちゃ困るってことだよ」

「私はやめたいんです」

「どうして?」

「定時にはぜったい帰れない、なのにどれだけ残業をしても手当がでない、土日は必ずどちらか、あるいはどちらも出勤しなければならない、でも有給休暇はとれない、ノルマのためにやたら自社製品を自腹で買わされる、商談や営業ででかけたときの交通費も自腹、社内でトイレへいくときは上司の許可が必要、仕事のあいだに飲み物をとるのは禁止」

あげていけばキリがないが、紀久子は息が切れてしまい、口を閉じた。すると補佐がこう言った。

「だから?」

「だからやめたいんです」

「駄目だよ、そんなの。だってそうだろ。いま、きみが言ったこと、会社のだれもが文句を言わずやっているんだよ。もちろん俺もだ。みんなができて、どうしてできない？　それはきみ、ワガママっていうものだ。だいたい美大卒なんて、社会にとってなんの役にも立たないきみを、雇ってあげたんだぞ、我が社は。楯突くような真似をするとはどういうことだ？」

　美大卒をネタに、からかわれたり嫌みを言われたりはしょっちゅうあった。だがここでおとなしく引き下がるわけにはいかない。

「私、ネットで調べたんです。各都道府県では、最低時給額が決まっています。ウチの会社の場合、あきらかに都のその額を大きく下回っているんです」

「これだから若い子は困る」補佐は鯖煮定食を食べながら、肩をすくめた。「すぐネットの情報を鵜呑みにするからな。満足に仕事もできないきみが、人並みにお金をもらえるはずないだろ」

「でも労働基準法では」

「ウチの会社、そういうのは無視しているんだ」

　紀久子は我が耳を疑った。

「無視しているって、国が決めたことですよ」

「国が決めたことが甘すぎて、そんなんじゃ会社の利益がでないというのが社長の方針なんだ。バブル以降、日本が不況に喘いでいるのは労働基準法があるからだともおっしゃっていた」

そんな会社に二年もいたかと思うと、紀久子は背筋が凍った。やはりやめるべきだ。

「やめるとしたら、それだけ会社に損害を与えることになる」補佐が言った。鯖煮定食を食べおえ、食器を脇に置き、身を乗りだしてきた。「いまでさえ無断欠勤のせいで、仕事に支障を来しているからね。事実、俺の仕事量は増えたうえに、忙しい合間を抜け、きみと会って職場に復帰するよう説得している。とんだ時間の無駄遣いだ。社長はきみがやめたら損害賠償請求をすると言いだしているんだ。少なくともいままで支払ったぶんのお金を返してもらわねば割があわないと」

「そんなの困ります」

「困るよね。だから社長に交渉したんだよ。週明けには出社するように説得しますので、許してあげてくださいってね。きみは我がチームにはなくてはならない存在だからさ。それだけではない」補佐は声をひそめた。「前にも話したろ。俺はきみに個人的に好意を持っている。きみのためなら、なんでもしてあげたいんだ」

紀久子は総毛立つ。補佐には何度も言い寄られ、外回りの最中や呑み会の席で、ラブホに誘われたこともあった。もちろんこれも会社をやめる理由のひとつだ。なにがきみのためだ。おまえの性欲のためだろうが。

言い返そうにも息があがり、胸がしめつけられるように苦しくなった。額に汗がにじみでてくる。会社に通っているときもほぼ毎日、おなじ症状に見舞われた。十日前の朝には目覚めたとき苦しくて耐えきれず、とても出社できる状態ではなかった。このままでは死んでしまうと、息も絶え絶えで退職願いを書き、発送したのだ。

「キモッ」

補佐のうしろから声がしたかと思うと、花の髪飾りの女性が立ちあがった。さらにはグラスワインを片手に持って、紀久子の隣に腰をおろす。

「だ、だれだ」

「だれでもいいだろ」

「きみの知りあいか」

「友達だよ」

補佐の問いに女性が答え、紀久子の肩に左腕をまわしてきた。化粧や酒の匂いに混じって、甘い香りが漂ってくる。花の匂いにちがいない。

「会社のエロ親父に呼びだされたって連絡があったから、こうして馳せ参じたの」女性はワインを一気に呑み干した。そしてグラスを置き、紀久子の肩から左腕を外して、ぐいと伸ばし、呼びだしボタンを力任せに押す。「この子に会社の話を聞いたときは、いくらなんでも、そこまでブラックじゃないでしょとは思ってたんだけどさ。ブラックもブラック、まっくろくろすけでビックリだよ。あんまりビックリしたんで、途中からスマホで録音までしちゃった。ブラックなうえにセクハラじゃあ、この子も会社をやめるのは当然だよね」

ごくりと補佐がツバをのむ音が聞こえた。

「キクちゃん」名前を、それもちゃん付けで呼ばれ、紀久子は面食らう。「タカハシ弁護士、知ってるでしょ」

知るはずがない。だが紀久子はコクリとうなずいた。

「いま録音したのを彼に聞いてもらおっか」

「どうしてだ」補佐がいきりたつ。

「どうしてでしょうねぇ」女性はにやにや笑う。そして運ばれたグラスワインを受け取り、一口呑んでから話をつづけた。「なんにせよキクちゃんはもう会社をやめたの。損害賠償請求なんてしようものなら、こっちだってでるとこでてやるわ」

女性がはったと睨むと、補佐はごくりと唾を飲みこみ、何も言えずにいた。身体が震えてもいる。

「まだなんかある？」

「い、いや」補佐は腰を浮かせた。

「これ、持ってって」

紀久子の退職願いだ。テーブルに置きっ放しだったのを手にして、女性が補佐に突きだす。彼は中腰のままで受け取ると、元のポケットに入れた。

「あとこれも」女性は伝票二枚をヒラヒラさせる。

「ど、どうしてあなたのぶんも払わなきゃならない？」

「そりゃそっか。はは。じゃあ、こっちの伝票だけ」

補佐がそれを奪い取り、立ち去ろうとしたときだ。

「あんたも会社、やめたほうがよくない？」

女性の言葉に補佐の動きが止まる。そして顔だけをこちらにむけた。怒りを露にしながらも、目元は泣きそうだった。

「私には家族があるんだ。そうはいくもんか」


「ごめんね。私、余計なことしちゃった？」

女性は自分の手荷物を補佐がいた場所に置き、ふたたび紀久子の隣に座った。

「とんでもない。助かりました」

「そう？　よかった」

女性は呼びだしボタンを押す。

「どうして私をキクちゃんって呼ぶんです？」

「あなた、君名紀久子さんよね。だからキクちゃん」

フルネームまで知っているのか。

「どこで私の名前を？」

「私がだれかわかんない?」

女性は質問に質問で返してきた。

「顔はお見かけしたことがあるんですが、いまいち思いだせなくて」紀久子は正直に答える。「ヒントをもらえませんか」

「この数年、一年に一回は話をしているわ。先月もね」

そう言われ、女性が何者か、紀久子は気づいた。

「駅前の花屋さんですよね」

「正解っ」そこにスタッフが訪れた。「ワインをデカンタで。キクちゃんも呑む?」

「は、はい」

「グラスをもうひとつ。あとエスカルゴのオイル焼きちょうだい」

上京してはじめての母の日、実家へカーネーションを贈ろうと思い、駅前の花屋さんにお願いしたのだ。実家は北陸なので、その花屋さんが直で届けるのではない。その花屋さんは〈花天使(はなてんし)〉という生花の宅配を取り扱う会社の加盟店で、そこにお願いすれば、地元の〈花天使〉加盟店が実家へ届けてくれるシステムなのだ。ネットでも可能だが、結局、鯨沼駅前の花屋さんに前日すべりこみで頼んだ。それから毎年、隣の女性が紀久子の接客をしてくれていた。今年もそうだった。

「注文書にフルネームを書くでしょ。花が含まれているひとの名前は、自然と覚えちゃうものなのよ。簡単な字だけど珍しい名字だし。私があなたの名前を知っているのに、あなたが私の名前を知らないのは不公平よね」

　そう言いながら女性は腰を浮かせ、正面の席に置いたバッグを取った。

「名刺、切らしちゃったなぁ。しょうがない」女性はバッグからペンをだし、テーブル脇にある紙ナプキンを引き抜いた。「油性だからだいぶ滲んじゃうな」

　外島李多。

「ソトジマリタさん？」

「トジマって読むのよ、それ。一応、これでも店長なんだ。私」

　スタッフがデカンタとエスカルゴのオイル焼きを運んできた。李多が紀久子のグラスにワインを注ぐ。ならば彼女のは自分が注がねばと思い、デカンタを受け取ろうとしたが、「いいよ、いいよ」と断られてしまった。

「それでは」李多は手酌(てじゃく)で注いだグラスを高々とあげる。「キクちゃんの退職を祝ってカンパァイ」


　目覚めたのは朝の十時だった。

　マズい、遅刻だ。紀久子は飛び起きる。いや、いいんだ。私は会社をやめたんだ。自分に言い聞かせ、蒲団(ふとん)の上に正座した。少し頭が痛い。原因は呑み過ぎだ。なにせ吐く息が酒臭い。あのあとデカンタを何本空けたのか、五本から先は数えていない。エスカルゴのオイル焼き以外にもツマミを頼んだはずだが、なにを食べたかよく覚えていない。

李多と並んで座ったまま、どんな話をしたかはいまいち思いだせない。やめた会社の話だけではなく、元カレの話もしたような気がする。大学のゼミ仲間で、同学年だが一浪していた一歳上の男性がはじめての交際相手だったが、半年もしないうちに浮気されてあっさり破局、それからいままでカレシがいないことを切々と訴えた覚えはあった。

李多が元の職場の同僚の披露宴に参列した話も思いだす。二次会の幹事を任され、三次会の場所も選び、そこで会計係をして、九時にお開きとなった。そして帰宅前に一杯だけ呑みたくなり、ファミレスに寄ったのだという。元の職場がタカハシ弁護士事務所で、タカハシのタカが鳥の鷹だとも教わった。

だったら李多さん、弁護士なんですか。

ただの事務員に過ぎないわ。

そこで七年勤めたあと、母親の実家である花屋を継ぎ、八年が経ち、李多はいま三十八歳だった。

とてもそうは見えませんよ。三十代でも前半だと思いました。お世辞じゃありません。マジですよ、マジ。

そこまで思いだしてから、紀久子はベッドから下りて、浴室にむかった。洗面室兼洗濯室兼脱衣室のドアを開くなり、甘く芳しい香りが漂っているのに気づいた。

香水のように人工的な匂いではない。

泰山木。

突然、頭の中に単語が浮かぶ。その花が水を張った洗面台に浮かんでいたのである。李多が頭に付けていた白くて大きな花の名前だ。商店街の美容院に頼んで、髪飾りにしてもらった経緯を本人に聞いたのを思い出す。モクレン科の常緑高木で、明治初期に日本に渡来したことや、ミシシッピ州とルイジアナ州の州花だと彼女に教わったこともだ。

これ、あげるわ。

別れ際、李多が頭から外して、紀久子に渡してくれた。その際に花言葉も聞き、いたく感激したばかりか、視界がぱっと明るくなり、晴れ晴れとした気分になったはずなのだが、肝心な花言葉が思いだせない。

なんだったっけかなぁ。

そう考えながら、上着を脱いで洗濯機に入れたとき、右手の甲になにやら書いてあるのに気づいた。

〈川原崎花店　ヒル一時　リレキショ〉

自分の字ではない。だとしたら李多だろう。

ウチでアルバイトしない？

李多にそう言われたのはたしかだ。花屋の名前が母親の旧姓であることも聞いた。

いまから就職活動をするのは正直しんどい。しかも仕事が見つからなかったら、気持ちが沈んでいくばかりだろう。しかし働かなければお金がない。蓄えはわずかだ。家賃と食費だけで、あと三ヶ月暮らせるかどうかという程度である。実家にはもう居場所がない。三年前、兄が結婚し、奥さんだけでなく、三歳の男の子と一歳半の女の子が住んでいる。両親は健在なのでいまや六人家族なのだ。そんなところに東京で生きていく自信を失いましたと、ノコノコ帰る勇気はなかった。

ここはひとつ、花屋でアルバイトをしながら職をさがそうと、酔った頭で結論をだし、よろしくお願いしますと言った覚えはあった。右手の甲の文字はそのあと書かれたのだろう。

スーツに着替え、アパートをでたのは十一時だった。李多の文字は消えずに残っていた。油性のペンだったらしいのだ。けっこう目立つがやむを得ない。

まずは鯨沼商店街にいき、履歴書に貼るための証明写真を写真屋で撮ってもらった。それからおなじ商店街にある百円ショップで履歴書とスティック糊を購入し、これまたおなじ商店街の琉珈琲(るこーひー)なるコーヒーショップに入った。履歴書を書くためだ。〈花は見て楽しむだけではなく、ひととひととを繋ぐ最強のコミュニケーションツールだと思います。その花を売ることで、社会生活が少しでも豊かになればと考え〉云々と三十分ほどかけて、それっぽい志望動機をでっちあげた頃には、ちょうど昼どきになった。朝からなにも食べていないのを思いだし、ホットドッグとミックスサンドでお腹を満たした。

まだ早いかな。

紀久子は右手の甲を見る。〈ヒル一時〉にはまだ十分あった。鯨沼駅南口に立ち、バス停が四カ所、タクシー乗り場が一カ所の、まずまずの大きさのロータリーを挟んで真正面にある川原崎花店を見た。

むかって右をパチンコ店、左をスーパーに挟まれた、こぢんまりとした三階建てのビルの一階だ。二階は路面側の窓一面に『鯨沼囲碁倶楽部』と文字が貼ってあった。三階は中が見えないよう、窓にはカーテンが引かれている。さらにその上には四方に柵があった。どうやら屋上があるようだ。

とりあえずいくか。

紀久子はロータリーに沿って歩いていき、川原崎花店の前に辿り着く。店頭には縦八十センチ横四十センチくらいの黒板の看板があり、チョークでこう記されていた。

〈紫陽花や昨日の誠今日の嘘　正岡子規〉

どういう意味なのだろうと思いながら、店内を覗きこむ。間口は狭いが奥行きがあって、思った以上に広い。当然ながら色とりどりの花に彩られている。さらにどの花の前にもカードが置いてあった。花の名前と値段だけでなく、花にまつわる一言が綴られていた。季節柄か、アジサイが多く、その花びらは青が主だが、紫やピンク、白などもあった。花の形も少しずつちがい、名前と値段もべつべつだった。アジサイだけでも種類が豊富ということだ。

店にはスタッフがふたりだけだった。ひとりは男性で作業台で花束をつくっている。背丈が百九十センチ近く、胸板は厚くて腕も太い。大学生でもじゅうぶん通るし、四十歳過ぎと言われれば、納得してしまいそうな風貌だ。もうひとり、箒で床を掃いている女性は、ぽっちゃりとした体型で、五十歳は越えているだろう。どちらも鶯色のエプロンをかけていた。

「あら、やだ、ごめんなさいね、気がつかないで」人懐っこい笑みを浮かべ、女性が声をかけてきた。「ちょっと待っててね。このゴミ、片付けたら話うかがいますんで」

掃き集めたゴミを、フタ付きのちりとりに箒でそそくさと入れると、掃除道具を脇に置き、紀久子に近寄ってきた。

「どんな花をご所望で？　ご自宅用？　それともプレゼント？　どちらにしてもいまの季節はアジサイがお薦めかしらね」

「表の看板に正岡子規の俳句が書いてありましたけど、あれは」どういう意味ですかと訊ねる前に、女性は「紫陽花や昨日の誠今日の嘘」と諳んじた。「アジサイの色が日々変わるように、ひとの心も昨日と今日ではちがうってことよ」

なるほど。紀久子はいたく納得する。

「スタンダードな青いアジサイがいちばんの売れ筋なんだけど、あなたみたいな若いお嬢さんなら、こちらのアジサイを気に入ってくださるんじゃないかしら」

アジサイの割には花が小さく、葉っぱも小振りで枝も細い。可憐で繊細な印象を受ける。カードには〈ヤマアジサイ　紅〉と記されている。紅には〈くれない〉とルビが振ってあり、〈でも花が白いのはどうしてかな？　スタッフに聞いてみてください〉と一言添えてあった。

「どうしてですか」

「咲きはじめは白いんですけど、太陽の光を浴びることによって、段々と赤というか、ピンクになるの。だから花びら同士が重なっているところとか花の中心は白いままだったり、色が変化しても薄かったりするのよ。入荷するの大変だったんで、お値段は張りますけどね。気に入ってくだされば、勉強させてもらいますわ」

どうしようかなと考えている自分に、紀久子は気づいた。危うくアジサイを買ってしまいそうだ。

「ち、ちがうんです」

「アジサイはお嫌？　だったらいまの時期にしかでまわらない、かわいらしい花があるの。見るだけ見ない？」

女性に誘われるがまま、店内へ入っていく。

「これはいかが」

「かわいい」紀久子は声にだして言ってしまう。色は淡いピンク色で、風鈴みたいなカタチの花だなと思っていると、その花の前にあるカードには〈カンパニュラ 和名を風鈴草あるいは釣鐘草といいます〉と書いてあった。

「でしょう?」我が意を得たりとばかりに、女性は頷く。「茎の下から花が咲いていくから、上のほうはまだ蕾なの。プレゼント用だったら超オススメよ」

「どうしてです?」

「カンパニュラの花言葉はね。感謝、誠実な愛、共感、節操、思いを告げる、なのよ」

　思いを告げる相手などいない。これから先、いるかどうか不安だが、いまはそれどころではない。

「お薦めいただいて、大変申し訳ないのですが」

「これもお気に召しません?　だったら」

「私、花を買いにきたんじゃないんです」

「なんだ、多肉植物が欲しかったのね。だったら早く言ってちょうだいよぉ。ウチ、数はそんなにないけど、粒揃いなのよ。見て見てぇ」

　見る見るぅと付いていってしまいそうな自分を抑える。

「店長の外島さん、いらっしゃいますか」

「店長になんの御用？　雑誌かなにかの取材？」

「ではなくて」

「手」花束をつくる大男が言うのが聞こえた。

「手がどうしたの、ハガくん？」

「そのひとの右手」大男の視線は紀久子の右手にむけられていた。「李多さんが書いたんだと思います」

「見せて」断る暇もなく、女性は紀久子の右手をとる。「なるほど、李多さんの文字だわ。リレキショってことは面接にきたわけね」

「は、はい」

「だったら早くそう言ってよぉ」

「すみません」ここは謝るしかない。

「まあ、いいわ。さすがにもう起きていると思うの。電話するわね」

女性はレジカウンターの中に入り、壁に貼り付いた電話の受話器を取って、ボタンをいくつか押した。どこに電話をするのだろうと思っていると、女性は「お嬢さん、名前はなんておっしゃるの？」と訊ねてきた。

「君名です」

紀久子が答えると同時に「もしもし」と女性は受話器にむかって怒鳴るように言った。「李多さんっ。君名さんっていうお嬢さんがいらしてますよ。一時に約束したんでしょ。だからいまが一時ですって。どうしてって私に訊かれても、日本全国午後一時なんですよ。ええ。じゃあ、屋上にあがってもらえばいいですね」

雲ひとつない青空だ。陽射しはすでに夏のものになろうとしており、スーツ姿だといささか暑かった。上着だけでも脱いでしまおうかと思わないでもない。屋上と言ってもたかが三階の上なので、鯨沼の町を一望するなんて到底できやしない。せいぜい見下ろせるのは鯨沼駅前のロータリーだけだ。それでもバスやタクシーの出入りは案外、見飽きなかった。

「お待たせっ」

十分ほど経って、ようやく李多があらわれた。蒲団を抱え持ち、スーパー側にある物干し台へむかう。蒲団を干すつもりなのだろう。紀久子は駆け足で寄っていき、手伝った。

「悪いわね」

「いえ。あの、でもどこからこの蒲団を?」

「三階が私のウチなんだ。祖父母が暮らしていた頃は、二階もそうだったんだけど、一人暮らしには不要だから、少し手直しして、囲碁倶楽部にしたの」

なるほど、そうだったのか。

「これでいいわ」蒲団を物干しにかけおえてからだ。「あそこにかけてて。いま飲み物持ってくるからさ。あ、お酒じゃないからね。はは」

　屋上にはテーブルと椅子があった。安っぽいリゾート地にあるようなプラスチック製だ。ただし屋上に置きっ放しで野ざらしになっていたのか、だいぶ汚れており、紀久子は座るのをためらった。それに李多は気づいたらしい。

「汚かった？　ごめんごめん。なんか拭くものも持ってくるよ」


　目をしょぼつかせ、ときどきアクビを噛み殺し、李多は紀久子の履歴書を眺めていた。昨日とは打って変わって、よれよれの長袖Tシャツに、やはりよれよれのスウェットの長ズボンと、パジャマみたいな格好だ。スーツ姿の自分がアホらしく思えてきた。しかも青空の下で、手作りのレモネードを飲んでいると、これがほんとに面接なのかと首を傾げてしまう。

「キクちゃん、美大のデザイン科に通ってたんだ。でもなんで食品会社に就職したの？　パッケージのデザインとかしてたわけ？」

「いいえ、営業でした」補佐の顔が頭の中にちらつく。さらに元の会社でさんざんこき使われていたのを思いだし、お腹がチクチク痛んだ。「グラフィックデザイナーになりたくて、その手の事務所を受けたんですが、どこも引っかからなくて、一般企業でも引っかかったのは一社だけで」それがブラック会社だったのだ。

「自動車免許、持ってるんだ」

「あ、はい」

高校三年の二月なかば、大学に合格したあと、その頃いちばんのなかよしだった友達とふたりで、合宿教習所で免許を取得したのだ。

「いまウチで車を運転できるひとが、私だけなんだよねぇ。助かるわぁ」

川原崎花店はほぼ毎日、配達サービスをしており、そのための車もあるという。三月まではこの役目を男子大学生のアルバイトが担っていたのだが、大学の卒業とともに、当然ここをやめざるを得なかった。そこで男子大学生は、サークルの二年後輩を連れてきて、あとを引き継いだそうだ。

「ところがその後輩がとんだヘナチョコ野郎で、一週間足らずでこなくなっちゃったの。おかげでこの二ヶ月は私が配達してたんだけど、そうなると三人でシフトを組むのが大変でさぁ。スタッフそれぞれの知りあいに臨時バイトに入ってもらって、どうにか切り抜けてはきたものの、さすがに限界でね。キクちゃん、配達をお願いできる？　そんなに遠くまでじゃないのよ。ここから半径五キロ以内」

半径五キロ以内がどれくらいの範囲なのか、紀久子はいまいちピンとこなかったが、「だいじょうぶです」と答えておいた。

大学の頃はレンタカーで女友達を乗せ、旅行にでかけたことは幾度かあったし、ブラック会社では外回りで社用車に乗ることは珍しくなかった。つまり自分の車は持っていないにせよ、運転は同世代の女性の中ではしなれているほうだ。

店で会ったあの大男は、車の運転ができないのだろうか。そう思っているところに、とうの大男がのっそりあらわれた。

「どうした、ハガくん？」

「これ、確認してもらえませんか」

大男は花束を抱え持っていたのだ。たぶん彼がつくっていたモノにちがいない。

「なんのお祝いの花だっけ？」

「快気祝いで、受取の方は七十二歳の女性です」

「テーブルに立ててみて」

花束の底は平たくて立つようになっていた。それを見て、紀久子はちょっと驚いてしまう。それを李多は見逃さなかったらしい。

「どうかした？」

「こういう花束を見るの、はじめてだったので」

「スタンドブーケって言うの。ウチじゃ花束の依頼を受けたときに、これをお薦めすることが多いわ。これだったら花瓶なくても平気でしょ。トートバッグにいれて持ち運びできるし、水をあげなくてもいいの」

「へぇえ」紀久子は素直に感心する。

「キクちゃんのお母さんには、毎年これでカーネーションを贈っているはずよ。〈花天使〉仕様だからさ」

そうだったのか。贈った花の写真付きで、母からお礼のメールがくるものの、気づかなかった。

「淡い紫色のこれはなんて花です?」

紀久子は訊ねた。平べったく開いた花で、けっこう大きい。直径十センチはあるだろう。それでも華麗というより可憐に見えるのは、花びらが薄いせいかもしれない。

「テッセンです」大男が答えた。「キンポウゲ科センニンソウ属で、茎というか蔓が鉄のように硬いことから、鉄の線と書いて鉄線と言います」

「こっちの白い花はなんですか」

「デルフィニウムと言い、こちらもキンポウゲ科です。蕾のカタチがイルカに似てて、ギリシア語でイルカを意味するデリフィスから名前が付けられました。日本ではイルカではなく、飛ぶ燕に見えたようで、大飛燕草(おおひえんそう)と名付けられました」

大男が答えているあいだ、李多はスタンドブーケをしげしげと見つめている。くるくるまわしたり、手に取って鼻に近づけたりもしていた。

「キクちゃんはどう、この花束。デザインを勉強してたんだから、色合いとか、ぜんたいのバランスとか一家言持ってるでしょ」

いきなりそんなことを言われても。

「イイとは思うんですけど」

「けど？」と李多。

「地味っていうか渋過ぎるんじゃないかなぁって」

「七十二歳とご高齢な女性へのプレゼントですので」

　大男が弁解がましく言う。

「だからこそもっと派手なほうがいいと思うんです。女性にとって大事なのは年齢より女性であることなので」

「私自身、オバサン扱いされるの嫌だもんな。こないだ服買いにいったときなんか、地味ぃな色やデザインのを店員が薦めてきてさぁ、お客様のお歳にピッタリとか言いやがって、マジ、ムカついたよ。おまえに私のなにがわかるんだっつうの。ねぇ？」

「はあ」同意を求められてもと思いつつ、紀久子の言いたいのは、まさにそういうことであった。

「キクちゃん、この花束をもっと派手にするための花を、店で選んでくれない？」

「私がですか」「いや、でも」

　紀久子と大男の声が揃う。

「なに、ハガくん？」

「これって〈花天使〉経由の注文なんですよ。写真の見本どおりじゃないとマズくありません？」

　紀久子も母に花を贈るときは、ネットの写真で選んでいた。

「まるきりちがう花を贈ったらマズいけど、そこにプラスするんだったら問題ないって」

「プラスしたら予算がオーバーしますが」

「図体でかい割に細かいなぁ」

「李多さんが大雑把過ぎるんです」

「私もいま、店におりていくからさ。キクちゃんが選んだのをプラスしても、予算内におさまるようにすればいいでしょ」

「こちらの女性は」大男が紀久子のほうを見る。

「今日からウチでバイトをすることになった君名紀久子さん」

「今日から働くんですか、私」

「もちろん今日の分のバイト代はだすわよ。時給ははじめの三ヶ月間は九百五十円、その後は千円でいいかしら。できれば週五」

「だいじょうぶです」

週五ならば何曜と何曜が休みなのか、一日何時間働くのか、あれこれ気になるが、ひとまずあとで訊くとしよう。

「彼はハガくん。八年、ウチで働いてるけど、実質はその半分ってとこかな。店にぽっちゃりした女性いたでしょ。彼女はミツヨさん。あのひとは私より長くここで働いているんだ。それじゃ店いこっか」

「李多さん」

「なに、まだなんかあるの、ハガくん？」

「その格好では店にでませんよね」

「で、でないわよ。ちゃんと着替えて」

「髪を整えて、化粧もしてきてください。頼みますよ」

「わかってるって。うっさいな、もう」

「あっ」立ち上がるなり、紀久子は思いだしたことがあった。

「どうしたの、キクちゃん。今日はなんか用事があった？」

「いえ、ちがいます。訊ねたいことがあったのですが、いまはいいです」

「なによ。おっしゃいな」

　李多だけでなく、大男も紀久子をじっと見つめていた。こうなれば言ったほうがよさそうだ。

「昨日、泰山木の花をくださいましたよね。そのとき花言葉を教えていただいたはずなんですが、それがどうしても思いだせなくて」

　すると李多はにんまり笑ってこう言った。

「前途洋々よ」

Kawarazaki Flower Shop

「この花の名前は?」

花をさしだす光代(みつよ)さんが訊ねてきた。売場にある花の名前と特徴だけはせめて頭に入れておくようにと紀久子に言い、こうして抜き打ち試験をしてくるのだ。いま目の前というより鼻先にあるのは、見るも鮮やかな紫色で八重(やえ)咲きの花だった。

「トルコ産でもなければキキョウ科でもない、トルコギキョウです」

「ほんとはどこ産でなに科?」

「アメリカのテキサス州などが原産地で、リンドウ科です」

「このトルコギキョウの花言葉は?」

光代さんが〈この〉と言ったのは、トルコギキョウは色によって花言葉がちがうからだ。

「紫色のトルコギキョウは希望です。白は思いやり、ピンクは優美です」

「一本いくら?」

「八百円です」

「よくできました。感心感心」

「ありがとうございます」

紀久子は礼を言った。素直にうれしかったのだ。二年と二ヶ月足らずでやめたブラック会社では、褒められたことなど一度もなかった。上司からは罵倒か嫌み、そうでなければ下品なジョークばかり聞かされていた。

川原崎花店でアルバイトをはじめてひと月ちょっとだ。紀久子のシフトは火水が午前八時から午後四時、金土日は正午から午後九時、月木が休みだ。木曜日は店自体が定休日である。

今日は七月も残り一週間の水曜、出勤してすぐに店前を掃除したあと、パートの光代さんとふたりで、店頭にある鉢物の水やりと手入れをおこなった。一鉢ずつ見て土がどれだけ乾いているか、その状態に応じて水をやっていき、咲きおえて萎れた花を摘み、折れたところがあれば切っていく。紀久子はまだ判断がつきかねることが多いので、光代さんに言われるがまま動くだけである。

鉢物がおわったら、切り花が入った花桶すべてを売場の壁一枚隔てたむこうにあるバックヤードへ台車で運ぶ。もちろんいっぺんにはできないので、何度も行き来しなければならなかった。

バックヤードは十畳ほどのスペースで、売場に入り切らない花が棚に並び、空の鉢や段ボール箱、花を挿しておくのに使う吸水フォームなども置いてある。店側の壁には深くて広いシンクが二台並んでおり、そのうち一台で切り花をだして、花桶を洗うのが、紀久子の役目だ。

花桶はブリキで大小さまざまだが、どれもカタチが細長い。スポンジに洗剤を含ませ、ゴシゴシと洗っていく。中だけではなく外側もだ。服のあちこちが濡れても、気にしていられなかった。ちなみにここで働きだしてからはパンツルックで、上下ともにカーキやブラウンが多い。今日もカーキのTシャツに黒のスキニーパンツというでたちだった。店では動きやすい格好で、と李多に言われたからだが、休日もさして変わりがない。そもそも着飾って外出する用がないのだ。カレシどころか友達もいないのである。人生が地味だから服も地味なのか、それとも服が地味だから人生も地味なのか、いずれにせよどちらも地味なのだ。

もう一台のシンクでは光代さんが花桶からだした切り花を手入れしている。茎に生じた滑りを水で洗い落とし、ハサミで茎の先を五ミリから一センチ切って、切り口を新しくする。枯れた花や葉、傷んだ枝や茎などを取り除いてもいた。そして紀久子が洗って水を張り、台車に載せた花桶に入れていく。到底、売り物にならない切り花はシンク脇にあるポリバケツゆきだ。

こうした水替えと手入れは定休日をのぞく毎日、おこなわれていた。水を替えないと花桶の中にバイキンが増加し、水が腐る。それを吸った花の導管(どうかん)にバイキンが住みつき、切り花が枯れる原因になるそうだ。光代さんから聞いた話である。

店内の作業については九割方、彼女に教えてもらっていた。彼女はフルネームを丸橋(まるはし)光代と言い、川原崎花店で十五年近く働いているベテランなのだ。パートにもかかわらず、夏と冬にはボーナスをもらっているらしい。

「どう、ここの仕事？　慣れた？」

「とんでもない。まだまだです」

　紀久子は手にした花桶の中にあるグラジオラスを光代さんに渡す。別名はオランダアヤメ、オランダ産ではないが、アヤメ科ではある。やはり色によって異なる花言葉があった。ピンクはひたむきな愛、紫は情熱的な恋、赤は用心深い、いま光代さんに渡した白は密会だ。いずれも意味深だが、紀久子にはすべて無縁だった。

「そう？　でもキクちゃんがきてくれたおかげで、だいぶ助かっているわよ。なによりいいのは花屋に憧れていないところね」

「どういう意味ですか」

　褒めているようには聞こえないのだが。

「ここで働いてて、いろんなバイトを見てきたけどさ。花屋さんになりたいですぅ、勉強させてくださぁいとかいう子に限って、さっさとやめちゃうのよ」

　ぱちんっ。光代さんがグラジオラスの茎の先をハサミでちょん切った。

「要するに花屋という職業に幻想を抱いちゃってるのね。好きな花に囲まれて、華やかで美しい仕事だと勘違いしてるわけ。いくつもの花桶を運んだり洗ったりするだけで、音を上げて逃げだしちゃうんだ」

　気持ちはわからないではない。花屋の主な作業は力仕事に水仕事で、けっこうな重労働のうえ、ほぼ立ちっ放しなのだ。紀久子も最初の一週間はくたびれ果てて、アパートの部屋に戻ると、食事もせず着替えもせず、ベッドに倒れこんでいた。そのうえ身体の節々が痛くなり、腰や肩、腕、足など至るところに湿布薬を貼りまくった。いまもまだ腰とヒラメ筋に貼っている。

「あなたの実家から送ってきた蒲鉾」光代さんが突然言った。「あれ、おいしかったわぁ」

会社をやめ、花屋で働いていることを実家に言うか言わないか一週間ほど悩んだ末、母親に電話をかけ、話しておいた。ただしアルバイトとは言わなかった。母親は驚きもせず、理由も訊かないで、わかったとあっさり受け入れたので、紀久子としては拍子抜けだった。

その母親から、川原崎花店に蒲鉾の詰めあわせが送られてきたのは先週だ。娘がお世話になっていますと、一筆添えられていた。紀久子の地元の蒲鉾は、よそのとはちがい、板に貼り付いていない。昆布と共に巻いてあるのだ。

「ウチの旦那や息子がえらく気に入ってね。このへんじゃ、あんなカタチの蒲鉾はどこにも売っていないでしょ。だから今度、通販で買おうと思って。ところが包んであった袋を捨てちゃって、どこのだかわかんなくて困ってるの」

「一八十という会社の蒲鉾です」

紀久子がそう答えたときだ。売場から李多の声がした。

「光代さぁん」

「なんですぅ?」

「寺山修司(てらやましゅうじ)の短歌であるじゃない。帽子を振る少年がヒマワリみたいだったっていう」

「逆ですよ、逆」光代さんが抗議をするように言った。「列車にて遠く見ている向日葵(ひまわり)は少年のふる帽子のごとし。ヒマワリが帽子を振る少年みたいに見えたんです」

「あ、そっか。メモるからもう一回言って」

光代さんは嫌な顔ひとつせず、五七五七七を一句ずつ言った。彼女は平安の昔から現代まで、あらゆる時代の短歌や俳句を諳んじることができた。芝居の台詞や小説の一文などもである。驚くべき記憶量だが、光代さんは二十年以上昔、高校で国語を教えていたのだという。ちなみに教鞭を執っていたのは、鯨沼の南に隣接する町にある公立校で、当時の教え子がいまもこの近辺に多く暮らしており、花を買いにくることがあった。常連客も何人かいるほどだ。

「サンキュー。助かった」

「どういたしまして」

水替えと手入れをすべておえたところで、光代さんは売場にでていった。紀久子はひとりでバックヤードの床を掃いたら、ポリバケツに入れられた花の処分にかかる。

李多の話では、花屋の廃棄率は一般的に三十パーセント、つまり仕入れた花の三本に一本は捨てざるを得ないらしい。川原崎花店はなんとか二十パーセントに抑えているそうだが、けっこう大きめのポリバケツには、光代さんから戦力外通告を受けた花が満杯だった。いくら萎れて変色している花でも、捨てるとなると忍びないものだ。それでも心を鬼にしてゴミ袋に詰めていく。枝や茎が長いものをハサミで切り刻んでいると、自分が殺人鬼にでもなった心持ちになった。花達の悲鳴が聞こえてこないように袋の先をぎゅっと縛って、バックヤードをでて車庫を抜け、店の裏手にあるゴミ収集所へ運ぶ。

もったいないというよりも罪悪感のほうが大きい。自分でさえそうなのだから、花が好きなひとであれば、この段階で心が折れてしまうだろう。店に戻って、バックヤードにゴミは落ちていないか改めて確認してから売場に入る。すでに十時半を回っていた。

あれ？

売場に李多と光代さんの姿がない。

「掃除とゴミ捨て、おわった？」

店の外から李多が声をかけてきた。光代さんと並んで立っている。

「あ、はい」

紀久子も表にでた。ふたりの前には黒板の看板があった。そこには李多の字で〈列車にて遠く見ている向日葵は少年のふる帽子のごとし　寺山修司〉と書いてあった。

「スマホは持ってる？」

「あります」紀久子は李多に答えた。

川原崎花店にはお揃いのエプロンがあった。鶯色で大小いくつものポケットがついており、そのうちのひとつにスマホを入れてある。

「いつもどおり駅のほうにいって、店の写真を撮ってきてくんない？」

「わかりました」

紀久子はロータリーに沿って、小走りで駅へむかう。

鯨沼は東京の西の外れにある小さな町だ。それでも紀久子の生まれ故郷よりはずっと栄えていた。駅周辺には日中から夜にかけて、絶えず人通りがあり、午前中のこの時間帯だと、お年寄りや子連れの女性が多い。夏休みなので小中高生もやたら目につく。バス停に並び、はしゃいでいる子達もいた。市内のプールへいくバスがあるのだ。

関東では昨日、梅雨が明けたばかりで、今日は朝から雲ひとつない快晴だった。陽射しは強いものの、うだるような暑さではない。それでも駅前に辿り着いたときには、じっとり汗をかいていた。肩で息をしながら、スマホを取りだしてかまえたが、ちょうどバスが目の前を通り過ぎていくところだった。しばらく待って、ようやく川原崎花店が見えた。

真っ黄色だった。

　これでもかというくらい、店頭にヒマワリを並べているからだ。大小さまざま多種多様なヒマワリを、李多が世田谷にある花卉市場で仕入れてきたのである。ちょうどいい具合に、陽の光を浴びて、店自体が輝いているようだ。駅をでてきたひとの目を引くこと請け合いだ。それを狙って李多と光代さんで陳列したのだろう。

　川原崎花店は三階建てのビルの一階で路面店だが、間口がとても狭い。しかも大型スーパーとパチンコ店のあいだというより隙間にあるようなものだった。だからこそ少しでも目立つよう工夫をしなければならない。幸いにして花屋には花がいくらでもある。これを使わない手はないというわけだ。

　撮った写真を川原崎花店スタッフのグループＬＩＮＥに送ってから、ロータリーに沿って店に戻る。その途中、Ｔシャツに七分丈のパンツといういでたちの少年が視界に入った。そばにバス停もなければ、タクシー乗り場もない場所で突っ立っている。その横を通り過ぎるとき、相手に気づかれないよう横目でその顔を確認した。

　やっぱりそうだ、昨日、店にきた子だ。

　中学生と思しき少年ひとりの来店自体珍しく、そのうえいまどき珍しい坊主頭なので覚えていたのだ。それだけではない。光代さんがなにを薦めても、気のない返事をするだけなのに、店の端から端まであらゆる花をじっくり見ていた。結局は十五分近く店内をうろついた末、なにも買わずに去ってしまった。

「気づいた？」

店に戻った紀久子の手を握り、売場の奥まで引っ張っていくと、光代さんはそう訊ねてきた。

「坊主頭の子ですよね」

「そう。でね。いまさっき李多さんに聞いたら、一昨日もきてたんですって」

「そうだったんですか」

紀久子は李多のほうに目をむける。彼女は作業台で花束をつくりはじめていたのだ。ガーベラとバラをメインに、赤い実をつけたヒペリカムと小さな白い花を咲かせたフロックスを組み合わせて二千円の束売りである。準備した花の量からして、二十束前後はできそうだ。

「花が好きなんですかね」

「それはないよ」紀久子の言葉を、李多はあっさり否定する。「熱心に花を見ていた。でも花のむこうにだれかがいたわ。あの子はそういう目だったもの」

花のむこうにだれかがいた？

わけがわからない。どういう意味か、紀久子が訊ねようとしたときだ。

「きますよ、あの子」光代さんが言った。声をひそめながらも、目が活き活きと輝いている。どうやら面白がっているらしい。「どうします？」

「一昨日は私で、昨日は光代さんだったんだから、今日はキクちゃんだね」

「それはそうだ」光代さんが同意する。「がんばって」

「私になにをしろと」

「あの子に花を売ったら、その同額の特別手当をだしてあげてもいいわ」

花束をつくる手を休めずに李多が言った。

「きたわよ」

光代さんが小声で囁く。少年は店の前に立ち、溢れんばかりのヒマワリをじっと見つめている。中学生と思しき少年が買う花の額なんて高が知れている。

でもイッチョ、やったるか。

いきなり声をかけるのはどうかと思い、少し距離を取って、少年の様子を窺う。紀久子より背が低く細身だが、華奢ではなかった。それどころか腕や脚、両肩にもしっかりと筋肉が付いている。そのときになって黒地のTシャツの背中に白抜きで、『TOBE BOXING GYM』と英語が綴られていることに紀久子は気づいた。戸部ボクシングジムにちがいない。鯨沼商店街の真ん中あたりのネイルサロンと、おなじビルの三階にあった。じつを言えば上京して六年三ヶ月、そんなところにボクシングジムがあるとは、まったく知らなかった。このひと月半、花の配達で何度か前を通っているうちに気づいたのだ。

少年がいま視線をむけているヒマワリは、〈ゴッホのひまわり〉だ。ゴッホとはもちろん、画家のフィンセント・ファン・ゴッホである。ただし〈ゴッホのひまわり〉を見て、ゴッホがヒマワリを描いたのかと言えばそうではない。逆なのだ。ゴッホの描いたヒマワリに似せて、種苗メーカーが新たに品種改良したヒマワリだという。おなじメーカーでは〈モネのひまわり〉、〈ゴーギャンのひまわり〉、〈マティスのひまわり〉といった画家の描いたヒマワリをモチーフにした品種をつくっているのだと光代さんに教わった。それぞれのひまわりのカードには、名前と値段、そして彼らの描いたヒマワリの絵を貼り付けてある。李多に頼まれ、紀久子が自宅のパソコンで検索して見つけだし、プリンターでプリントアウトしてきたものだ。絵と実物の花を見比べると、そっくりなのがよくわかる。

少年の視線は、ゴッホからモネ、ゴーギャン、マティス、そしてまたゴッホに戻った。怒っているようにさえ見えるほど真剣な表情だ。しかし花のむこうにだれかがいるかどうかまでは、さすがにわからない。

店の中から光代さんが自分を見ているのに気づいた。李多と並んで、作業台で花束をつくる彼女は、顎で少年を指す。早く話しかけろと催促しているのだ。

わかりましたよ。やればいいんでしょ、やれば。

紀久子は覚悟を決めた。しかしいざとなると、相手が子どもでも緊張する。息を整えてから「あの」と声をかけた。

「はい?」ふりむきざまに射貫くような鋭い目をむけられ、紀久子は少なからずビビってしまう。

「ここにいたら邪魔ですか」

声変わりの途中だからか、少年の声は少し掠れていた。

「とんでもない。そんなことありませんよ」ビビった自分を隠すため、紀久子は軽く咳払いをした。「買う花を決めかねているのであれば、いっしょに選んでさしあげようかと」

少年からは返事がない。真一文字に口を閉じているばかりか、眉間に皺を寄せて気難しい顔になる。

「あ、でもいいんですよ。ひとりでじっくり考えてくださっても、いっこうにかまいません。なにかあれば、おっしゃってくださいね」

「友達が引っ越すんです」その言葉を絞りだすように少年は言った。

「いつ?」すかさず紀久子は聞き返す。

「今度の土曜です。それであの、そいつに花をあげなくちゃならなくて」

「友達って学校の?」

「そうです」

「あげなくちゃいけないってどういうこと?」

「お別れになにかくれと言われて、なにかじゃわからないからなにがいいか言えって言ったら、花がいいって」

「どんな花？」

「って俺も訊きました。そしたら幼なじみなのにわからないのかって言われてしまって」

　そこで紀久子ははたと気づいた。少年が花のむこうに見ていたのは、その幼なじみにちがいない。そしてさらに質問を重ねた。

「思い当たる花はあるんですか」

「それがまったく。いくら考えても思いだせなくて」

　少年は肩を落とす。眉間の皺は消え、目の鋭さも失われ、すっかり途方に暮れたその表情を見て、紀久子は少しでも力になってあげたいという心持ちになった。

「なにか手がかりはないんですか。たとえば昔、その友達にあげた花か、あるいはもらった花はありません？」

「どうだろ」少年は首を捻った。「そもそも花をあげたりもらったりした覚えはとくに。あ、でも」

「なんです？」

「小学校んとき、あいつのピアノ発表会にいったんです。そんとき花束を渡したような。でもなんの花だったかはさっぱり」

「何年生のとき？」

「けっこう昔です。四年か五年」

「あなたはいま中学生？」

「中二です」

ならばほんの三、四年前だ。しかしこの歳の子にすれば〈けっこう昔〉にちがいない。

「当時の写真とかビデオは残っていない？」

「たぶん親が持っているかと」

「ピアノの発表会に限らず、あなたと友達がいっしょのところを撮ったものの中に、写っている可能性があるんじゃない？　そういうのを見ているうちに思いだすこともあるかもしれないし」

「やってみます。ありがとうございます」

踵（きびす）を返して走り去る少年を見送ってから、紀久子は店内に入る。李多はガーベラとバラがメインの束売りはすでにつくりおえ、いまは光代さんとともに、丸いボックスのアレンジメントに取りかかっていた。箱は紙製なので、水が染みでないようにセロハンを敷いてから、吸水性のスポンジを置いて花を活けていく。花はユリとトルコギキョウがメインだ。ユリは八重咲きで花びらが赤紫と白のサマンサという品種で、トルコギキョウは花びらが白のを用いていた。これも二千円の商品だ。

「ナイスアドバイス」ボックスに花を詰めながら李多が言った。

「だけど花は売れませんでした」

「幼なじみが好きな花がわかれば、買いにくるかもしれないわ」

「どうですかね。自分で言っといてなんですけど、いまのでわかるとは正直思えません」

「それでもキクちゃんが力になろうとしたことは、彼には伝わったはずよ。ウチみたいな小さな店は、そういうのが大切だからさ。これからもなるべくお客さんには話しかけてみて」

「わかりました」

「あら、いらっしゃいませぇ」

　そう言ってから光代さんがハサミや花を置き、作業台をまわって売場にでて、接客をはじめた。相手は紀久子でも顔がわかる常連さんだった。

「キクちゃんはSNSって、なんかやってる？　ツイッターとかインスタとかフェイスブックとか」

「大学の頃、ツイッターをやってましたけど、いまはさっぱり」

　ブラック会社が、社員のSNSの使用を禁止していたのだ。バレた場合はそれ相応の処分をすると、入社一日目で脅され、紀久子はツイッターをやめた。

「ウチの店にツイッターとインスタがあるの、知ってるよね」

「ええ、まあ」休日のお知らせの他は、滅多に更新していないこともだ。

「あれ、キクちゃんに任せていい？」

「かまいませんけどなにをすれば?」

「てはじめにいまさっき撮った店の写真をアップしてくんない? あとはその日入荷した花とか、お薦めの商品なんかを紹介してくれると助かるわ」

「わかりました」

「あと、これ」李多がレジカウンターにあった黄色い付箋を、紀久子に差しだしてくる。そこには李多の字で、『ケイトウ(赤あるいは橙)、アワ、かすみ草、ニューサイラン』と書いてあった。「馬淵先生からの注文。百日紅苑の生け花教室で使う花材ね。それぞれ二十本ずつ、一昨日、市場で入荷してきたのがバックヤードにあるから、いまのうち車に積んでおいて」

馬淵先生は鯨沼に住む華道の先生だ。自宅で教室を開いており、李多の祖父母が店をしていた頃から四十年来のお得意様である。自宅の他に百日紅苑という老人ホームでも毎月第二・第四水曜、生け花を教えており、当日の午後一時までに花材を配達しなければならない。

「そのあいだに配達用の花束を三つ、つくっておくんで、また戻ってきて」

「了解です」

馬淵先生ご発注の花材を花桶からだして、おのおの新聞紙で包む。台車で運ばずとも、抱えて持っていけそうだ。紀久子はバックヤードの奥にあるドアを開き、ビルぜんたいの玄関口にでた。むきとしては大型スーパー側で、そのあいだには一方通行の道があった。

　踊り場がない急な階段がある玄関口を、囲碁倶楽部の部員達が出入りする。八割方は六十歳以上の男性で、ときどきでくわす。挨拶だけでは足りずに話しかけてくるひともいれば、黙ってしげしげと見ていくひともいた。ただしいまはいない。囲碁倶楽部は正午からなのだ。

　玄関口を通り抜け、ステンレス製のスライドドアを開くと、そのむこうは真っ暗だった。車庫なのだが、シャッターを閉じているからだ。天井の照明を点けると、車が二台、横並びに忠実な犬のように控えていた。

　一台はミニバンだ。李多はこの車で、世田谷にある花卉市場へ仕入れにいく。切り花は月金、鉢物は土曜の週三回だ。

　市場でおこなう花のセリは百本単位の販売なので、川原崎花店のような個人店舗では到底、捌（さば）き切れない。市場内にはセリで購入した花を小分けにして販売をする仲卸の店が数店舗あり、李多はそこで仕入れてくる。朝四時にでて、八時までには店に戻ってくるというのだから、けっこう大変だ。

　もう一台はミニバンより二回り小さい、一人乗りの三輪自動車である。近隣の配達用で、運転席の背後にある縦横一・二メートル、高さ一メートルの収納ボックスに花を入れる。動力源はガソリンではなく電気だ。家庭用のコンセントで充電できるバッテリーで走る。二酸化炭素やガスを排出しないので地球に優しいが、ひとには優しくない。なにせ運転席は屋根だけで左右のドアがなく、雨の日は合羽を着なければならないし、夏場のいまは暑くてたまらなかった。

電気三輪自動車には李多が付けた名前があった。その名もラヴィアンローズだ。日本語に訳せば、バラ色の人生である。なんでこんな大仰な名前なのかと言えば、バラの花が咲き乱れたラッピングが、車ぜんたいに施されているからだ。遠目でもたやすく確認できるほどである。最初こそバラだらけのこの車を運転するのが気恥ずかしかったものの、一週間もすれば慣れた。

ラヴィアンローズに近寄っていき、収納ボックスを開け、花材を横に寝かしていく。車庫の壁には鯨沼近郊の地図が貼ってある。数枚を貼りあわせ、縦横ともに二メートル近くと、だいぶデカい。配達する際、場所を確認するためのモノで、川原崎花店を中心として半径五キロの円が赤ペンで引いてあった。そしてアタマが球体の待ち針が、数多く刺さっていた。球体の色はぜんぶで十一色だ。はじめて配達したところは白、二回目は緑、三回目は茶色、と色を変えていく。十回以上は赤で常連さんだ。馬淵先生や百日紅苑などがそうだ。隣のパチンコ店の裏手に赤が目立つ。このへん一帯が繁華街でスナックやバー、キャバクラなどへ、店に飾る花を配達することが多い。商店街や駅周辺にもポツポツあって、レストランや美容院、エステ、不動産屋、レンタカー店などである。

残りの一色は銀色だ。李多の発案で、三年前からはじめた定期便サービス〈フラワーブレイク〉のお客さんである。月二回で月額千五百円（税別）、花のチョイスは店に任せてもらい、平べったい箱に入れ、ポストに投函する。つまり配達先のひとが留守でもだいじょうぶというわけだ。

川原崎花店とは反対側、鯨沼駅北口にはキラキラヶ丘団地がある。五階建ての棟がいくつも並んでいるのだが、なんとエレベーターがない。つまり商品を持って、階段をのぼっていかねばならないのだ。キラキラヶ丘団地だけで配達を五軒も回ればクタクタだった。このときばかりは先輩のあとを継いだものの、一週間でやめてしまったアルバイトの子の気持ちがわからないでもなかった。

「おはようございます」

芳賀泰斗（はがたいと）だ。紀久子が売場に戻ったのと同時に出勤してきたのだ。川原崎花店唯一の男性スタッフで、紀久子とおなじアルバイトである。

大学生にもアラフォーにも見える容姿だが、そのじつ三十歳だった。背丈が百九十センチ近くで、厚い胸板と太い腕からして、なにかのアスリートかと思いきや、都内にある農大の研究助手だった。研究助手の稼ぎだけでは食べていけず、大学院生だった頃からはじめたここのアルバイトを、いまでもつづけているのだという。ただし国内外の植物調査に駆りだされ、短いと半月、最長記録だと九ヶ月以上、姿をくらますそうだ。八年働いているが、実質半分と李多が言っていたのは、こういうことだったのだ。鯨沼の南端にあるワンルームマンションにひとりで暮らしているらしい。

といった話を芳賀本人ではなく、光代さんが教えてくれた。

芳賀が売場にあらわれるなり、カレーの匂いが漂ってきた。家庭の食卓にあがるのとはちがう、スパイシーな香ばしい匂いだ。彼が右手に提げたコンビニ袋からにちがいない。

このビルの三階は李多の自宅だ。階段をあがっていき、ドアを開くとキッチンだった。いわゆる勝手口が入口なのだ。川原崎花店のスタッフは李多から鍵を借りて、そのキッチンで昼夜の食事を摂る。六合炊きの炊飯器があり、ご飯は食べ放題だ。その日の夜、最後に食事をしたひとが、釜を洗って米を研ぎ、つぎの日の午前十一時に炊けるようタイマーをかけておくのが慣わしだった。

おかずは四人の持ち回りで、李多は隣のスーパーのお惣菜、光代さんはお手製の煮物か揚げ物、紀久子はその半々、そして芳賀は毎回決まって、スパイスからつくるカレーだった。あのコンビニ袋の中身は、タッパーに入ったカレーにちがいない。

くぅぅぅぅ。

紀久子の腹の虫が鳴いてしまう。それもけっこうな大きさだった。売場にいた数人の客がこちらを見ている。店頭で接客をしていた光代さんもだ。穴があれば入りたいほど、紀久子は恥ずかしくてたまらなかった。

「少し早いけど、ランチにしていいわよ、キクちゃん」

笑いを堪えながら李多が言った。早番のランチは午前十一時四十五分からなのだが、十分も早い。

「いいんですか」

「いいわよ。配達する花束を車に積んでからね」

「はい」


「おはなのくるまだっ」「ほんとだ」「あれはバラのはなだよ」「ステキィ」「かわいいっ」

ラヴィアンローズで信号待ちをしていると、目の前の横断歩道を保育園の園児達が、列をなして渡っていく。手を振ってくるので、紀久子も手を振り返す。

芳賀お手製のカレーは絶品だった。辛いのが苦手な紀久子でもご飯を二杯食べてしまったほどだ。お腹いっぱいで、なおかつ全身にスパイスが巡っているようで、食べおえて一時間半以上経ったいまでも、身体が火照っている。却ってこのほうが真夏日の暑さをしのげるように思えた。

「おはなのくるまさんバイバァイ」「バイバァイ」

子ども達が通り過ぎたところで信号が青になった。車を走らせてしばらくいくと、背後から「紀久子さぁん」と呼ぶのが聞こえた。下の名前をさん付けで呼ぶひとなど､鯨沼では馬淵先生ただひとりである。しかしその声は馬淵先生よりもずっと若々しかった。

「紀久子さぁん、待ってくださぁい」

ドアがないから当然ドアミラーもなく、うしろを確認する術がない。紀久子は車を路肩に停めて振りむくと、野球のユニフォームを身にまとった子が、猛ダッシュで走ってくるのが見えた。

「す、すみません」

追いついてから野球帽をとったその顔は、あきらかに女の子だった。しかも紀久子は彼女に見覚えがあった。

「あなた、馬淵先生のお孫さんじゃない？」

「はい。鯨沼中学二年三組で、キラキラヶ丘サンシャインズの四番キャッチャー、馬淵千尋(ちひろ)です」

えらく丁寧な自己紹介だ。

馬淵先生の自宅へ花材を配達にいった際、紀久子は千尋と何度か会っていた。馬淵先生に生け花を習い、教室の手伝いをしているのだが、細身で小柄な祖母とちがい、大柄で肩幅が広く、がっちりした体格だった。はじめて見たときはジャージ姿だったので、高校生くらいの男子だと思ったほどである。

馬淵先生の母親の名前が平仮名でいち、先生が十に重ねるで十重（とえ）、ひとり娘は百の花で百花（ももか）、孫娘が千尋だと、先生本人から聞いている。ひとり娘の百花が十年ほど前に離婚し、子どもを連れて出戻ってきたこともだ。孫の千尋が、地元の少女野球チームに所属している話も聞いた覚えがあった。それだけおしゃべりというか、自分の話をするのが好きなのだ。

「じつはお訊きしたいことがあって」

「なにかしら」

「ウチのクラスに宇田川（うだがわ）という男子がいまして、坊主頭というくらいしか特徴がないのですが」

「戸部ボクシングジムに通っている？」

「そうです。でもどうしてそれを？」

「宇田川くんかどうかはわからないけど、ウチの店にきた坊主頭の男の子が、戸部ボクシングジムのＴシャツを着ていたわ」

「間違いなく宇田川です。ジムでも学校でも坊主頭は俺だけだって言ってましたんで。アイツ、いや、彼はあなたの店でなんの花を買おうとしていましたか」

「なんでそれを知りたいの？」

「な、なんでって言われましても」

聞き返されるのが意外だったらしい。戸惑いと焦りが入り混じった彼女の表情を見て、紀久子の心が動く。坊主頭の彼に抱いたのとおなじく、少しでも力になってあげたいと思った。

「よかったら詳しく話を聞かせてちょうだい」配達はすでにおえており、あとは店へ帰るだけだったのだ。「事と次第によっては協力してあげる。花屋としてできる範囲でよければだけどね」

紀久子の申し出は、さらに意外だったようだ。千尋は少しためらいながら、「お願いします」と言った。

「この先にある細道を左に入って少しいくと、小さいけど、雰囲気のいい公園があります。そこで話を聞いてください」


「一年のときからバッテリーを組んでいたピッチャーの西(にし)って子が、今度の土曜に引っ越しちゃうんです」公園に着いて、木陰のベンチに横並びに腰かけるや否や、千尋は話しはじめた。西はおなじ中学で同学年だが、クラスはべつだという。「西と宇田川は道を挟んだむかい同士の家で、保育園の頃からずっといっしょの幼なじみでして」

「西さんって、野球以外にもピアノをやってる?」

「やってます」千尋がハッとした表情になる。「宇田川は西についてあなたに話したんですか」

「幼なじみが引っ越しをするから、花をあげなくちゃいけないって。でも名前はださなかったよ。どんな花がいいか訊ねたら、幼なじみなのにわからないのかって言われたんでしょ」さらに紀久子は宇田川が三日連続で川原崎花店を訪れ、今朝は自分が応対したことと、そのときの会話の内容も手短かに話した。「彼がウチの店で花を買おうとしていたのを、どうしてあなたは知っているの？」

「クラスで仲いい友達数人とのグループＬＩＮＥに一昨日、〈宇田川見っけ〉ってアイツが花屋の前にいる写真が送られてきたんです」千尋はスマホをだして写真を見せてくれたうえに、「宇田川は女子にけっこう人気なんですよ」と付け足すように言った。それが不満であるかのような口ぶりだった。

「西の話では、お別れに欲しいものはないかって宇田川に言われて、それぐらい自分で決めろよとカチンときて、黙ったままでいたらしいんです。宇田川は莫迦で空気が読めないんで、しつこく訊ねてきた。だから適当に花と答えると、どんな花がいいのだとさらに訊いてくるものだから、幼なじみなのにわからないのかと言い返してしまったとかで」

「なにそれ？」

「私も西から話を聞いたとき、そう言いました。いつもそうなんです、あのふたり。西ったらめちゃくちゃ成績がいいクセして、そういうところは宇田川とおなじくらい莫迦なんです。莫迦同士お似合いなんだから、最後くらいは素直になればいいのに」

恋愛と呼ぶにはあまりに拙い話に、紀久子は自分の頬が緩んでいくのに気づいた。でも千尋は真剣だ。宇田川も西も、彼女とおなじくらい真剣にちがいない。そう考えると笑うのは失礼だと、紀久子は表情を引き締めた。

「でも莫迦で素直じゃないけど単純なんで、宇田川からどんな花をもらっても、西はよろこぶはずなんです。そこがまた問題で」

「どうして？」

「宇田川はいっぺん悩みだすと、なかなか結論がだせずにヘマをしでかすんですよ。切羽詰まると尚更です。ボクシングの試合でも、ここぞというときに大振りのパンチをだして、相手のパンチをまともに食らって負けちゃうヤツなんです。それが本人にすれば会心の一撃のつもりってとこが、じつに間抜けで。今回もやりかねません。たとえばお店でいちばん高い花はなんですか」

「胡蝶蘭（こちょうらん）かな」

「西が好きな花が思いだせず、そもそもないのだから思いだしようがないんですが、だったら花屋でいちばん高い花を渡せば文句あるまいと胡蝶蘭を買いかねません」

「そんな莫迦な」

「莫迦だからするんです。どんな花でもいいからって、別れ際に胡蝶蘭を手渡されたら引きますすよね」

それはそうだ。

「ですからお願いです。そんな真似だけはさせないで、ごくふつうであたりまえの花を売ってもらえませんか」

「わかった」

花屋としてできる範囲ではある。千尋を安心させるために、紀久子はにっこり微笑んだ。

「この店にある花をぜんぶ一本ずつください」

三日後の土曜、西が引っ越しをするはずの日の午後一時過ぎ、勢い込んで川原崎花店に入ってくるなり、宇田川はそう言った。

「どういうこと？」

床に落ちた花びらや葉を箒で集めていた紀久子は、その手を止めた。光代さんは休みで、芳賀は三階でランチを食べている。売場にはあと李多しかおらず、彼女は作業台で、〈花天使〉経由で注文のブーケをつくっている最中だった。

「親に頼んで、昔の写真や動画を見て確認したんですけど、幼なじみに花を渡しているところなんかどこにもなくて、それであの、いろんな花を買えば、そのうちのどれかは当たっているかもしれないと思って」

胡蝶蘭ではなかったにせよ、千尋の心配は的中したわけだ。

「ぜんぶ一本ずつにしたって、けっこうな値段になるわよ。それでもいいの？」

「かまいません。自分の全財産持ってきました」

「いくら？」

「四万七千六百円です」

あの子に花を売ったら、その同額の特別手当をだしてあげてもいいわ。

三日前、李多にそう言われたのを紀久子は思いだす。いや、駄目だ。ここは千尋との約束どおり、なんとかして、ごくふつうであたりまえの花を売るべきだろう。

でもどうやって？

「そんな花束をもらっても、相手はよろこぶとは思えないけどな。花もかわいそうよ」

ブーケをつくりながら李多が言った。注意はしているものの、その口調はのどかで優しくもあった。自分がいないときに、宇田川がきたらと思い、スタッフ三人には、千尋から聞いた話は伝えてあった。

「な、なんでですか」

聞き返す宇田川は、動揺を隠し切れずにいる。

「きみ、戸部ボクシングジムの練習生よね」

「そ、そうですが」

「ボクシングだって、どれだけ乱打しても相手に効かなくちゃ意味がないでしょ。

それよりも自分がこれだと決めた一撃を打つべきよね。つまりどの花がいいか、きみ自身が決めるべきじゃない？」

「だけどその花が西の欲しい花じゃなかったらどうするんです？」

幼なじみではなく西とはっきり名前を言った。だが宇田川本人は気づいてないらしい。

「相手が欲しいという気持ちよりも、きみがあげたいという気持ちのほうが勝ればいいの。そうすればもらう相手もよろこばすことができるわ」

宇田川は虚を衝かれた顔つきになる。そして店内を見回してから表にでて、店頭に並ぶ花の前に立つ。売行きが好調で、今日もヒマワリだらけだ。紀久子は彼のあとを追う。

「これをください」宇田川が指差したのは〈マティスのひまわり〉だった。「はじめて見たときから、彼女にぴったりな花だと思っていたんです」

「私もこのひまわり、好きです」紀久子はすぐさま同意した。「いいと思います」

八重咲きのヒマワリでたくさんの花弁が重なり、たてがみに見える。他のと比べると色が濃いうえに大輪で、荒々しくも逞しい、それでいて美しくて眩しいヒマワリだった。

「ありがとうございます」

「何本にします？」

「三本っ」作業台のむこうから李多が言った。「ヒマワリだったら三本がちょうどいいわ。三本になさいな」

はたして〈マティスのひまわり〉を西がよろこんでくれたのか、そもそも宇田川はきちんと渡すことができたのか、花屋としては知る由もない。

だが数日後、花の配達でラヴィアンローズを走らせていたときだ。

「紀久子さぁぁん」

交差点で信号待ちをしていると、千尋の呼ぶ声が聞こえてきた。斜向かいの歩道で、おなじユニフォームを着た子達十人ほどといっしょに信号待ちをしていた。

「先日はありがとうございましたぁぁ」

脱いだ帽子を振る千尋を見て、紀久子は寺山修司の短歌を思いだした。

〈列車にて遠く見ている向日葵は少年のふる帽子のごとし〉

列車ではなく電気三輪自動車だし、少年ではなく少女だ。短歌の帽子は麦わら帽子で、野球帽ではあるまい。それにヒマワリが帽子を振る少年みたいに見えたというのと、まるで逆だった。

千尋が〈向日葵〉に見えた。

トルコギキョウやグラジオラスなどは、花の色で花言葉がちがうが、ヒマワリは本数でちがった。九百九十九本は何度生まれ変わってもきみを愛する、百八本は結婚しよう、九十九本は永遠の愛、十一本は最愛、七本はひそかな愛、一本だけだと一目惚れという具合にである。

そして三本は。

愛の告白だった。

Kawarazaki Flower Shop

Ⅲ 菊

「名前がキクコなのにチョーヨーを知らないの？」

「なんで名前がキクコだと知ってなくちゃいけないんです？」

「だってチョーヨーは菊の節句だもの。だからこうしてたくさんの菊を入荷してきたの」

李多にそう言われても、紀久子はまるでピンとこなかった。

今日は八月最後の金曜だ。ここ数日曇り空だったが、ひさしぶりに晴れ渡り、気温も三十度を超えていた。

金土日は遅番なので正午出勤だが、紀久子は十一時半に訪れる。川原崎花店とおなじビルの三階、店長である李多の自宅のキッチンで、ランチを食べるためだ。今日は紀久子がおかず当番だったので、鯨沼商店街のお惣菜屋さんで、豚のレモン生姜焼きと秋刀魚(さんま)の蒲焼き、鶏胸肉の和風コンフィ、オクラの白和え、ピーマンとツナのマカロニサラダを買ってきた。李多にレシートを渡せば、おかず代は現金で払ってもらえる。自分の好物ばかりで申し訳ないと思いつつ、ご飯を一杯半食べ、正午前に階段を下りていくと、囲碁倶楽部の部員達数名とすれ違ったので、簡単に挨拶を交わした。

玄関口の脇にあるドアを開き、川原崎花店のバックヤードに入ると、李多が待ち構えていた。ふたりで車庫へいき、ミニバンから切り花が入った段ボール箱を取りだす。今朝、世田谷にある花卉市場から、李多が入荷してきたモノだ。ぜんぶで六箱、台車でバックヤードへ運ぶ。

　蓋を開くと、たいがいの切り花は導管に空気が入ったせいで、ぐったりしている。これを取りだし、まずは下のほうの葉を取っていく。葉は水に浸ると腐ってバクテリアが発生し、その水を吸うと花が駄目になってしまうからだ。

　下葉を取るのは紀久子の担当だ。二台並んだ右のシンクでおこない、隣に立つ李多に渡す。彼女はおなじ切り花ごとに数本ずつまとめ、花の頭を揃えて新聞紙で巻き、テープで留める。左のシンクには水が張ってあり、その中に束にした切り花の茎を浸したまま、ハサミで五センチほど斜めに切る。こうすれば導管に水の流れができて、花が生き返るのだ。水切りと呼ばれるこの作業が済んだ切り花は、種類別に花桶に入れられていく。

　一応、分担作業ではある。しかし気づけば李多も下葉を取り、水切りをしていた。それだけ作業が速いのだ。茎をハサミではなく、手で折る場合もあった。繊維質で硬い茎はそのほうが、水揚がりがよくなるのだという。とくに今日はそれが多いなと思っていたところ、李多が今朝、仕入れてきた花の半分が菊だと紀久子は気づいた。菊の茎はその類いが多いのだ。

　一言に菊と言っても花のカタチはさまざまである。一重咲きや丁子(ちょうじ)咲き、花弁の先端がスプーンに似たカタチのスプーン咲き、花弁数が多くて花の大きさもボリュームがあるまさにデコったようなデコラマム、細くて蜘蛛(くも)の足のような花弁のスパイダーなど、多種多様だった。菊だと言われなければ、菊だと気づかないような花まであった。どうしてこんなに菊が多いのですかと訊ねたところ、再来週の月曜が、チョーヨーだという答えが返ってきたのである。

「節句って五つあるのよ」李多が話をつづけた。口は動いていても手は休めない。「一月七日に七草粥を食べるじゃない？」

「ええ」そうした風習があるのは紀久子も知っている。だが二十五年の生涯で、七草粥なるものを食べた記憶はなかった。

「あれは一年の無病息災を願ってで、人日の節句って言うの。三月三日と五月五日はわかるわよね。七月七日、七夕も節句のひとつ」

　そうだったのか。

「節句は中国の陰陽思想に基づいていて、奇数が陽の数なんだって。そのいちばんが九で、九月九日は陽がふたつ重なるから〈重陽〉と言うの。じつは私も知ったのは花屋を継いでからなんだ。光代さんに教わったのよ。『雨月物語』の中の〈菊花の約〉にでてくるんで読んでみたらどうですかって、文庫本まで借りたんだけどさ」

　どうやら読んでいないらしい。紀久子だって『雨月物語』くらいは知っていた。高校のとき、古典で勉強した覚えは微かに残っているが、〈菊花の約〉ではない、べつの話だった。

「フツーのひとが花を買うのはなにかのお祝いか、記念日くらいでしょ。キクちゃ

ん は母の日以外に花を買ったことがある？」

「すみません、なかったです」

　紀久子は詫びながら正直に答えた。

「だよね。そこで母の日のカーネーションとまでいかずとも、重陽の節句に菊を飾りませんかっていうフェアを毎年やってんだけどさ。知名度が低過ぎて、イマイチ、パッとしないのよ。数日後にある中秋の名月にはススキを買ってお団子を食べるのにさ。まさに花より団子」

「そもそも重陽ってなんの節句なんです？」

「無病息災と不老長寿を願うの。だからターゲットとしてはお年寄りだけど、おなじ九月には敬老の日があるんで、被っちゃうのよね。重陽の節句のほうがずっと古いのにさ。それに菊は仏花のイメージが強いから、お年寄りに贈るとなると縁起が悪そうで敬遠されちゃうし」

「一月七日は七草粥を食べるし、三月三日と五月五日は人形を飾って、七月七日は願い事の短冊を笹に吊るしますよね。重陽の節句にはそういうイベント的な要素はなにかないんですか」

「菊の花びらを浮かべたお酒を呑んだり」

「呑みづらくありません？」

「あとは栗ごはんとか茄子（なす）を食べたり」

「どっちもわざわざその日に食べなくてもよさそうなものじゃありません？」

「そりゃそうだけどさ。あとはほら、表の看板に紫式部（むらさきしきぶ）の歌が書いてあったでしょ？」

　川原崎花店には店頭に黒板の看板が置いてあった。元は高校で国語の教師だった、パートの光代さんが花にまつわる短歌や俳句、詩、小説の一文、映画や芝居の台詞などを引用し、彼女自身か、李多がチョークで書くのだ。

「〈菊の花〉ではじまる？」そのあとを紀久子はまるで覚えていなかった。

「菊の花若ゆばかりに袖ふれて花のあるじに千代はゆづらむ」壁一枚むこうの売場から、光代さんが言うのが聞こえてきた。「せっかくの菊の着せ綿ですけど、私はちょっとだけ触れて、持ち主のあなたにお譲りしますので、千年でも若返ってくださいねって意味の句よ。あら、いらっしゃいませぇ。まだまだお暑いですねぇ」

　常連さんのだれかがきたらしい。

「菊の着せ綿ってなんです？」紀久子は李多に訊ねた。

「重陽の節句におこなわれた行事。前日の九月八日に香りを移し取るために、菊の花を真綿で覆ってね。翌朝、その真綿を顔に当てることで、若さと健康を保てるんですって。紫式部は藤原道長（ふじわらのみちなが）の正妻から、菊の着せ綿をもらったんだけど、私にはもったいないからと、ちょっとだけ使って、あとは正妻に返したっていう歌らしいわ」

「菊の香りがアンチエイジングに効くんですか？　そんなわけないですよ」

「いちいち私に文句言わないでちょうだい」

李多は笑った。彼女の笑い方はいつも陽気で快活だ。こちらまで愉快な気持ちになり、「文句じゃありません」と言いながら釣られて笑ってしまう。三ヶ月前まで勤めていた会社では職場で笑った経験はほとんどなかった。うっかり笑おうものなら、なにがおかしいんだと上司から鋭い声が飛んできたものだ。

「キクちゃんはどの菊がいちばんのお気に入り？」

李多に言われ、紀久子はまたかと思った。先週の金曜も、こうして水切りの作業がおわってから、どの花がいいかと訊かれたのである。今日は菊限定か。

「これですかね」

紀久子が指差したのはポンポンマムだ。小さな花が集まって、ころんと丸いカタチをした、毛糸でつくるポンポンによく似ている。黄色に白、ピンクと色はさまざまだが、紀久子が指差したのは緑だった。

「それじゃあ、〈当店いちばんの若手スタッフ・キクちゃん（二十五歳女性）イチオシ！〉って、値札に書いておくね」

「先週の金曜、私が選んだルリタマアザミの値札にもおなじこと、書いていませんでした？　私がイチオシしても、売れるとは思えないんですが」

「肝心なのはキクちゃん個人じゃなくて、二十五歳女性のほうよ。若いお嬢さんが薦めるならば、お店のネーチャンも気に入ってくれるはずだって買ってくオジサンもいるのよ」

隣のパチンコ店の裏手にはスナックやバー、キャバクラといった店が密集しており、その類いの店へむかうオジサン達が、花束を買っていくのだ。基本は一万円から二万円だが、ママさんの誕生日や開店何周年などの祝い事となると、バラを百本だとか、胡蝶蘭が売れることもあった。

「これとこれとこれは、店にだしてくんないかな」

李多が指差した花桶の花は、導管に水が巡ってきたおかげで、息を吹き返し、店頭にだしてもいい状態になっていた。

「わかりました」


「ヤバイヤバイ」「写真撮らなきゃ」「早くしないといっちゃうよ」「スマホどこやったっけ」「待ってぇぇ」「いかないでぇ」

信号が青に変わり、ラヴィアンローズを走らせると同時に、どこからか悲鳴に近い声が聞こえてきた。反対車線側の歩道に女の子が数人見える。まだ夏休みなのに制服姿なのは、学校で部活動をしてきた帰りかもしれない。

やれやれ。

ラヴィアンローズは花の配達に使う電気三輪自動車だ。ひとり乗りで屋根があってもドアがない、地球には優しくても、ひとには優しくないその車はバラの写真でラッピングが施されている。

ひと月ほど前から、配達中に「写真撮っていいですかぁ」と声をかけられるようになった。その大半が中学生か高校生の女子で、断るのもなにかと思い、「いいわよ」と紀久子は応じていた。走っているとき、勝手に撮る女の子も多い。そんなにこの車が珍しいのかと妙に思っていたが、しばらくして理由がわかった。ラヴィアンローズの写真を撮って、スマホの待受画面にすると恋愛が成就するという噂がネットに流れていたのである。どうしてそんな噂が立ったのかは、さっぱりわからない。

キクちゃんも責任重大ね、と李多に言われたが、見も知らぬ他人の恋愛なんぞ責任は持てない。しかし追いかけてくる女の子達を見放す真似は、紀久子にはできなかった。恋する乙女達の励みとなり、生きる糧になるならば、いくらでも協力してあげようとは思うからだ。

すぐ先にコンビニが見える。紀久子はそこの駐車場へ入っていき、ラヴィアンローズを停めた。二分も待たずして、制服姿の女の子達が駆け寄ってきた。

「しゃ、写真を」「お願い」「いいですか」

許可を取ろうと話しかけてくるものの、みんな息も絶え絶えで言葉がつづかない。

「いいわよ。飲み物を買ってくるから、そのあいだにどうぞ」

女の子達は一斉にスマホを構え、ラヴィアンローズを撮りはじめた。ちょっとした撮影会だ。そして紀久子がコンビニで飲み物を買って戻ると、女の子の数が倍になっていた。しかもその数はまだ増えつつある。最初のグループとおなじ制服姿もいれば、普段着の子もいた。体育会系の部活っぽい、スポーティーな格好の子達もいる。そんな彼女達に、いつしか紀久子は高校生だった自分を重ねあわせていた。

瑞穂のヤツ、どうしているかな。

高校のとき、いちばんのなかよしだった片岡瑞穂だ。おなじ町内に住み、おなじ小中学校で、おなじクラスに何度かなったものの、滅多に口をきかなかった。ところがおなじ高校に進学すると、ふたりで通学するようになった。自転車で通う女子が隣近所で紀久子と瑞穂しかおらず、お互いひとりでいくのが心細かったのである。話をしてみると、漫画やアニメの趣味がほぼおなじで、学校までの往復はその話題で盛りあがった。ときには人気のない通学路で、声を揃えてアニメソングを唄うこともあった。

この世の中にグラフィックデザイナーという仕事があるのだと知ったのは瑞穂のおかげだ。その仕事に就くために、美大のデザイン科へ進学したいと言っても、親や教師は相手にしてくれなかった。でも瑞穂だけは応援してくれた。そんな彼女に励まされ、受験のために美術予備校へ通い、東京の美大に合格できた。

瑞穂は地元の国立大へ進み、県内ではトップクラスの優良企業である練り物製品の会社、一八十に就職した。七月後半、母親が川原崎花店に蒲鉾の詰めあわせを送ってきたが、その会社である。大学のときにはときどき会っていたものの、社会人になってからはゼロだった。こうして思いだすのもひさしぶりと言っていい。

　高校三年間はほとんど毎日いっしょだったのに。

なんて感傷に浸っている場合ではなかった。

「もういいかな。配達、まだ残ってんだ」

紀久子は女の子達にむかって言った。いまからキラキラヶ丘団地へいき、〈花天使〉経由の花束を三軒、定期便サービス〈フラワーブレイク〉を七軒、お届けしなければならない。

「はぁい」練習でもしたのかというくらい、声が揃っていた。十年前の自分と比べると、いまどきの子は素直だ。車のでる方向にいた子達が素早く動き、道が広がった。紀久子は運転席に乗りこみ、ラヴィアンローズを走らせ、車道にでていく。

「いってらっしゃぁあい」「がんばってくださぁい」「応援してまぁす」

　背後から女子高生達の黄色い声が聞こえてくる。自分がちょっとした人気者に思え、恥ずかしくもあり、うれしくもあった。


　キラキラヶ丘団地は手強い相手だ。

　ほぼおなじカタチの五階建ての棟が無数に並んでいるため、自分がどこにいるのかがわからなくなるときがある。しかもどの棟にもエレベーターがないため、最上階まであがったのに、よその棟と間違えていようものなら、絶望的な気持ちに襲われ、一気に体力が消耗し、その場にしゃがんでしまいそうになる。ぜったいミスをしないよう、棟と部屋の番号を確認し、順序よく届けることを紀久子は心がけている。

いま階段をあがっているのは北八号棟だ。四〇九号室へ、定期便サービス〈フラワーブレイク〉を届けるためである。この商品はポストに投函できるようにと、平べったい箱に花を入れてある。ところがキラキラヶ丘団地の集合ポストにはサイズがあわず、各部屋のドアポストに入れねばならなかった。だったら集合ポストにあわせたサイズの箱にすればいいのに、とは思うのだが、そうすると今度は小さ過ぎて、花があまり入らなくなってしまうらしいのだ。

三ヶ月弱のあいだ週五回、配達しているおかげで、足取り軽くとは言わないまでも、以前よりも苦ではなくなった。

「おっと」「失礼」

二階と三階のあいだの踊り場で、階段を下りてきた男性と、危うくぶつかりかけた。避けようとした紀久子の足元に、相手の肩から、帆布(はんぷ)生地の白いバッグがずり落ちた。紀久子は腰を曲げて、それを拾い、相手に渡す。

「すみません」「こちらこそ」

ネイビーの半袖シャツに、ポケットがやたら多いカーゴパンツといういでたちで、三十歳前後と思しき、眼鏡をかけた優男だった。えらい撫で肩で、これでは少しの衝撃でもバッグが落ちて当然だと、紀久子は思う。

「川原崎花店って、駅前の花屋さんですか」

どうして店の名前を、と思ったが、彼の視線は紀久子が両手で持つ〈フラワーブレイク〉の箱にむけられていた。そこに店名がプリントしてあったのだ。

「はい」

「一度だけ、このあいだの月曜に伺いました」月曜は休みなので、紀久子が知らなくても当然だった。「ここに引っ越してきたのが先週の土曜で、あまりにウチん中が殺風景なもんだから、花を飾ろうかと思いまして」

「奥様かカノジョのためにですか。お優しいんですね」

「独身の一人暮らしです」男性ははにかむように笑う。「ぼく自身、花が好きなもので」

そうか。そりゃあ、そういう男性がいても当然だ。

「ルリタマアザミを三本買いました」

漢字で書くと瑠璃玉薊だ。瑠璃は青い宝石のことである。その名のとおり丸い玉のように青い小花が密集して咲く。英名のエキノプスは、もともとはギリシア語でハリネズミに似ているという意味らしい。蕾や花のカタチを見れば納得できる。店で扱っているのはベッチーズブルーという濃い青色の品種だ。

「品揃えがいいものだから、目移りしちゃいましてね。結局、お店でいちばん若いスタッフがイチオシだと、値札に書いてあったルリタマアザミにしたんです」

あの謳い文句で買うひとがいたのか。しかしお店のネーチャンのためではなく、自分のためだったとは。

「もしかしてあなたが、いちばん若いスタッフ？」

「そうです。君名と言います」

その必要もないのに、紀久子は名乗っていた。

「ルリタマアザミをイチオシするなんて、イイ趣味をしていますね、キミナさんは」

「ありがとうございます」面とむかって褒められると照れ臭い。

「そうだ、お店にひとつお願いが。あ、でもいま配達中なんですよね」

「短いお話ならばだいじょうぶですよ」

「入荷していただきたい花があるのですが、そういうのってお願いできます？」

「できるだけご要望にはお応えします。どんな花でしょうか」

男性客は帆布のバッグからスマホをだし、画面を何度かタップしてから、「これです」と紀久子にむけた。細くて小さな花が中央で縦に集まってこんもり盛り上がり、そのまわりを外側に一重の花びらが取り囲んでいて、花の中に花が咲いているような、いわゆる丁子咲きと呼ばれるものだ。川原崎花店でバイトをするようになって覚えた言葉である。よく見れば外側の花びらが不思議なカタチをしていた。その先端にいくつもの突起物が付いているのだ。

「フリル菊と言います。洋菊っぽいけど和菊を改良してできた品種でして、一般に流通しはじめてまだ日が浅い菊なのですが」

言われてみれば、まわりにフリルをあしらったかのようだった。花の色が白いので、なおのことそう見える。

「よろしければその写真」紀久子はスマホをだした。ふたりともiPhoneだったので、「エアドロップで送ってもらえますか」と申しでると、男性は目をぱちくりさせた。

「なんですか、それ？」

紀久子が丁寧に教えてあげた結果、無事にフリル菊の写真をゲットできた。

「仕入れは店長がするので伝えておきます。入荷できたら連絡しましょうか」

「いえ、そこまでは。通勤に鯨沼駅を使っているので、帰りにでもお店に立ち寄ります」

紀久子は木曜が定休日で、夜は八時までだと告げた。自分の休みが月曜であることもだ。

「でもスタッフのみんなにはわかるようにしておきます。お名前を伺ってもよろしいですか」

ならばと男性は帆布バッグの中をさぐる。そのあいだ、撫で肩からバッグの紐が何度かずり落ちそうになった。やがて彼が取りだしたのは名刺だった。

「よろしくお願いします」

男性の勤め先はやたら仰々しかった。〈国立研究開発法人〉からはじまり、科学に開発、機構と紀久子の人生で滅多に使わない単語が並び、その中に研究という二文字がぜんぶで五つもあったのだ。ただし肩書きは研究員だけで、名前は伊福部晶だった。


ラヴィアンローズを車庫に置き、ビルの玄関口を通って、バックヤードから売場に入る。四時半を回っており、早番の李多と光代さんはすでにいない。店番は芳賀なのだが、レジカウンターからでて接客中だった。紀久子は作業台の下の棚から自分のエプロンをだし、身に着けていると、女性客が芳賀にむかって、抗議するように言うのが聞こえてきた。

「二十五歳女性の若手スタッフって、いつ入ったんです？　あたしがここへ手伝いにきたときは、まだいませんでしたよね？」

女性の前には緑のポンポンマムがあった。その値札を読んだにちがいない。

「ミドリちゃんが手伝いにきたって母の日だったたな。そっか、そのときにはまだ君名さん、いなかったか」

ミドリちゃんと呼ぶくらいだから、女性は客ではなく、芳賀の知りあいにちがいない。紀久子よりも小柄で、背丈は巨体である芳賀の胸元くらいまでしかない。年齢は二十歳前後といったところか。オリーブグリーンの長袖ワンピースとごくありきたりな服装なのに、自分の肩幅のほぼ倍、襟足からお尻のあたりまである大きなリュックサックを背負っている。美大の頃、おなじようなものを持つ学生を大勢見てきた。あの中にはスケッチブックにキャンバス、筆やパレット、絵具、イーゼルまで入っているはずだ。それだけでもじゅうぶん重いだろうに、さらには首から一眼レフを下げていた。

「どんなひと？　君名さんって」

「よく働く元気なオネーサンだよ。車の免許を持っていて、いま配達にいっている」

もうここにいますけど、と言ったほうがいいだろうか。ふたりはこちらに背をむけ、まだ気づいていないのだ。

「そうじゃなくて、どんな顔でどんな体つきなのかを知りたいの」

「なんで？」

ミドリは答えに詰まる。すると彼女は紀久子に気づき、芳賀も視線をむけてきた。

「ちょうどよかった。彼女が君名さん」

「こんにちは」紀久子が会釈をすると、ミドリも「どうも」と返してきた。改めて彼女の顔を見る。目鼻立ちがはっきりしていて、鼻筋が通っており、唇は薄すぎず厚すぎず、ちょうどいい塩梅だった。

「俺の友達の妹で、フカサクミドリさん。美大で油絵を勉強しているんだ」

「美大ってどこのです？」

「私、そこのデザイン科だったんですよ」

ミドリの答えを聞いて驚いた。

「デザインを勉強していたのに、どうしていまは花屋でバイトしているんですか」

ミドリの棘のある言い方に、紀久子は面食らう。

「それを言ったら俺だって農大で研究助手だけど、三十歳でもまだ、ここに世話になっている」

そう言って芳賀が笑うと、ミドリはバツが悪そうな顔になった。

「で、どれにする？　デッサン画を描くための花を買いにきたんだろ？」


ミドリはホトトギスを買っていった。もちろん鳥ではなく、ユリ科の花である。別名を油点草といい、若葉や花にある油染みに似た斑点が鳥のホトトギスの胸の模様に似ているのだ。あれだけの数の斑点を描くのは、骨が折れるだろうにと、紀久子は余計なことを思った。

客がちらほらしか訪れず、手隙になったので、芳賀とふたり、作業台でワンコインブーケをつくりはじめた。税込みで五百円の小さなブーケである。花束をつくるために切りわけた花を捨てずに束ねたものだ。茎が短いので水揚げがよく長持ちする。しかも花の種類はさまざまで見栄えがいいし、お得感があった。肉に喩えれば細切れ肉ねと言ったのは光代さんだ。その通りだとは思うが、わざわざ肉に喩えなくてもいい。

「申し訳ないね」芳賀が不意に詫びてきた。「生意気だっただろ、さっきの子」

「美大生はあれくらい生意気なのが、ちょうどいいんですよ」

「君名さんも生意気だった？」

「ええ、まあ」

己の才能には並々ならぬ自信があった。だからこそ就職活動に惨敗するとは夢にも思わず、心が折れてしまったのだ。

「彼女、鯨沼に暮らしているんですか」

「いや。美大の近くのマンション」

紀久子が卒業した美大は、地理的に東京の真ん中で、二十三区に比べたら閑静な町にあるが、鯨沼に比べたら、ずっと栄えているし、花屋だって最寄り駅周辺にいくつかあったはずだ。デッサン画を描くための花を買うのに、西の果てにある鯨沼までくる必要はない。もしかしたら芳賀に会いにきたのかもしれない。

ただし芳賀は、女の子にモテるタイプとは言い難い。野暮ったくて垢抜けていないのだ。いつも眠たげな目をして、髪はボサボサ、ヒゲはどこかしらに決まって剃り残しがある。服装に無頓着で、上下どちらも二、三着しかなさそうだ。だが見方を変えれば、巨大な熊のぬいぐるみのように見えなくもない。性格はおっとりして、人当たりがよく、きさくなお兄さんだ。客受けもいい。紀久子にすれば人生で、これほど話がしやすい異性はいなかった。男という生き物は、本人にその気がなくとも女に対して威圧感があるものだ。だが芳賀の場合、それが皆無だった。胸板が厚い大男にもかかわらずである。

「彼女、芳賀さんの友達の妹だと言ってましたよね。その友達って、どんな方なんですか」

「農大の同期。誠実の誠でマコトという名前で、学部はちがうけど、クライミング部の仲間だったんだ」

「クライミングって、壁にくっ付いた凸凹を登っていくアレですか」

「それもしてたけど、ウチの部活は自然の岩壁を登るのが主だった。誠とふたりきりでいくこともあった」

　マジか。高いところが苦手な紀久子には到底、真似ができないことである。

「李多さんがこの店を継いだ直後、はじめて雇ったバイトが誠でね。三年近く働いて、大手種苗メーカーに就職が決まったとき、後釜に入らないかって大学院へ進むと決めていた俺を誘ってきたんだ。でもまあ、こんなに長く働くとは思っていなかったなあ」

「誠さんとはいまでも会ってます？」

「いや、まったく。アイツ、部署が海外営業で、入社して二年目でアメリカに駐在が決まって、それ以来会ってない」

「やっぱそういうもんですかねぇ。私も高校時代、いちばんの親友だった子が地元にいるもんだから、二年以上会っていなくって」

「会ったほうがいい」芳賀が言った。えらく熱のこもった口ぶりに、紀久子はハッとした。「ぜったい会うべきだよ」

その夜、午後九時半前、アパートに帰ってすぐ風呂に入って、ドライヤーで髪を乾かしたあと、ベッドに仰向けになり、『雨月物語』の〈菊花の約〉を読みはじめた。帰り際に「はい、これ」と光代さんから渡されたのである。李多に貸していたのが戻ってきたという。

あなたが重陽の節句について知りたがっているって、李多さんから聞いたのよ。〈菊花の約〉だけでも読んでみて。できれば感想が聞きたいな。

光代さんにはそうも言われたので、読まざるを得なかった。とりあえず一度読んでみたものの、話の筋を摑むのがやっとだった。

昔、播磨の国、加古の宿に丈部左門という学者が、母親とふたりで慎ましく暮らしていた。ある日、左門は病いで行き倒れていた赤穴宗右衛門なる侍を救ってあげた。その後、ふたりは意気投合し、兄弟の契りを結ぶ。宗右衛門は出雲で生まれ育ち、地元の城主に仕えているという。ところが用事があって近江にいるあいだに、城を乗っ取られ、主君が討ち死にしたことを知り、出雲に戻る途中だった。かくして宗右衛門はふたたび出雲へと旅立つ。重陽の節句にはここを訪れると約束をしてだ。

月日が過ぎ、その日になったものの宗右衛門が姿を見せない。左門がヤキモキしていると、夜遅くにようやく訪れた。ところが様子がおかしい。すると宗右衛門自ら、私は幽霊だと言いだした。出雲に戻ったものの、主君を討った輩に寝返った従兄弟に監禁されてしまった。そこで左門との約束を果たすため、宗右衛門は自刃し、魂だけとなって訪れたというのだ。話はここでおわらない。左門は宗右衛門を弔うため、出雲へむかい、彼を監禁した従兄弟の許を訪れ、あなたは不義のために汚名を残すがいいと言って斬りつけ、そのまま姿をくらましてしまう。

これの感想と言われてもな。

面白いとは言い難い。幽霊がでてくるが、怖くはない。いや、友達との約束を果たすため、自刃してしまう宗右衛門は怖い。宗右衛門を死に追いやった従兄弟を、左門が殺してしまうのも怖い。よき親友と言えなくもないが、どちらもヤバ過ぎる。そう考えているうちに、紀久子は高校時代の親友、片岡瑞穂を思いだしていた。

そう言えば瑞穂をこの部屋に、何度か泊めたっけ。

大学三年から四年にかけてだった。地元の国立大に通っていた瑞穂だが、東京の会社もいくつか受けたのである。東京と言いながら、新宿まで電車で四十分はかかるので、お互い朝早くに起きて、シューカツにでかけ、夜に帰ったあとは、ふたりで発泡酒を呑みながら、愚痴を言いあった。

私が東京の会社に就職できたらさ、下北沢とか吉祥寺に部屋を借りてシェアして、また高校んときみたいに毎日いっしょにいようよ。

最後には必ず瑞穂がそう言い、指切りげんまんまでした。でも結局、彼女は東京の会社からは内定をもらえず、地元の練り物製品の会社に就職してしまった。

会ったほうがいい。ぜったい会うべきだよ。

芳賀に言われたのを思いだす。

電話してみっか。

スマホを見ると、十一時近かった。昔ならば平気でかけていただろうが、かれこれ二年以上会っていないと、さすがに気が引ける。ＬＩＮＥを送ろうかと思った、まさにその瞬間だ。スマホが鳴った。

嘘でしょ。まさに瑞穂からだったのだ。

「もしもしキクちゃん？　元気？」

スマホから流れてくる声は、紛れもなく瑞穂だった。昔とまるで変わらない。

「元気だよ。どうしたの、いきなり電話してきて」

「電話はいきなりかけるものさ」スマホのむこうで瑞穂はフフフと笑う。「今日、デパ地下で新商品の試食販売をしていたら、キクちゃんのママと会ったんだ。ちょっとだけおしゃべりしたんだけど、ママさん、あなたをとても心配していて」

「私を？　母さんが？」

そんなはずがない。六月のなかばに電話をかけて現状を報告したとき、こちらが拍子抜けするくらい、あっさり受け入れていたではないか。

「あの子ったらお盆にも帰ってこないのって嘆いていたよ。だから私がキクちゃんに電話をして、近況を訊いてみますって言ったんだ。私もキクちゃんとおしゃべりしたかったし。会社、やめたんだって？」

「うん。でもグラフィックデザイナーになるのをあきらめたわけじゃないからね。花屋さんで働きながら、美大のデザイン科で培った技術を活かした仕事を探しているんだ」

紀久子は力んで言ってしまう。だが探しているというには、ほど遠かった。三ヶ月経ったいまでも、デザイン関係の求人サイトを眺めるだけで、それ以上はしていない。困ったことに、いや、むしろありがたいのだが、三ヶ月の見習い期間が済んだので、時給が五十円あがって千円になり、月々の手取りはブラック会社よりもよくなった。しかも週に五日、タダめしにありつけるのも助かる。

「えらいっ」スマホから瑞穂の声が飛びだしてきた。そう思えるくらいに大声だったのだ。彼女はいまでも自宅暮らしのはずで、家族が驚くのではないかと心配になる。「いまもまだ自分の目標にむかって、突き進んでいるってわけだ。えらいぞ、キクちゃん。それでこそ我が友。一日中、デパ地下で蒲鉾の試食販売をしてて、クタクタだったけど、キクちゃんの声を聞いたら、やる気がでてきた」

「私もだよ」

できればいますぐ瑞穂に会いたい。だがさすがに自刃はできない。

「デザイナーになれるよう頑張ってね」

「瑞穂も仕事、頑張って」

一週間後の金曜、川原崎花店の店頭にフリル菊が並んだ。伊福部からエアドロップでもらった写真の花は白かったが、李多は他に黄色と紫の三色を入荷してきた。花卉市場の仲卸に頼んで、愛知県の花農家から仕入れてもらったのだという。伊福部の言っていたとおり、一般に流通しはじめてまだ日が浅い菊だったようだ。

客の大半がフリル菊の前で足を止め、しばらく眺めていた。外側の花びらがどんなカタチを成しているのか、理解するのに時間を要したにちがいない。おかげで予想以上に売れた。当日のツイッターとインスタグラムに、フリル菊の写真をアップしたことも、功を奏したのかもしれない。日曜の夜には、遂に売り切れてしまった。

「明日また、入荷してこなくっちゃ」閉店後、レジ閉めをしながら、李多は鼻歌交じりに言った。フリル菊が好評で気をよくしているにちがいない。そして掃き掃除している紀久子に、「この菊を教えてくれた彼、結局、きたのかしら」と訊ねてきた。

「どうですかね。少なくとも私が売場にいるときは、姿を見せませんでした」

そもそも金土日は遅番で、昼一時からラヴィアンローズで配達にでかけ、戻りは早くて四時、遅いと五時になってしまう。

「折角だから会ってお礼を言いたいわ。撫で肩以外に特徴はないの？」

そう言われてもな、と思いつつ考えていたところ、バックヤードから「あ痛たたったった、たたたた助けてぇぇ」と悲鳴に近い声が聞こえてきた。

李多と紀久子がそちらへむかうと、光代さんが床にうずくまっていた。

「魔女に一撃くらった？」李多の問いに、光代さんがコクコクと頷く。

「救急車、呼びますか」なんのことかわからないまま、紀久子は言った。

「そこまでする必要ないよ。ヘクセンシュウス。ドイツ語で魔女の一撃のことなんだけど、要するにただのぎっくり腰」

李多の説明になるほどそうかとは頷けなかった。光代さんの痛がり具合を見ていると、とても〈ただの〉とは思えなかったからだ。

「ミニバンで自宅に送るからさ。私、光代さんの頭のほうを持つんで、キクちゃんは足を持ってくんない？」

翌日の月曜、紀久子は休みのはずが、光代さんの代わりに出勤した。それも朝八時から夜九時までの通しである。どうせ休日とは言っても暇で、その分稼げると思えば苦ではなかった。

いつもとあんまり変わんないな。

川原崎花店のレジはタブレット型のPOSレジで、その日の売上げも確認できる。重陽の節句の今日、菊は売れた。しかしぜんたいを見ると、ふだんの月曜とトントンの売上げだったのだ。重陽の節句が母の日のようになるまでには、道のりは長そうだった。永久に辿り着けないかもしれない。

午後五時過ぎから雨が降りだしたのもまずかった。表に並べた菊は、店内に入れなければならない。しかも雨は次第に強くなり、鯨沼駅からでてくるひと達は花屋などに目もくれず、家路を急いでいた。なんなら店先で呼びこみをしたいぐらいだが、そうはいかない。

三十分ほど前から、紀久子はひとりきりだった。李多は自治会の寄合にでかけている。町内で防犯カメラを設置すべきかどうかが議題で、李多が進行役を務めるのだという。

あれ？

いつの間にか売場に、ひとがいた。男性だ。七十代なかばのようだが、お年寄りや後期高齢者ではなく、翁（おきな）と呼ぶのが相応しい容姿だった。背筋をぴんと伸ばし矍鑠（かくしゃく）として、仕立てのいい背広がよく似合っており、菊全般の花言葉である高貴、高潔、高尚がぴったりの雰囲気を漂わせている。

光代さんがぎっくり腰で休みのあいだ、店頭に置く黒板の看板になにを書くか、紀久子が任された。無難なところで、菊の花言葉を書こうとネットで調べたのである。赤はあなたを愛してます、白は真実、黄色は破れた恋といった具合に色別にあり、英語の花言葉も二つ、今日はそのうちのひとつを書いておいた。

翁は端から丹念に花を見つめている。選んでいるのではなく、観察しているようだ。しばらくしてから紀久子はレジカウンターからでて、翁の斜めうしろに立ち、「お気に入りの花がございましたか」と訊ねた。

「いやあ」翁は振りむきもせずに答えた。「品揃えがいいので迷っております。仕入れている方はなかなかの目利きですね」

伊福部が似たことを言っていたのを思いだす。

「ありがとうございます。あ、でも、仕入れているのは私ではなくて店長でして」

「この菊を選んだのも店長さんですか」

翁が指差したのはフリル菊だ。これだけは今日も大いに売れ、すでに白が二本しか残っていなかった。

「それはお客様に入荷してほしいと頼まれまして」

「ほう」翁の表情が少し変わった。どうやら驚いているようだ。「その客は伊福部という、撫で肩で三十歳くらいの男性ではありませんでしたか」

「そうです」今度は紀久子が驚く番だった。「お知りあいですか」

「友達です」

それにしては歳が離れ過ぎている。そう思う紀久子の胸中を察したらしい。

「おなじ研究所で働く研究員でしてね。伊福部くんとは不思議とウマがあって、友達同然の付きあいだったんです。彼とおなじチームで、このフリル菊をつくりました」

「研究所で菊をどうやってつくるんです？」

紀久子は要領を得ず、訊ねてみた。

「我々のチームは主に重イオンビームを用いた突然変異誘発法の技術を開発研究していたのですが、おっと失敬、これでは一般の方にはわかりづらいですよね。簡単に説明しますと、原子から電子をはぎ取ってつくられたイオンの中で、ヘリウムイオンよりも重いイオンを重イオンと言います。これを加速器で高速に加速させたのが重イオンビームです」

全然、簡単ではない。

「そのビームを植物に当てることで、突然変異を引き起こし、新品種をつくりだすのが我々チームの役目なのです。ただし誤解なさらないでいただきたいのは、漫画や映画などのように、ビームを当てた途端、見る見るうちにカタチを変えるわけではありません」

ちがうのか。紀久子はまさにその描写を頭に思い浮かべているところだった。

「そもそも花にビームを当てません。節ごとに切断した茎を透明な皿に固定し、ビームを当てます。この茎から育った千本単位の苗を温室内で栽培し、その中から突然変異が発生したものを選抜していきます。さらに変異したカタチを維持できるかを確認しなければなりません。フリル菊はそこまで辿り着くのに五年、商品化するまでにさらに五年の歳月がかかりました」翁は慈しむような目で、フリル菊を見つめている。「こうして花屋さんに並んでいるのを見ることができて感激もひとしおです。じつを申しますと私、商品化まであと一歩という段階で、さる事情があって退職してしまったもので」

「この菊、とても好評なんですよ。金曜に入荷したのは日曜に売り切れて、今朝また入荷したんですが、もうこの二本しか残っていません」

「それはうれしい」翁は笑った。皺だらけなのに、子どもみたいな笑顔だった。「ではこの二本を家に飾るとしましょう」

紀久子は花桶からフリル菊を手に取る。それだけでは寂しいと思い、カスミソウをサービスで付け、作業台で花を束ね、茎を切り揃え、輪ゴムで固定し、ラッピングペーパーで包んでいく。肝心なのは焦らないこと。急いで失敗するよりも、多少時間がかかっても丁寧にしたほうがいいと光代さんに教わった。

支払いはスイカだった。紀久子はレジカウンターをでて、花束を渡す。

「伊福部くんに会うことはありますか」

「それこそフリル菊を買いにくるとおっしゃっていたんですが、まだなんです」

「研究所が忙しいのでしょう。研究者として優秀なうえに性格もいい。だから仕事を頼まれるとなんでも引き受けてしまう。許してやってください」

「許すもなにもありませんよ」

紀久子は笑う。そして店頭まででて見送った。雨は止んでおり、雲が切れて月まで見えている。

「では伊福部くんに会ったら、よろしくお伝えください」

「わかりました」

紀久子は丁寧にお辞儀をする。そのときになって翁の名前を訊いていなかったのに気づく。慌てて顔をあげると、その姿はなかった。

消えた？

そんなはずがない。鯨沼駅からでてきたひと達に紛れ、見えなくなっただけだろう。紀久子は自分にそう言い聞かせ、店に戻った。

「おはようございます」

翌朝、紀久子は店頭にススキを並べていた。三日後が十五夜だからだ。するとそこに伊福部があらわれた。つづけて彼は「申し訳ありません」と頭を下げた。「先週の金曜、こちらでフリル菊を入荷なさったのはツイッターを見て、わかっていたんです。でもこのところ仕事が忙しくて土日も出勤して、昨日も帰りは十一時過ぎ、今日ようやく休みが取れたのですが」

「想像以上の売行きだったんですよ。昨日も入荷したのですが、一日で売り切れてしまって」

「ほんとですか。うれしいなぁ。いや、リクエストした本人が買いにこなかったのはやっぱりマズいですよね」

「今度の金曜にまた入荷しますので、ぜひそのときに」

「わかりました。必ず買いにきます。あ、もちろんいまもべつの花を買っていきますので。店はオープンしていますよね？」

「ええ。どうぞお入りください」

火曜の朝は光代さんとふたりで店番なのだが、まだぎっくり腰から復帰していないので、紀久子のワンオペとなった。店が混んで客が捌き切れなかったり、なにか問題が起きたりした場合は、三階の自宅にいる李多を内線で呼ぶことになっていた。

「フリル菊って、重イオンビームを当てて、突然変異を引き起こすことによってできた新品種なんですよね」

「おっしゃるとおりです。ぼくは大学生のときに、そのプロジェクトのチームに加わったのですが、商品化するまでに十年かかったんですよ。フリル菊が花屋さんに並んで、しかも売り切れるほど好評だったなんて」そう言ってから、伊福部は紀久子に訊ねてきた。「でもどうして重イオンビームのことなんて知っているんです？ネットで調べました？」

「いえ、昨日の夜、フリル菊の最後の二本をお買い上げになった方にお聞きしたんです。なんでも伊福部さんとおなじ研究所にお勤めだったそうで、友達同然のつきあいだともおっしゃっていました。伊福部さんに会ったら、よろしく伝えてくださいと言われたのですが、名前をお訊きするのを忘れてしまって」

「だれかな」伊福部は首を傾げた。「ウチの研究所で、このへんに暮らしているひとなんていないんですが。どんなひとでした？」

「七十歳は確実に越えている男性でした。あ、でもいまは研究所で働いていないみたいですよ。フリル菊の商品化まであと一歩という段階で、さる事情があって退職してしまったとおっしゃっていたので」

気づけば伊福部は紀久子の顔をまじまじと見ていた。疑いの眼差しではないにせよ、信じ難いという目つきではあった。

「なにか？」

「昨夜、訪れたというのはこのひとですか」

伊福部がスマホを取りだし、その画面を何度かタップしてから紀久子にむけた。翁がこちらを見て笑っている。

「そうです。間違いありません。この方です」

「フリル菊プロジェクトのチームのリーダーだった森教授です。孫のような歳のぼくの意見にも耳を傾けてくれましてね。面倒見がよくて、ずいぶんと可愛がっていただきました。いつも仕立てのいい背広を着て、それがまたお似合いで、学者というよりも貴族みたいでした。やんごとなき方の血筋らしいという噂が、まことしやかに流れていたほどで」

「それ、わかります。とても高貴な感じがして、でも親しみやすくて話しやすかったです」

「君名さんは霊感がおありですか」

なんだ、いきなり。

「いえ、まったく」

「これまで幽霊の類いを目撃した経験は？」

「ありません。どうしてそんなことをお訊きになるんですか」

「森教授は昨年末、インフルエンザをこじらせて肺炎を患い、急激に進行して、そのまま帰らぬひとになりまして」

紀久子は我が耳を疑った。伊福部は真顔だ。少し顔色が悪くなってもいる。

「お見せした写真はインフルエンザにかかる直前、チームで早めの忘年会をおこなったときに撮影したものです。これが最後の写真になるとは思ってもいなかった」

「ま、待ってください。昨日、会った方は足もあったし、半透明でむこうが透けて見えることもありませんでした。しかもスイカで買っていったんですよ」

でも突然あらわれ、突然消えてしまった。

重陽の節句に幽霊だなんて、まるで〈菊花の約〉ではないか。百歩譲ってそうだとしても、どうして私の前にあらわれたのだろう。

「フリル菊が引き寄せたのかな」伊福部がぽつりと呟く。

そうかもしれない。あるいはそのフリル菊を買いにくるはずだった伊福部に会うつもりだったのかも。

紀久子は自分の足元に、黒板の看板があるのに気づく。昨日、書いた菊の英語の花言葉がまだ残っている。

You're a wonderful friend.

あなたはとても素晴らしい友達。

Ⅳ クリスマスローズ

「カットバセェエ、チィィヒィロッ」

「カットバセェエ、チィィヒィロッ」

馬淵千尋が打席に立つ。これまでどの打席もヒットを放ち、チームに貢献している。今回も打ってくれるはずだと期待が高まり、応援も熱を帯びていく。

選手も観客もみんな吐く息が白い。十二月第三日曜の今日、朝から曇り空で、そのうち雪でもちらつくのではないかと思えるほど寒かった。応援していないと、瞬く間に身体が冷えていってしまうくらいだ。

ここは江東区(こうとうく)にある夢(ゆめ)の島(しま)野球場で、中学生軟式野球都大会女子の部の決勝戦、キラキラヶ丘サンシャインズ対国分寺(こくぶんじ)ブッポウソウズがおこなわれていた。試合開始は朝九時、かれこれ一時間半が経つ。日曜は遅番で正午出勤なのだが、李多に相談して、午後二時からにしてもらった。

「カットバセェエ、チィィヒィロッ」

こんなに大きな声をだすのはひさしぶりだ。それだけで気分が晴れる。じつはちょっと落ちこむことがあった。正月に帰省して、高校時代の友人である瑞穂に会う予定だった。ところが一昨日の夜、彼女から電話があり、年末年始の十日間、九州へ出張にいかねばならなくなったというのだ。なんでも直属の上司が雪道で転んで右腕を骨折し、そのピンチヒッターらしい。

ごめんね、キクちゃん。この埋め合わせは必ずするからさ。

いいんだよ、瑞穂。仕事じゃしょうがない。

友達が職場で活躍しているのだから、よろこぶべきであると紀久子は自分に言い聞かせた。でも寂しいのは事実だった。

「紀久子さん」

紀久子の隣から馬淵先生が声をかけてきた。鯨沼に住む華道の先生で、千尋の祖母である。いつもどおりの着物で、ポンチョのようなグレーのコートを羽織っており、その右手にはビデオカメラがあった。孫娘の勇姿を撮影するためだ。ところがどういうわけか、それを紀久子に差しだしてきた。

「孫を撮るのを代わってもらえないかしら」

「どこかお加減でも？」紀久子は訊ねた。それだけ馬淵先生の顔色が悪くなっていたのだ。

「千尋を見ていたら、緊張で息が苦しくなってきて」

「わかりました」

紀久子は野球にまるで興味がない。ルールがかろうじてわかる程度だ。それでも最終回裏ツーアウトで一点差、あと二点を入れれば勝つが、その前にアウトをとられたら負けだということくらいはわかる。千尋の前の打者はサチューカンヒットとやらで、一塁に突っ立っていた。

受け取ったビデオカメラを構えて千尋にむける。打席に立つ彼女は焦りを隠し切れない険しい表情だった。こんな孫娘を見たら調子が悪くなって当然だ。紀久子でさえ鼓動が速くなる。馬淵先生は手をあわせて拝んでいた。

「ストライィィクッ」一球目、千尋は空振りだった。

「千尋ぉ、力み過ぎぃ。リラックスゥ、リラックスゥ」

背後から西の声が聞こえてきた。一学期のおわりに引っ越しをしたため、キラキラヶ丘サンシャインズをやめた女の子である。千尋を応援するために、新幹線で東京を訪れ、昨夜は千尋の自宅に泊まったそうだ。野球どころかスポーツなど無縁そうな小柄で色白の愛らしい子だ。ビデオカメラで見ていると、千尋の頬が少し緩んだのがわかった。

投手が二球目を投げた。千尋がぐっと脇を締め、バットを振り切る。その途端、鋭い球音が鳴った。グラウンドに立つ選手達のみならず、敵味方いずれの応援席の観客も中空の一点をしばらく見上げていた。

「野球なんて生涯、無縁だと思っていたわ。この歳まで球場に一度もいったことがなかったし、テレビで観戦したこともないの。なのに孫娘が野球をやるなんて、人生なにが起きるかわからないものね」

ビデオカメラのモニターを見ながら、馬淵先生は言った。紀久子も横から覗きこむ。小さな画面の中では千尋が満面の笑みで両手をあげて走っていた。サヨナラ逆転ホームランを放ち、ベースを一周しているところだ。

　夢の島からの帰りの電車だ。紀久子と馬淵先生は並んで座っており、右斜めむかいでは西と千尋のふたりが立ったままでおしゃべりに没頭していた。じつは宇田川もいる。だが彼は女子ふたりとは、少し離れたところで吊り革につかまり、流れる景色をぼんやり眺めていた。

「紀久子さんに任せてよかったわ。とても上手に撮っていただいて。ありがと」

「いえ、そんな。お役に立てて光栄です」

　千尋がホームベースを踏み、キラキラヶ丘サンシャインズのメンバーが出迎えたところで動画はおわった。

「千尋さんのお母さんは、どうして今日、いらっしゃらなかったんですか」

　千尋のお母さんとはつまり馬淵先生の娘の百花だ。彼女が川原崎花店の前を通り過ぎていくのを、何度か見かけている。あれが馬淵先生の娘さんよと光代さんが教えてくれた。パンツスーツで身を固め、キビキビ歩く姿はデキる女の代表といった感じだった。

「千尋の試合には一度もきていないわ」

「一度も？」

「あの子、仕事が忙しくて休日出勤も多くてね」

　馬淵先生はビデオカメラを専用のバッグにしまいながら、話をつづけた。名前に花が付いていながら、母親の跡を継がず、カキツバタ文具という文具メーカーで働いている話も、馬淵先生から聞いていた。四十二歳であることもだ。

「ウチの家系は運動オンチばかりだから、千尋が野球チームに入ると言いだしたときは驚いたものよ。しかもこんなに大活躍するとは思ってもみなかったわ。きっと父親に似たのね。娘が十年前に離婚した話はしたでしょ」

「え、ええ」

「千尋の父親はスポーツ万能だったの。人当たりがよくて、だれとでもなかよくできる、最近の言葉で言えばコミュニケーション能力が高い好青年でね。会社での評判もよくて、営業成績も抜群だったそうだけど、家ではとんでもないクズだった」

着物姿で品がある老齢の女性の口から、クズなんて言葉がでるとは思っていなかったので、紀久子は少なからず驚いた。

「ぼくが完璧なのだから、妻であるきみも完璧でなければならない、家事を完璧にこなすためには専業主婦でいるべきだと言って、百花は会社をやめさせられてね。掃除や洗濯、料理など家事全般、自分の思ったとおりでないと、百花を叱りつけて手をあげたこともあったの」

紛うことなきクズだ。

「それを聞いて、我慢できずに私がアイツに意見してやるって言ったら、娘に泣きながら止められたわ。さらにヒドいことになる、私は耐えられても千尋がかわいそうって。結局、千尋が四歳になる前に離婚してウチに帰ってきたわ。それから一年半くらいは別れた旦那とゴタゴタして、男はもうコリゴリだったはずなのに、半月くらい前、母さんと千尋に会ってほしいひとがいるなんて言いだしたのよ。娘の応援にはこないのに、男をつくっていたとはどういう了見なんだって思ったんだけどね。とうの千尋はお母さんが幸せになれればそれでいいって、よろこんでいるわ。ほんと、あの子は優しい子なのよ」

　それは知っている。親友の西と宇田川の仲を取り持つため、千尋が紀久子の許に頼み事をしにきたからだ。

「我が家は毎年、クリスマスイブには〈みふね〉で、家族揃って食事をしてて、今年はその席に百花のカレシをお招きするの」

〈みふね〉は鯨沼でも閑静な住宅街にポツンとある、廃墟同然だった洋館を改築した、高級イタリア料理店だ。どれくらい高級かと言えば、シェフのお任せコースともなると紀久子の半月分の食費とほぼおなじで、とてもではないがそれを一晩で腹に入れてしまう勇気はなかった。

「そうだ、それで思いだした。〈みふね〉の生け込みの花材を、あなたにいま頼んでもいい？」

「かまいませんよ。おっしゃっていただければ、ＬＩＮＥで李多さんに送ります」

「ジュニパーベリーにナンキンハゼ、ローヤガキ」

「ちょっと待ってください」

いずれもはじめて聞く名前で、紀久子は指が追いつかない。馬淵先生にもう一度、ゆっくり言ってもらい、李多へＬＩＮＥを送った。

オフィスや店舗、ホテル、病院、イベント会場に個人宅など依頼があった場所ならば、どこへでも花材をもってでむき、その場で花を生けるのが生け込みだ。川原崎花店ではおこなっていない。店内で花束やスタンド花などができても、依頼先で、相手の指定する花器に花を生けるとなると、だいぶ勝手がちがうからだ。

数年前〈みふね〉がオープンする間際、オーナーシェフの三船が川原崎花店を訪れ、生け込みを依頼してきた。できませんと断るのもどうかと思い、李多は馬淵先生を紹介したのだという。

〈了解。で、野球の結果はどうだった？〉

一分もしないうちに、李多からＬＩＮＥの返信がきた。

〈キラキラヶ丘サンシャインズの勝利です〉

「嘘ぉぉ、つぎ東京駅じゃん。西とはもっと話したいことがあったのにぃ」

「私もだよぉ、千尋」

千尋も西も、ずいぶん芝居がかった口ぶりだ。そうやってふざけながら、別れの寂しさを紛らわしているにちがいない。そんなふたりを見つめているだけで、宇田川はすっかり蚊帳の外だった。気の毒に思えたがやむを得ない。

女の友情に男などお呼びでないのだ。


「ママみて、まっかっかだ」

川原崎花店に入ってくるなり、大声をあげたのは蘭くんだ。六歳の男の子で常連のひとりである。彼の言う通り、川原崎花店は真っ赤っ赤だった。クリスマスの定番、ポインセチアの鉢や切り花をはじめ、バラ、シクラメン、ツバキ、サザンカ、カランコエ、エリカ、コーレアなど赤系統の花がところ狭しと並んでいるからだ。鯨沼駅からロータリー越しに見ても、真っ赤だとわかる。この夏、向日葵で店を真っ黄色にした際、売上げが伸びたので、十二月に入ってからクリスマスにむけて赤で攻めていくことにした。

そのクリスマスまであと一週間、今日は十二月の第三水曜だ。平日のまだ昼前なのに六、七人もの客がいた。芳賀がレジに立ち、光代さんは売場にでて接客し、紀久子は作業台で花束をつくっていた。李多は遅番で、三階の自宅でまだ寝ているようだった。

紀久子がつくる花束はオリジナルだ。赤紫のハボタンと赤いバラを組み合わせ、そのまわりにラムズイヤーの葉をあしらっていく。イイ感じに仕上がってきた。オフィスがあまりに殺風景なので花を飾りたい、ついてはあなたみたいな若い子のセンスで花を選んでほしい、ただし税込み二千円でと、アラフィフと思しき女性に依頼されたのだ。スーツ姿でトレンチコートを着た彼女は、鯨沼にある取引先へ商談にいき、一時間ほどで戻ってきますと、黄色い付箋に田中（たなか）という名前と携帯電話の番号を書き残し、代金を払って店をでていった。紀久子にすれば、でかけてくれて助かった。完成するまでそばにいられたら、緊張して手が震え、じょうずにできなかったかもしれないからだ。

花束をつくりながら、自分の手の荒れがいささか気になった。本格的な冬をむかえ、水を使った作業は正直つらい。桶やバケツを洗うときはさすがにゴム手袋をするが、それでも手にひび割れやあかぎれができてしまう。李多や光代さんに教わった塗り薬を、就寝前に両手に塗りこみ、手袋まで塡めているのにもかかわらずだ。だが以前のブラック会社のように、心に傷を負うよりはマシである。

「ママ、みつけたっ」蘭くんの声が間近で聞こえた。作業台を挟んで真向かいに立ち、紀久子がつくる花束を指差していたのだ。「そのおハナ、きょうのオススメでしょ。なまえはハボタン。ママのスマホでインスタをみたんだ」

川原崎花店のツイッターとインスタは紀久子が担当で、その日入荷した花にブーケや花束、アレンジメントなどをスマホで撮って、ほぼ毎日更新している。〈今日のオススメ〉も紀久子が選ぶ。

「お仕事の邪魔をしちゃ駄目でしょ、蘭っ」

蘭くんのうしろにママが立っていた。三十歳前後だろうか。だとしたら蘭くんを生んだのはいまの自分くらいの歳だと気づき、紀久子は自分が周回遅れで走るランナーに思えた。

「みてママ。ハボタン。スマホよりもホンモノのほうがバエてるよ」

「いいわ。買ってあげる」

「やったぁ」蘭くんはバンザイをすると、クルクルまわりながら、「ハァボタンバァエバエ、バァエバエハァボォタンッ」と唄いだした。その愛らしさがみんなの笑いを誘う。

「恥ずかしいからやめてちょうだい」注意しながら母親も半分笑っていた。「すみません、お騒がせして」

「蘭くんに素敵な歌をつくってもらって、ハボタンもよろこんでいますわ」レジに立つ光代さんが言った。「キクちゃん、その花束、もうできたのよね。蘭くんをハボタンのあるところまで案内してさしあげて」

「わかりました」

「ハァボタンバァエバエ、バァエバエハァボォタンッ」

蘭くんがふたたび唄いだす。とても楽しそうで、紀久子も心が弾み、いっしょに唄いたいくらいだ。

「おハナみたいなところってハッパなんだよね」

赤紫の他にも白とピンクの三色の、色別に花桶に入れられたハボタンを、鼻先がくっつくほど間近で見ながら、蘭くんがそう言った。

「よく知っているわね」

「おハナのズカンにかいてあったのを、ママがよんでくれたんだ」

ハボタンは葉牡丹と書く。葉のカタチがボタンの花に似ているからだ。ヨーロッパ原産だが、江戸の昔から栽培されており、ボタンの代用品として正月に飾る。本物の花は春先に咲く。アブラナ科なので、菜の花に似た黄色い花らしい。鉢物のイメージが強いが、李多が仕入れてきたハボタンは、切り花だ。鉢物より茎は細く、葉のカタチはボタンよりもバラに近い。キレイで愛らしいのだが、真っ赤な花に囲まれたせいか、売れ行きがイマイチだった。そこで〈今日のオススメ〉にしたのだ。それをこんな小さな子が気に入ってくれたことが、紀久子はうれしかった。

「蘭くんがお持ちになれるように枝を短く切って、ブーケにしましょうか」

ハボタンを三色一本ずつ取ってから、紀久子は母親に訊ねた。

「そうしてくださると助かります。あ、それとインスタにアップしていた生花のクリスマスリースって、まだ注文できますか」

「だいじょうぶですよ。大きさは？」

「二十五センチのでお願いします」

クリスマスリースと言えば、造花やドライフラワーが主だが、川原崎花店では生花でつくっていた。直径二十五センチ、三十センチ、四十センチの三種類で、三千五百円、五千円、七千円とまずまずの値段である。各三十個限定の完全予約制だった。スタッフ総出でつくるため、それが精一杯なのだ。毎年楽しみにしているひともいて、クリスマスまで一週間、いずれもあと数個で〆切になる。

「お渡しはいつになさいますか」

「二十一日で」

「こちらに取りにいらっしゃいます？　それともお届けで？　その場合、プラス三百円になりますが」

「取りにきます」

「かしこまりました」

「かしこまりました」蘭くんが紀久子を真似て言う。「お花ヤさんになるためのレンシューだよ」

ハボタンのミニブーケを持ち、跳ねるように歩きながら、母親と去っていく蘭くんを見送ったあとだ。入れ替わるようにして、田中が戻ってきた。

「まあ、素敵。花に無知な私でも、よさがわかります」

作業台の前でハボタンとバラの花束を渡すと、田中は感嘆の声をあげた。いささかオーバーだが、まるきり嘘でもなさそうなので、「ありがとうございます」と紀久子は礼を言った。

「このへんに馬淵さんっていうお花の先生がいらっしゃるでしょ」

「馬淵先生とお知りあいですか」

「娘さんと知りあいで。いや、そんなこと言ったら怒られちゃうな。はは。ウチの会社の取引先にお勤めで、私の十倍は仕事がデキるひとだからね。なにしろ女性としては異例の出世を遂げて、いまや部長さんだもの。再婚するんじゃないかって、噂が立っているんだけど、地元だったらお相手と連れ立って歩いていたりしない？」

「いえ。でも馬淵先生に聞いた話だと、その男性とクリスマスイブに会うそうで」

「カレシさんを自宅に招くってこと？」

「〈みふね〉というイタリア料理のお店です。馬淵先生のお宅は毎年、クリスマスイブに、そこで食事をするそうで」

しまった。客の個人情報をぺらぺらしゃべっていた。だがもう遅い。

「だとしたら来年には再婚ってことかしら。ふふ。助かったわ。こういう情報を先に仕入れておくと、のちのち役立つのよ。ありがと」

水曜日の今日、本来ならば紀久子は早番だが、一日通しで働いた。午後イチで二時間ほど配達にまわり、店に戻ったあとはバックヤードにひとり籠って、閉店までクリスマスリースをつくりつづけていた。

すると帰り際、呑みいかない？　と李多が誘ってきた。一日中働きづめでクタク夕だったが、家に帰ってもすることはなく、明日は定休日だ。紀久子はいきますと即答した。

半年ほど前にやめたブラック会社では最低でも週一、多いときには週五、同僚や取引先と呑みにいかねばならなかった。断ろうものならば、その場で説教を食らい、無理に連れていかれた先でも説教がつづいた。いちばん年下で女性というだけで、空いたグラスにはだれよりも先に気づいて酒を注ぎ、食べ物は人数分、キレイに取り分けるよう義務づけられていた。それだけではない。男性に肩を抱かれたり、手を握られたり、太腿を触られたりするのは当たり前、もっと下劣な真似をされたことも珍しくなかった。いちばんの常習犯は補佐だった。社内ではセクハラ大臣と呼ばれ、自ら名乗ることもあった。会社自体最悪だったうえに、よくもまあ、あんな上司の下で、二年以上我慢できたものだ。

元の職場とは対照的に、川原崎花店ではスタッフ同士で呑みにいくことはまずなかった。芳賀や光代さんとは呑みにいくどころか、食事にいったことさえない。李多とも最初に出逢ったファミレスで呑み明かしただけである。それはそれで、なんだか物足りなく思っていた。

李多とむかった先はパチンコ店裏手の繁華街だった。紀久子自身、配達にはちょくちょく訪れるものの、たいがいは昼間で、夜は滅多にきたことがない。ギンギラに輝く電飾に、目がチカチカしてしまうくらいだ。

「このへんの店は、ウチの花を買ってくださるでしょ。だからこうしてときどき呑みにきているの。私のおじいさんは毎晩、呑み歩いていたらしいわ」

そう言いながら、やがて李多は一軒の店の前で足を止めた。外壁に電飾の看板が掲げられ、〈スナック　つれなのふりや〉とあった。

「ひとみママのお店ですね」紀久子はたしかめるように言った。

「そうよ」と答え、李多はドアを開く。カランコロンカランとドアベルが鳴るのと同時に、ひとみママの陽気な声が飛んできた。

「いらっしゃぁぁい、李多さぁん、あらま、今日はキクちゃんもいっしょなのねぇ」

〈つれなのふりや〉は五坪程度で、カウンターに横並びに六席のみとこぢんまりとした店だ。いまは客がひとりもいない。

「ごめんなさい、ご無沙汰しちゃって」

「いいのよぉ、きてくれるだけでうれしいわ。それにちょうどよかった。ほんの十分前まで、囲碁倶楽部のジイサン達がいてね。へたっぴな歌をさんざん聞かされてうんざりしていたとこなのよ。ささ、座って座って。ふたりともはじめはビールでよろしくて?」

「キクちゃん、いい?」

「はい」と紀久子が李多に返事をするよりも先に、ひとみママはふたりの前にコースターをだし、その上にグラスを置く。そして冷蔵庫からビールの小瓶をだして栓を抜き、どちらのグラスにもなみなみと注いでいった。

ひとみママは歌舞伎町界隈で長いことキャバ嬢をしていたそうだが、三十代なかばで限界を感じ、八年近く前、地元の鯨沼に戻ってこの店をはじめたそうだ。

カウンターの奥には、スズランエリカの鉢植えが飾ってあった。先週の金曜に、紀久子が配達したものだ。高さは三十センチ程度で、円錐形にカタチが整えられ、スズランに似た小さな白い花をたくさん咲かせており、まるで雪が積もっているように見えた。クリスマスに相応しいこと請け合いなのだが、じつを言えば、いまの時期に花が咲くように、花農家が育てたものなのだ。つまりこれから先、自分で育てるとなると、花は春に咲くことになる。販売する際はきちんと説明し、納得してもらったうえで、お買い上げいただく。もちろんひとみママもそうだった。

「なにに乾杯しようか」グラスを掲げながら李多が言う。「やっぱり私達の出逢いを祝してかしらね」

そうだ。半年近く前、ファミレスに李多があらわれなければ、いまもまだブラック会社で働いていた可能性がある。

「ではそれで」紀久子が言ってからグラスを軽く当て、それぞれビールを口にする。李多は一気に呑んでしまう。空になったそのグラスに、ひとみママが酌をしながら訊ねてきた。

「香川先生はその後どう？　この前、ぎっくり腰になったのって、九月のアタマだったよね？」

ひとみママは光代さんの教え子で、高校三年間を通してクラス担任だったという。当時はまだ結婚もしていなかったので、香川先生と旧姓で呼ぶのだ。

「いまんとこは平気」と李多が答えた。「でも防ぎようがなくてね。重いものを持ち上げたとき以外にも、身体を起こそうとしたり、椅子に腰かけて振りむいたり、咳やくしゃみだけでもなるみたいなの」

「香川先生がぎっくり腰だなんて、憧れていた男子達が聞いたら、がっかりするだろうなぁ。昔はほっそりとして、キレイだったのよぉ。いわゆるマドンナだったんだから。あの頃から体重は十キロ、いや、二十キロは増えたんじゃないかな。今度、卒業アルバムを持ってきて見せてあげる。男子だけじゃなくて、女子もみんな好きでね」ひとみママが遠い目をして言う。高校の頃を思いだしているにちがいない。

「私、勉強できなかったから、しょっちゅう補習を受けていたのね。そういうとき、香川先生は万葉集あたりからはじまって現代まで、恋について詠った短歌や俳句を教えてくれるわけ。そしてどんなに時代が変わったとしても、ひとがひとを慕う気持ちだけは変わらないのって、涼やかな声で説明してくれるんだ。それが胸に沁みてさぁ。この店の名前の由来って、李多さんには話したよねぇ」

「なんです？　教えてください」

紀久子が訊ねた。不思議な店名なので、ネットで検索しようと思いつつ、今日までしそびれていたのだ。

「香川先生に教えてもらったんだけど、安土桃山から江戸初期にかけて流行った小唄で、〈つれなのふりやすげなの顔やあのやうな人がはたと落つる〉というのがあるの。〈つれないふりをして、すげない顔をして、あんなひとでもあっけなく恋に落ちる〉って意味。そっから取ったんだ。ここをオープンするとき、香川先生にその話をしたら、よく覚えていたわね、えらいわって褒められちゃった」

ひとみママはうれしそうに話す。四十歳を越えているはずだが、それこそ女子高生みたいな初々しい表情になっていた。

「この小唄みたいに、クールな男性が私を見て、恋に落ちてくれないものかと思っていたんだけど、いまだにあらわれないから、やんなっちゃう。はは。どうする、李多さん。まだビール？　それともキープしてあるイモ焼酎？」

「イモ焼酎をロックでください。キクちゃんは？」

「いっしょで」そう答えてから、「光代さん本人は、どんなふうに恋に落ちて、結婚なさったんでしょうね」と紀久子は言った。

光代さんの旦那さんと会ったのは一度しかない。それもぎっくり腰になった彼女を家まで運んだとき、挨拶を交わしただけである。

「ただの幼なじみよ」うしろの棚に並んだボトルから、イモ焼酎を取りだしながら、ひとみママが言った。「キラキラヶ丘団地のおなじ棟のどっちかが四階で、どっちかが三階だったの。小中はおなじだったけど、高校で別々になってからは階段でばったりでくわす程度、大学に進むと尚更で、社会人ともなるとさっぱり」

「だったらいつ、どうやってつきあいだしたんです？」

紀久子は訊ねた。ひとみママはその質問を待っていたらしい。ふたりにイモ焼酎のロックをだしてから、徐に答えた。

「香川先生が先生になって二年目、旦那さんが突然、学校にやってきたんだって」

「どうしてですか」

「質問ばかりしていないで、ちょっとは考えなさいな」

李多がからかい気味に言う。正解を知っているらしい。

「旦那さんも先生で、赴任してきたとか？」

「ブッブー」ひとみママが不正解のブザーを口で鳴らす。

「なにか部活のコーチに就任した？」

「ブッブー」今度は李多もいっしょだ。

「なにかヒントをください」

「旦那さんは仕事できたの」とひとみママ。

「教材かなにかの営業ですか」

「イイ線いってるわよ、キクちゃん」これは李多だ。

「営業はあってる。でもモノじゃないんだよねぇ」

「モノじゃないって、なにか行事ですか」

「あと一息。がんばって、キクちゃん」李多が励ましてくれる。

運動会？　文化祭？　他になにがある？

「修学旅行ですか」

「大当たりぃ」ひとみママがパフパフとラッパを鳴らした。そんなもの、どこにあったのだろう。「旦那さんは旅行代理店に就職してね。その会社が元々、ウチらの高校の修学旅行を請け負っていたのよ。上司にくっついて、打ちあわせにでむいたら、香川先生がいたってわけ。こうして運命の再会を果たし、三年の交際を経て、ふたりはめでたく結婚をしたんだ」

ひとみママが卒業した年の春休みだったそうだ。そしてふたりともキラキラヶ丘団地をでて、鯨沼商店街の裏手にある賃貸マンションに新居をかまえ、いまもそこに住んでいる。

「さらに三年後、子どもを生んだら、子育てに専念したいって教師をやめちゃったんだよね。あんないい先生、いなかったのに。ほんと、もったいない」

「川原崎花店でパートをはじめたのって、子どもが小学校にあがって、手がかからなくなったからですよね。そのとき教師に復職すればよかったのに」

「したくてもできなかったのよ」紀久子が素朴な疑問を口にすると、李多が咎めるように言った。「息子が生まれてしばらく経ってから、旦那さんのお母さんが脳卒中で倒れて、一命を取り留めたものの、身体の自由が利かなくなってしまったの。しかも旦那さんのお父さんは家事が一切できないひとでね。光代さんがキラキラヶ丘団地にでむいて、息子を自分の実家に預けて、旦那さんの実家で義理のお母さんの介護と家事をしなくちゃならなかったわけ」

「どうして旦那さんの実家のことを、奥さんの光代さんがしなきゃいけなかったんですか。そんなのおかしくありません？」

「キクちゃんの意見はもっともさ。だけど業者なりなんなりに任せるにしても、お金はかかるでしょ。それならば私がって、光代さん自らが買ってでたらしいんだ。三年近く介護をした末、義理のお母さんの最期を看取ったら、さほど間をあけずに義理のお父さんが認知症になってしまってね。ひきつづき面倒を見ていたものの、病状が悪化する一方で、光代さんの手に負えず、やむなく特別養護老人ホームへ預けることになったんだ。息子が小学校にあがった頃で、教師に戻るチャンスを窺いながらも、家計の足しにと、ウチでパートをはじめたら、今度は自分のお父さんが心臓病で倒れちゃうんだ。本人の希望で在宅看護になったんだけど、半年もしないうちにお母さんが心労でダウンしてやむなく光代さんがふたりの世話をする羽目に陥るんだ」

「香川先生のご両親って、もう亡くなっているんでしょう？」とひとみママが訊ねる。

「今年の春、お父さんの七回忌とお母さんの三回忌を、いっしょにしていたよ。じつを言うと、私が川原崎花店を引き継ぐとき、光代さんは両親の介護の真っ最中で、いちばんキツい時期だったのにさ。自分勝手な私は、さんざん無理を言って、光代さんに花屋の仕事のノウハウを教わっていたんだ。ずいぶんあとになってから平謝りに謝ったら、気にすることないわよって光代さんは笑うだけだった。彼女が教師に復職できなかったのは、旦那さんと自分の両親の世話に追われていたからなんだけど、その原因の一端が私にもあるわけでさ。それを思うと、いまでも胸が痛むんだ」

「自分を責めないでください。光代さんが教師に復職できなかったのは、だれのせいでもないですよ」

気づいたら紀久子は勢いこんで、そう言っていた。李多とひとみママは突然のことに、目をぱちくりと瞬かせている。

「す、すみません。わかったような口きいちゃって。許してください」と詫びてから、紀久子はイモ焼酎のロックを口に含んだものの、噎(む)せてしまった。思ったよりもアルコール度数が高かったのだ。

「だいじょうぶ？　キクちゃん」

そう言いながら李多が背中を擦ってくれた。

「あ、ありがとうございます」

紀久子が恐縮しきりに礼を言ったときだ。カランコロンカランとドアベルが店内に鳴り響いた。

「いらっしゃぁぁあい」ひとみママが声をあげる。「あら、おひさしぶりぃ」

店に入ってきたのは馬淵先生の娘、百花だった。コートを脱ぎ、ハンガーを手に取って壁に掛けた。いつもどおりのパンツスーツだ。

「ウイスキー、水割りでちょうだい」入口すぐの椅子に腰を下ろし、ひとみママに言ってから、紀久子達に顔をむけた。少し赤らんでいるのは、すでにどこかで呑んできたのだろう。「あなた達、川原崎花店の？」

「はい。お母様にはいつもお世話になっています」李多がそつなく応じる。

「こちらこそ」と言ってから、百花は紀久子に視線をむけた。「あなた、バラの車のドライバーさんね？」

「は、はい」バラの車とはラヴィアンローズにちがいない。「君名と言います」

「あなたにはお礼を言わないと」

「私にですか」と聞き返す紀久子の隣の椅子に、百花が移動してきた。

「あなたにはいくら感謝してもしきれないくらい。ここで会ったのも神様の思し召しにちがいないわ。なにか食べたいものはない？　奢ってあげる。ひとみママ、道頓堀飯店(どうとんぼりはんてん)はまだやっているわよね。出前とっていい？」

「あ、あの、けっこうです」紀久子は慌てて断った。六時前に李多の自宅キッチンで、夕飯を済ませていたのだ。「それより私にお礼って、どういうことでしょう？」

すると百花はスーツの内ポケットからスマホをだし、カウンターに置いた。その画面には信号待ちをするラヴィアンローズがあった。紀久子の服装からして秋口にちがいない。

「私が教えたの」ウイスキーの水割りを百花の前に置きながら、ひとみママが言った。「その車の写真を撮って、スマホの待受画面にすると恋愛が成就するって」

ネットに流れていた噂だ。おかげで今年の夏から秋にかけて配達の度、女子中高生達に追いかけられた。怪我でもしたら大変なので、コンビニやファミレスの駐車場や、公園前などでラヴィアンローズを停め、撮影会をおこなうこともしばしばあった。一時期おさまっていたものの、最近ふたたび写真に撮られるようになった。どうやら聖夜までに恋愛を成就させたいらしい。

「あんな噂、信じていたんですか」紀久子はつい口走ってしまう。

「鰯（いわし）の頭も信心からって言うじゃない」とひとみママ。

私は鰯の頭かい。

「効果は抜群だったわ。この写真を待受にして三日後に、マツナガさんと出逢えたんだもの」百花が紀久子の目を覗きこむように見る。「あなたはもっと自信を持つべきだわ」

鰯の頭としての自信か。

「クリスマスイブに、お母様と娘さんにマツナガさんを会わせるのよね。だとしたら来年には結婚?」

ひとみママが冷やかすように言う。

「私はそのつもりだけど、マツナガさんは忙しいひとなのよ。いまも台湾へいってクリスマスイブの昼までには戻ってくる予定なの。つぎの日にはシンガポールへいっちゃって、年明けまで帰ってこないんだって。そのあとふたりで熱海か箱根へいこうとは話しているけど、それもどうなることか」

「マツナガさんって、なにをなさっている方なんです?」と李多が訊ねた。自分が知りたいのではなく、百花が話したそうにしていたからにちがいない。

「東南アジアを中心に、食に関する商品を取り扱う貿易商社のCEOなの」

案の定、羨ましいでしょと言わんばかりに答える百花が滑稽に思え、紀久子は笑いを堪えるため、イモ焼酎のロックを舐めるように呑んだ。

「今年で五十歳なんだけど、私と同世代にしか見えなくてさ。今度は嘘せなかった。百花はマツナガ氏についての情報を、つぎからつぎへと披露していくものの、紀久子は適当に相槌を打つだけで、一言も聞いていなかった。李多と、ひとみママもおなじにちがいない。ふたりとも笑顔を崩さずにはいるが、目の奥は無そのものだった。

「私ったらひとりでおしゃべりしちゃって。許してちょうだいね」

「とんでもない」と李多。「素敵なひとが見つかってよかったわ」

「ほんと」これはひとみママだ。「羨ましいかぎり」

　どちらも丁寧な口ぶりにもかかわらず、心がこもっていないのが、ありありとわかった。でも酔っ払っているせいか、百花はまるで気づかぬ様子で、幸せそうな笑みを浮かべ、ウイスキーの水割りを呑んでいる。そんな彼女を見て、紀久子ははたと思いだしたことがあった。

「千尋さんのビデオ、ご覧になりましたか」

「千尋のなに？」

　百花の顔が険しくなるのを見て、紀久子は自分がなにかマズいことをしでかした気分になり、慌ててしまう。

「この間の日曜、中学生軟式野球都大会女子の部で、千尋さんがキャプテンを務めるキラキラヶ丘サンシャインズが優勝しましたよね。その試合のビデオのことなんですが」

「母が撮影してきたヤツね。見てない。その試合だけじゃなくて、これまでのだって見たことないもの」

「どうしてですか」

「野球をしているところを見たら、元旦那と重なって、千尋を嫌いになりそうで、怖くてたまらないのよ。あの子、顔かたちも身体つきも、年を追うごとにアイツに似てきてさ。スポーツ万能っていうのもいっしょ」

「でもそれは千尋さんのせいじゃないですよねっ」

紀久子は言った。自分の声が、鋭くなっているのに気づく。

「赤の他人のあなたになにがわかるって言うの」

「なんにもわかりません」

百花が声を張りあげるが、紀久子は負けじと言い返す。

「でも千尋さんは千尋さんだということはわかっています。キャプテンにしてエースの娘さんは、キラキラヶ丘サンシャインズでめちゃくちゃ活躍しています。このあいだの試合は逆転ホームランを打って、チームを勝利に導きました。あのがんばりを見てあげないなんて、千尋さんがかわいそうです。あなたは母親失格だ」

野球帽を振る千尋が、ヒマワリのように見えたときの光景を紀久子は思いだす。あんな彼女をだれが嫌いになれるだろうか。

なにか言い返そうとしながらも、百花は口を噤んでいる。すっかり空気が悪くなってしまった。母親失格はいくらなんでも言い過ぎた。ここは私が退散したほうがいいだろうと、紀久子が腰を浮かせたときだ。

「歌、唄いたくなった」百花がひとみママに言った。

「私も」同意したのは李多だ。「キクちゃんも唄いなさいな」

「え、でも」

「私も入れてよ」マイクとタッチパネル式のリモコンをカウンターにだしながら、

ひとみママが言う。

「四人で唄うんだったら、なにかしばりがあったほうが面白いわね」と李多。

「タイトルに花がある歌しばり」と言いながら百花はすでにリモコンをいじくっていた。「ただし桜とバラは抜きね」


目覚めたのは朝の十時だった。

マズい、早番だったら完全アウトだ、遅番ならばイイんだけど、と慌てて飛び起きる。そこで今日が木曜で、川原崎花店の定休日だったことに気づき、蒲団の上に正座した。少し頭が痛い。原因は呑み過ぎだ。なにせ吐く息が酒臭い。

半年近く前にほぼおなじ目覚め方をしたな。

ファミレスで李多とはじめて会った翌朝だった。そのときとちがうことがひとつある。頭だけでなく喉も痛い。風邪とはちがう。カラオケで唄い過ぎたのだ。百花の提案どおり、タイトルに花がある歌しばり、ただし桜とバラ抜きで女四人、じゃんけんで決めた順番につぎつぎと唄っていった。紀久子は自分が唄った歌を思いだす。あいみょんの『マリーゴールド』、椎名林檎の『カーネーション』、SEKAI NO OWARIの『サザンカ』、あとはなにを唄っただろう。きのこ帝国の『桜が咲く前に』？　いや、それは桜が入っているからちがう。『金木犀の夜』だ。紀久子よりも一回り以上年上の三人は、ゆずの『スミレ』や秦基博の『ひまわりの約束』、福山雅治の『誕生日には真白な百合を』、X JAPANの『DAHLIA』、大塚愛の『CHU-LIP』などを唄っていた。しかしだれがどの歌を唄っていたかは、さだかではない。湘南乃風の『睡蓮花』をひとみママが熱唱し、歌にあわせ、みんなでおしぼりをグルグル回したことだけは、はっきりと目に焼きついている。

昨夜の出来事を思いだしていたら、ゲップがでた。酒臭いだけでなく、ニンニクの匂いもする。その途端、夜中にラーメンと餃子を食べた記憶が甦ってきた。道頓堀飯店からの出前で、百花のおごりだった。紀久子だけではなく他のふたりもおごってもらい、声を揃えて「ゴチになります」と百花に頭を下げた。

はたしていつお開きになったのだろう。三時、いや四時は回っていたのではないか。明日っていうか今日、会社いける？　とひとみママに言われ、三時間眠れるから平気、と百花が答えていたように思う。川原崎花店まで歩いていき、車庫から自転車をだそうとして、危ないからおよしなさいと、いっしょにいた李多に止められた覚えもあった。

定休日の今日、なにも予定はない。しかし寝てばかりいるのももったいない気がするし、うら若き女性が酒とニンニクの匂いを漂わせているのはどうかと思い、お風呂に入ろうと、ベッドから下りたときだ。右手の甲になにやら書いてあるのに気づいた。李多の文字にちがいない。

〈正月明けにショップカードのデザイン〉

するとなぜだか松田聖子の『赤いスイートピー』のメロディが、耳の奥で流れはじめた。そうだ、この歌を百花が唄う中、年末年始は鯨沼で過ごしますと李多に話したのだ。ひさしぶりに会う予定だった瑞穂が、上司の代わりに九州へ出張してしまうからだと理由まで打ち明けたところ、李多はこう言った。

だったら正月明けまでに、ウチの店のショップカードつくってくれない？

そしてどこからかペンをだし、紀久子の右手にこれを書いたのだった。

「クリスマスリースのベースはモミやヒバといった常緑樹が定番だけど、今年はシックでオトナな感じをだしたかったから、銀灰色の葉をしたユーカリにしたの」

「イイ感じに落ち着いた色ですね」

李多の説明に、そう答えて深々と頷いたのは、馬淵先生の孫にして百花の娘、千尋だ。上下ともにジャージなのは、スカートが苦手なので、行事があるとき以外はその格好で学校に通っているらしい。ふたりは店の作業台の前に横並びで立っている。紀久子はレジで接客をしつつ、その様子を横目で窺った。

十二月の第三土曜の今日を含め、クリスマスまでの五日間出勤で、そのうえ午前八時から午後六時までと、ほぼ通しだった。注文販売のクリスマスリースを配達するためだ。ふだんは午後のみだが、この五日間は午前から鯨沼周辺をラヴィアンローズで駆け巡らねばならない。しかもサンタクロースの衣装を身にまとってである。

李多が通販でリースしたもので、昨日、いきなり渡された。ここまでしなくてもと言いかけたが、先日、〈つれなのふりや〉で紀久子自身がサンタクロースの格好で配達したいと提案したらしいのだ。酔っ払いの言うことを真に受けないでくれと思いつつ、己の軽率さも恨んだ。ところが配達先の受けはよく、とくに子どもにはよろこばれたので、よしとした。

かくして午前の配達をおわらせ、正午前に戻り、車庫でサンタクロースの衣装を脱ぎ、バックヤードに入ったところに、売場から光代さんがあらわれた。

私がランチを摂っているあいだだけ、キクちゃん、レジに入ってくれない？

その指示に従い、しばらくすると千尋が店にあらわれたのだ。

生花のクリスマスリースが予約制とは知らず、中学校からの帰りに立ち寄って買い求めにきたという。よかったらいまここでつくっていかない？　と提案したのは李多だった。

生花のアレンジメントなどをつくる際、吸水性のスポンジをよく使う。フローラルフォームというのが、正式名称だが、一般的には商品名のオアシスで呼ばれることが多い。その緑色のスポンジに、リース専用で輪っかのモノがある。バックヤードにあるシンクに水を張り、十五分ほど浸けておいたそれが、千尋の前に一個、置いてあった。

クリスマスリースに使う花材は、銀色のアルミ缶に挿して、作業台の真ん中にある。その横の籠に直径二センチほどのヒメリンゴを積んでいた。

「ではまずこのユーカリを」李多はアルミ缶から二本取って、一本を千尋に渡す。「だいたい十センチくらいに切って、スポンジに挿していくの。そのときスポンジの中で茎同士がぶつからないようにして」

「はい」

「リースの輪は〈永遠〉を意味しているんだって。だから時間を表す時計とおなじく右回りに挿していくように」

　李多に言われたとおり、千尋はゆっくり慎重に作業を進めていく。都大会の決勝戦で打席に立ったときとおなじくらい、険しい表情になっている。その際、応援席から千尋にむけて西が投げかけた言葉を思いだし、紀久子は真似て言った。

「力み過ぎよ。リラックス、リラックス」

　千尋は紀久子のほうを見て、微かに微笑んだ。

「あ、そうだ。紀久子さん。先日は祖母の代わりに撮影してくださって、ありがとうございました」

「お役に立ててなにより」

「母もよろこんでいました」

「百花さんが？」

「はい。このあいだは母の相手をしてくれたそうですね。店長さんと紀久子さんと呑んで唄って、あんなに楽しかったのはひさしぶりだったと母が言っていました」

「つぎの日、お母さん、ちゃんと会社にいけてた？」

「はい。ウチの家系、先祖がウワバミかっていうくらい酒に強いんですよ。祖母も母もどれだけ呑んでも三時間も眠れば、リセットできるんです」

それは凄い。

「クリスマスローズだ」

どこからかはしゃぐような声が聞こえてきた。作業台のむこうに、蘭くんがいたのだ。もちろん母親もいっしょだ。クリスマスリースを受け取りにきたのだろう。

「この花びら、ほんとはガクなんだ。しってた？」

蘭くんは銀色のアルミ缶に挿してある白い花を指差し、つぶらな瞳で千尋を見上げる。彼女は面食らいながらも、「ガクってなに？」と聞き返す。

「花びらのしたのハッパだよ。イチゴやトマトにヘタがついているでしょ。あれもガク。ふつうだったら花びらより、ちいさいんだ。でもクリスマスローズは、花びらよりも、おっきくてイロまでついているの。ガクはハッパだからいつまでも、しぼんだりちったりしないで、ながいあいだ、さいているようにみえるんだ。アジサイもそうだよ。まんなかにある、ちいさなツボミみたいなところが、ほんとの花で、花びらにみえるところがガクなんだ」

「へぇぇ」千尋は素直に感心している。

「オネーサン、ガクもしらないの？　ダメだなぁ、いいお花ヤさんになれないよ」

「失礼なこと言わないの」息子を叱ってから、母親は千尋に「ごめんなさいね」と詫びた。

「あ、いえ、私は」

「彼女はウチのスタッフじゃなくて、お客さんなんですよ。まだ中学生ですし」しどろもどろになる千尋の代わりに、李多は母親に言い、蘭くんに視線をむける。「クリスマスリースの注文に間に合わなかったから、自分でつくってもらっているのよ」

「ほんとに？　いいなぁ」蘭くんは羨ましそうだ。「ぼくもつくりたかった。どうしてママ、チューモンしちゃったのさ」

「なに言ってるの、あなたは。オネーサンみたいに、大きくなってからじゃないとできないわ」

「蘭くんっ」と呼んだのは芳賀だ。バックヤードから顔だけだしている。

「あっ、ハガ」

「さんをつけなきゃ駄目よ」母親が注意する。

「いいんですよ」芳賀は笑い、「これ、きみん家のなんだけど」と右手に持つクリスマスリースをこちらに見せた。「あとはヒメリンゴを付ければ完成なんだ。よかったら、きみが付けてくれないか」

「つけるつけるぅ」

蘭くんのために芳賀が機転を利かせたのだ。母親にもそれがわかり、「いいんですか」と恐縮している。

「かまいませんって。こちらへどうぞ」

芳賀は蘭くんと母親をバックヤードへ招き入れた。


「さすが馬淵先生のお孫さん、花の扱いとか見せ方がじょうずなのね」

光代さんが言ったことは嘘でも世辞でもなかった。千尋がつくったクリスマスリースははじめてとは思えないほど上出来だった。ランチをおえた光代さんが売場に入ってきたとき、ちょうど完成したところだったのである。

「ありがとうございます」千尋が頬を赤らめながら礼を言う。「でも店長さんのおかげです。教えてくださったとおりにつくった結果、こうなったわけで」

「中学生がオトナに気を遣うことないってば」李多が軽やかに笑う。

「ぼくもじぶんでヒメリンゴをつけたんだ。えらいでしょ、ミツヨさん」

蘭くんが口を挟んできた。そのクリスマスリースを受け取ったあと、店頭に並んだ花を見て回っていたのだ。

「そうなんだ。蘭くんもじょうずにできたでしょう?」

「もちろんだよ」

「ひとつお願いがあるのですが」千尋が神妙な面持ちで言う。「じつはこれ、家族へのクリスマスプレゼントなんです。家にあるとバレちゃうかもしれないので、イブまで預かってもらえませんか」

「いいわよ」李多は即答だった。「馬淵家ってイブは毎年〈みふね〉よね。今年もそう？」

「あ、はい」千尋は返事をしたものの、母親のカレシが訪れることは言わなかった。

「だったら〈みふね〉に配達しようか。私からオーナーシェフの三船さんにお願いするからさ。あなた達一家が食事の最中に持ってきてもらって、その場でプレゼントしたら盛り上がらない？」

「イイですね」李多の提案に千尋はうれしそうに何度も頷いた。「ぜひお願いします」


伊福部さんだ。

キラキラヶ丘団地北八号棟の、二階と三階のあいだの踊り場まであがってきたところで、伊福部が下りてきていた。ダッフルコートを着て、帆布生地の白いバッグを肩から提げている。いても不思議ではない。彼はここの三階で、一人暮らしをしており、以前にもおなじ踊り場でばったり、でくわしたことがある。むこうも紀久子に気づき、階段の途中で足を止め、訝しげな表情で見ていた。

「君名さんですよね？」

「はい」サンタクロースの衣装を身にまとっているうえに、帽子を被り、顔の半分を覆うヒゲを付けていたのだ。訝しがるのも当然だった。

「つい先日、お店に伺ったんですよ。でも君名さんはいらっしゃらなくて」

「私、昼間は配達していることが多いので」

「そうなんですか。でもあなたオススメのハボタンは買いました」

「ありがとうございます。いまからおでかけですか」

冬の夜は早い。午後四時半過ぎで、すでに外は暗かった。

「研究所にいくんです。夜通し観察しなければならないものがあるもので」

「せっかくの聖夜なのに?」紀久子は冗談めかして言う。

「そうか。今日はクリスマスイブか。でもまあ、どうせいっしょに祝ったり、プレゼントを交換したりする相手はいないので」

「私もです」

「だったら、お互いがんばらないといけませんね」伊福部は笑ってから、「その後、森教授はあらわれましたか」と訊ねてきた。

三ヶ月前、重陽の節句の夜、川原崎花店を訪れた客である。伊福部と共にフリル菊プロジェクトのチームで、リーダーを務めていたが、昨年末にインフルエンザをこじらせて、亡くなっていたのだ。

「いえ、まったく」気配すら感じたことがない。

「森教授はフリル菊を二本、買っていったんですよね。値段は覚えていますか」

「消費税込みで一本三百八十円だったので、七百六十円ですが、それがなにか」

「今月アタマ、森教授の一周忌法要があったんです。その際、教授と植物採集にでかけた場所がどうしても思いだせない、履歴を確認すれば最寄り駅がわかるはずなので、教授のスイカを貸していただけないかと奥さんに頼んだところ、ご快諾いただきましてね。法要のあったお寺から、教授のご自宅は歩いていける距離だったので、そのままお邪魔して、スイカを借りたんです」

そしてＪＲの駅にあるスイカ対応の切符自販機で、利用履歴を印字したのだという。交通機関の利用以外は〈物販〉という表示のみで、店舗名や商品名などはでないものの、日付と金額だけわかる。

「今年の九月九日、物販として七百六十円の表示がありました。君名さんが会ったのは間違いなく、森教授です」

地球には優しくてもひとには冷たい、屋根はあってもドアがない、ラヴィアンローズで街中を走っていると、寒くてたまらなかった。防寒対策のための何重もの重ね着に、サンタクロースの衣装を重ねていてもだ。日中はまだしも、陽が沈むと途端に冷えこんでくる。キラキラヶ丘団地のあちこちを巡り、階段を上り下りしてきたせいで、身体中にかいた汗をアンダーシャツが吸いこんで、冷たくなっていくのも寒さが増す原因だった。

だがクリスマスイブの配達も残すところ、あとひとつ、千尋のクリスマスリースだけである。むかう先はもちろん〈みふね〉だ。裏口でオーナーシェフの三船に渡す。馬淵家の宴がはじまるまで、あと十分足らずだった。先日の別れ際、念のためにと千尋とはLINEのIDを交換してあったので、ギリギリになる旨を送信したところ、十秒もしないうちに〈六時過ぎてもだいじょうぶです。慌てず安全運転できてください〉と返事がきた。

キラキラヶ丘団地をでてから国道を渡って、鯨沼商店街を走っている途中、宇田川とすれちがった。ボクシングジムのあるビルに入ろうとしているところで、サンタクロース姿の紀久子を見て、ぎょっとしていたが、会釈する暇もなく走り去ってしまった。

住宅街を奥へ奥へと進んでいき、やがて一方通行の細い道に入っていく。ここを三百メートルもいけば、〈みふね〉の裏口なのだが、やたら暗い道だった。街灯はあっても、間隔が空いているうえに、その灯りもなんだか弱い気がする。しかも左手は一軒家が並んでいるのだが、右手は一面、竹藪だった。僅かな風でもざわざわと葉の音が鳴り、怖くてたまらない。

ビクつきながらラヴィアンローズを走らせていくと、道の真ん中に、黒い人影があらわれた。驚きのあまりブレーキをかけてしまう。どうやら〈みふね〉の裏口から飛びだしてきたらしい。となると三船シェフか、スタッフのだれかか。そろそろ紀久子がくる頃だと出迎えてくれたのかもしれない。紀久子は息を整え、エンジンをかけようとしたが、その手を止めた。人影がこちらに駆け寄ってきたからだ。街灯の弱い光に照らされ、容姿が確認できた。

ちがう。〈みふね〉のスタッフは十人前後、名前を知っているのは半分程度だが、顔はみんな覚えていた。そのうちのだれでもない見ず知らずの男性である。この寒空にコートを着ておらず、スーツに柄物シャツだけだった。

だれ？　と思っているうちに、彼はラヴィアンローズまで辿り着いた。そして右側に立ち、ぜいぜいと白い息を吐き散らす。ヤバい、逃げなきゃ、と思ったときには遅かった。右の頬骨に激痛が走り、目から火花が散った。殴られたのだ。椅子から落ちそうになるのを辛うじて耐える。

「どけっ」

ドスの利いた声が耳に飛びこんできた。冗談ではない。これを盗まれたら、明日からの配達が滞ってしまう。それにボックスの中には、千尋が家族のためにつくったクリスマスリースが残っている。紀久子はハンドルにしがみついたが、左右のワキの下から男の手がでてきたかと思うと羽交い締めにされ、うしろへ引っ張られていた。そしてハンドルからあっさり引き離されていく。両足をばたつかせたところでどうにもならず、遂には車の外へ引きずりだされる。男の両手が一瞬離れたので、逃げようとしたが駄目だった。すぐまた腰に男の両腕が巻きついてきたのだ。つぎの瞬間、ふわりと身体が浮き、世界が百八十度逆さまになった。いや、そうではない。逆さまになったのは紀久子だった。男に持ち上げられ、真後ろに投げられていたのだ。このままだと脳天からアスファルトに突き落とされてしまう。なんで私がこんな目にと思ったときだ。

「おりゃぁあぁぁあ」

どこからか雄叫びが聞こえ、どんと衝撃が走ったかと思うと、背後の男もろとも紀久子は横に倒れ、竹藪の中へ弾き飛んでいった。

「逃げるんだ、サンタさんっ」

女性の声がする。だが紀久子よりも先に、男が立ちあがって、竹藪から抜けだしていくのが見えた。

「待て、こらっ」

ふたたび女性の声が夜道に響き渡り、黒い影が男に飛びかかる。

あのひとは。

男と取っ組みあう人物の顔に街灯の光が射した。先週の水曜、オフィスに飾るための花束を紀久子がつくってあげたアラフィフの女性ではないか。名前は田中だったはずだ。

しばらく揉みあったのち、男が田中に馬乗りになった。あわやピンチかと思いきや、田中は両脚をあげ、男の腰を挟み、襟を摑んで引き寄せ、その頭を自分の胸に密着させた。そして両脚を腰から外し、男の後頭部でクロスしてから、左足首を右手で持ち、右脚を左脚の甲に乗せる。田中の両脚から抜けだそうと、男は頭をあげた。それが田中にすれば思惑どおりだったらしい。一度、腰を浮かせると、男の右腕を取るなり、内側に引っ張りこんで、ふたたび腰を落とす。するとどうなったか。男は田中の左脚の太腿と自らの右腕で、首を圧迫することになったのだ。そのうえ田中が男の頭を自分に引き寄せたので、さらに圧がかかったようだ。五秒もしないうちに、男は田中の上でぐったりとなった。

「サンタさん、だいじょうぶ？」

田中が男を横たわらせ、立ちあがった。そしてダウンジャケットから紐をだすと、慣れた手つきで男の手足を縛っていく。

「あ、はい。どうにか」

紀久子は竹藪の中でどうにか立ち上がる。身体の右半分が多少痛むものの、それほど支障はない。厚着でサンタクロースの衣装を身にまとっていたし、倒れこんだのがアスファルトではなく竹藪だったのもよかった。

「あら、やだ。女性だったの？」田中は近寄ってきた。となりにしゃがみ、顔を覗きこんでくる。「あなた、お花屋さんの子よね」

「そうです」

「なんでこんなところに？」

「〈みふね〉にお届けものが」

紀久子がそう答えたとき、田中の肩越しに知っているひとがあらわれた。百花だ。街灯の弱い光に照らされたその顔は、ひどく歪んでいた。彼女の視線は舗道に横たわったままの男にむけられている。

「百花っ」

声がするほうをむく。馬淵先生だ。顔ははっきり見えないが、着物姿のシルエットでわかった。そのうしろにいるのは千尋だろう。竹藪の中にいる紀久子に、三人とも気づいていないようだ。

「これはいったいどういうことなの?」

馬淵先生が言う。私も理由が知りたいと、紀久子も思う。だが百花はそれには答えず、なにを思ってか、横たわる男の腹に蹴りを食らわした。一発ではない。立てつづけに数発だ。

「なにやってるんですか」田中が駆け寄り、百花を男から引き離す。「お気持ちはわかります。でもこの先は警察に任せましょう。ね?」

「警察になにを任せるというの?」馬淵先生が甲高い声をあげる。

「その男をです。彼は結婚詐欺師でしてね。これまでわかっているだけでも五人の被害者がいて、被害総額は三千万円にのぼります」

「さ、三千万円?」と言ったあと、馬淵先生は言葉がつづかなかった。

「あなたはだれなんですか」千尋が訊ねた。少し掠れているものの、凜とした落ち着いた声だった。

「アオキと言います。中野に個人事務所を持つ探偵です」

田中ではなかったのか。いや、それより探偵という職業のほうが驚きだ。

「この男の被害者のひとりから依頼を受け、二ヶ月近く足取りを追った末、マツナガと名乗って、百花さんと交際していることを突き止めました。彼は他の被害者と同様、婚活アプリで百花さんと知りあい、貿易商社の経営者だと偽り、結婚を約束していたのです」

ラヴィアンローズの写真を待受にして、三日後に出逢えたと言っていたが、婚活アプリだったとは。

「これ以上の被害はだしたくないという依頼者と同行し、一昨日、百花さんに接触を図り、自称マツナガの正体をお教えしました。最初は信じてもらえませんでしたが、依頼者の女性が、男と知りあった経緯やどうやってお金を騙し取られたかを事細かに話し、納得して頂きました。そして男からお金に関する話を持ちかけられていないかと訊ねたところ、台湾に店をだすにあたって、繁華街の一等地を押さえることができた、ただし年内に賃貸料を前払いしなければならないのだが、資金調達が間に合わない、年明けには必ず返すので、ひとまず私の預金口座に三百万円振りこんでくれと頼まれたそうで」

「まさか振りこんだんじゃないでしょうねっ」

馬淵先生が叱りつけるように言う。

「そのために会社近くにある銀行に入ろうとしたところを、探偵さんに声をかけられたの」

百花はすっかり不貞腐れている。

「一昨日に男の正体がわかっていたのに、どうして今日、会ったの、お母さん」

千尋が訊ねた。三人の中でいちばんしっかりした口調だ。

「私が頼んだのです」探偵が言った。「じつはかれこれ十日ほど、男は行方をくらましていました。これで百花さんが男の口座にお金を振りこんだら、ぜったい姿をあらわさないでしょう。すべては一からやり直しになってしまうし、新たな被害者がでかねない。そこで男をおびきだすため、三百万円は口座振りこみではなく、小切手で手渡ししたい、以前から約束していたとおり、クリスマスイブの夜、家族に紹介するときにでもどうかと百花さんに交渉してもらいました。男は電話口でしばらくゴネたものの、最後には承諾しました。罠かもしれない、だがみすみす三百万円を逃すのは惜しい。たぶんそう思ったのでしょう。かくして男はノコノコやってきたわけです」

「乾杯のあと、お母さん、この男のひとに封筒を渡していたよね」これまた千尋だ。

「あの中身が小切手だったんだ」

「そうよ」娘に対して百花はしおらしく答えた。「酔っ払う前に肝心なものを渡してくれと言われたの」

「もらうものだけもらって、トンズラするつもりだったわけか」探偵が吐き捨てるように言った。「正面玄関のほうで張り込みをしてて、この男がテラスにでてきたかと思うと、そのまま裏手へ走っていくのを見たときは焦りました。追いかけるにしても、店を突っ切るわけにはいかず、裏に回るために遠回りをしなければならなかったものですから」

「緊張をほぐすためにどうしても一服したいと言いだしまして」と百花。「表ならば喫煙してもいいかと、スタッフに許可を得て、テラスにでていったんです。だけどいつまで経っても戻ってこなかったので、逃げたんだと気づいて」

「さっきから気になってたんですが、この車って花屋さんのですよね。どうしてここにあるんです？」

千尋の問いに探偵は答えられなかった。馬淵先生が悲鳴に近い声をあげたからだ。原因は明らかだ。彼女の視線は紀久子にむけられている。

「す、すみません」自分だとわかるように、紀久子は帽子を脱ぎ、付け髭を外した。

「川原崎花店の君名です」

「〈みふね〉に届けものをする途中だった彼女が、逃げだしてきた男を食い止めてくれていたのです」

「いや、私はべつに」探偵に言われ、それはちがうと紀久子は訂正しようとしたが、どう説明していいのか、頭の中で整理がつかなかった。

それより、千尋お手製のクリスマスリースはどうすればいいんだろう。まさかこの場で渡すわけにはいかないし。

「私はいまから警察に連絡をします」そう言いながら探偵はスマホを取りだした。「百花さんはいっしょにきてください。申し訳ありませんがサンタさんもお願いします。どうやってこの男を捕まえたか、説明しなければいけませんので」

すると嗚咽が聞こえてきた。百花が両手で顔を覆って泣いていたのだ。

男に殴られた右頰が、じんじんと痛む。触れると腫れているのがわかった。痣になるかもしれないが、やがて消えてなくなる。だが百花が心に負った傷はそうはたやすく癒えないだろう。

「お母さん」

泣きじゃくる百花に千尋が抱きついた。さらに馬淵先生が百花の背中に寄り添う。そんな母子三代を見て、紀久子はクリスマスローズの花言葉を思いだしていた。

私の不安を和らげて。

V
ミモザ

Kawarazaki Flower Shop

〈選考結果のご通知　拝啓　この度は弊社中途採用にご応募いただき、ありがとうございます。さて君名紀久子様の応募書類をもとに社内で慎重に検討しました結果、残念ながら今回はご期待に添えない結果となりました〉

私も残念だよ。

紀久子はそう呟くと、ベッドに倒れこんだ。今日は二月の第三土曜、川原崎花店のバイトは遅番だった。アパートに帰ると、集合ポストに封書が届いていた。先日受けた会社からだった。はやる気持ちを抑えながら、部屋に戻って開封し、中身をだした。

結果がこれである。

今回はけっこうウマくいってると思ったんだけどなぁ。

実際、役員面接まで辿り着いていたのだ。

美大のデザイン科で培った技術を活かすため、年が明けてから再就職のための活動をはじめていた。ところがこの一ヶ月半、中途採用に応募した会社のどこからも、内定をもらえなかった。これで五社目だ。

たやすいことではないとある程度、覚悟はしていた。なにしろ大学時代の就職活動でもデザイン関係の会社を山ほど受けたものの、どこも引っかからず、いきついた先がデザインとはまるで無縁の食品メーカーで、しかもとんだブラック会社だった。冷静に考えればデザイナーとしての実績どころか、その技術で一円も稼いだことがない二十五歳の人間を中途採用しようなんて、酔狂な会社があるはずがないのだ。そう考えると、自分がとんだ莫迦野郎に思えてくる。枕に顔を押し当て、紀久子はしばらく泣いた。泣いてもなにも変わらず意味はないものの、少し気が楽になった。するとカレーの芳しい匂いが鼻をくすぐってきた。ずっと漂っていたはずなのだが、不採用のショックで気づかなかったらしい。

川原崎花店の今日のおかず、芳賀がスパイスからつくりあげた本格的なカレーである。今日はランチに食べ、夜六時にも食べ、さらに少しあまったので、夜食に食べようと、芳賀に断ってタッパーごと持って帰ってきた。なにしろこの一ヶ月以上、このカレーはお預けだったのだ。芳賀が不在で食べられなかったのである。彼の本職は農大の研究助手で、年明けすぐにベトナムとラオスの境に連なる山脈の麓までいき、植物標本及び試料の採集をおこない、帰国したのは二日前だった。

紀久子は途端に空腹を感じた。我ながら現金だとは思うが、食欲があるうちはまだだいじょうぶだろう。ブラック会社で働いていたときは、ストレスのせいで、なにも食べられない時期があった。むくりと起きあがり、洗面室兼洗濯室兼脱衣室で、化粧を落として室内着に着替えた。それからキッチンで、バッグに入れてきたタッパーを取りだす。ご飯はないので、食パンに載せてオーブンで焼いてから、皿に載せてリビングに運ぶ。

ひとりの食事は寂しいので、テレビを点けた。画面に映しだされたのは絶海に浮かんだ孤島だった。ＮＨＫの番組で、東京から南へ千何百キロ先にあるこの島に学者だか研究者だか三十人以上の調査隊が上陸し、調査をおこなっているのだという。急斜面の岩肌を、這いつくばってよじ登っていくひと達を見て、こんな危険をおかしてまで、なにを調べたいのだろうと、紀久子は不思議でたまらなかった。

芳賀さん、農大のクライミング部で、自然の岩壁を登っていたって話していたな。

するとと調査隊の先頭をいくひとがふりむき、その顔が映った。

嘘でしょ。

「もっとゆっくりいってくれないかぁ」

テレビの中で学者だか研究者だかのひとりが叫ぶ。

「わかりましたぁ」

先頭の男の顔がふたたび映る。間違いない。

芳賀だった。


「あれ、ご覧になったんですか」

芳賀は眠たげな目を瞬かせた。

「ご覧になったわよ」作業台のむこうから、着物姿の馬淵先生が言った。「どうして事前に教えてくれなかったの。危うく見逃すところだったわ」

恨みがましそうに言いながらも、馬淵先生は笑顔だった。去年のクリスマスイブ、彼女を含め娘と孫の三人家族はあるトラブルに見舞われた。二ヶ月近く経ったいま、そのショックから立ち直っているようだ。あるいはそう装っているだけかもしれない。ちなみに紀久子はその際、トラブルの元である男性に顔面パンチを食らったものの、その翌日もサンタの格好でクリスマスリースの配達に勤しんだ。顔にできた痣は、ひと月ほどでほぼ消えた。

日曜日の今日、紀久子は芳賀とおなじ遅番だった。いつもより早めに配達にでて、三時半過ぎに戻ってから、芳賀とふたりで店番をしていたが、六時近くまで客足が途切れなかった。季節は冬でも、川原崎花店は春真っ盛りだった。桜に梅、桃、チューリップ、スイートピーなど、季節を先取りした花を揃えているからで、春が待ち切れないひと達が店に駆けつけたかのように、どの花も売行きがよかった。ようやく一段落ついたところに、馬淵先生がひょっこりあらわれたのだ。

「私も見ました、その番組」紀久子もすかさず言った。

芳賀によれば絶海の孤島にいったのは、ほぼ一年前、去年の三月だったらしい。

「芳賀くんが先頭を切って、岩肌をすいすい登っていくのを見て、ほんと驚いちゃった。どうしたらあんなことができるわけ？」

「大学生のときはクライミング部だったんですよ」馬淵先生の質問に、紀久子が代わりに答えた。

「あの島の調査隊にかりだされたのは、研究者としてというよりも、ロッククライミングができることのほうが大きな要因です」芳賀が苦笑いを浮かべた。「でも俺、すでに絶滅したと思われていた蘭の一種を見つけて、採集をしたんですよ。番組ではカットされてたけど」

「あんな絶海の孤島に、蘭が自生しているものなんですか」紀久子は思わず訊ねた。

「俺も見つけたときは信じられなかった。採集した段階では、花が咲いていなかったので、カタチが似たべつの植物かもと思ってたくらいさ。でも東京に持ち帰って植物園にお願いして育ててもらってね。つい先日、花を咲かせることに成功したと連絡があったばかりなんだ。遺伝子の解析もおこなって、まちがいなく絶滅危惧種の蘭だと」

「ぼくがどうかした？」

突然、話に割りこんできたのは蘭くんだった。いつの間にか母親とふたりで店にいたのである。

「きみじゃない」芳賀は笑いながら言う。「蘭は蘭でも花の蘭だ。俺が絶滅したと思われた蘭を見つけたっていう話をしてたところなんだ」

「へえ。なかなかやるじゃないか、ハガ。だったらジョシュじゃなくて、もっとえらくなれるのか」

「なに言ってるの、この子は」母親が蘭くんをたしなめる。「ほんとごめんなさいね。ほら、蘭、こっちにきて花を選びなさい」

「あら、もうこんな時間。私、そろそろお暇しないと」

「馬淵先生」芳賀が引き止める。「まだ生け花の花材を注文していませんよ」

「あら、やだ、肝心なことを忘れるところだったわ。恥ずかしい。いま言うわね。いいかしら」

「どうぞ」と言ったのは紀久子だ。黄色い付箋と鉛筆を手にとる。

「コワニーに菜の花、それとスイートピーもお願い。色はピンクね。あとは」

「ミモザはいかがですか」芳賀が薦める。「今度の木曜、千葉の花農家にいって、直に仕入れてきますので、よかったらぜひ」

「それって前にバイトしていたマコトくんの実家？」

「そうです。馬淵先生、マコトくんを覚えていらっしゃるんですか」

「そりゃあ覚えているわよ。あの子がここのバイトをやめてまだ十年は経っていないでしょ。私のようなオバアサンにとっては昨日みたいなもんだわ。彼、種苗メーカーに就職してからアメリカにいったのよね。まだむこうに？」

「はい」

「元気でやっているのかしら」

「たぶん。ここ最近は連絡を取っていませんが」

そう答える芳賀は、どこか寂しげだった。

馬淵先生が去り、蘭くんが〈今日のオススメ〉である球根付きのムスカリを買って帰ると、だいぶ暇になった。そもそも日曜日の夜は、七時を過ぎるとぱったり客足が途絶えてしまう。帰宅途中のサラリーマンやＯＬが訪れることもないし、スナックやバー、キャバクラなども店が休みなので、そうした店へむかうオジサン達が花束を買いにくることもないからだ。とは言えぼんやり突っ立っているわけにもいかず、紀久子は箒を持ちだし、掃き掃除をはじめた。

「これって君名さんがつくったんだって」

訊ねる芳賀の手にはショップカードがあった。ほぼ二ヶ月前、李多に頼まれ、年明けにデザインができあがり、鯨沼商店街の名刺屋で三千枚プリントし、一月なかばからレジ脇に置いていたのだ。

「あ、はい。どうです？」

「オシャレでチャーミングなのに、スタイリッシュでカッコイイ、ひとつ難を言えば、東京の西の果てにある花屋のモノと思えないところかな」

「李多さんにも似たようなこと言われました。気合い入れ過ぎだって」

「はは。でも李多さん、このロゴマークを気に入って、川原崎花店のモノとして正式に認定したんでしょ」

「はい。亡くなったおじいさんおばあさんも、きっとよろこんでいるわとも言ってくださいました」

さらに〈フラワーブレイク〉の箱もデザインしてくれと頼まれ、来週には印刷所からできあがってくる。さらにはいま、包装紙のデザインの製作中だった。いずれもバイト代とはべつにデザイン料をいただいている。各々一万円ポッキリだが、それでも紀久子にすれば、自分の才能で稼いだお金にはちがいない。

「お客さんにも評判いいって李多さんと光代さんから聞いているよ。会計しているとき、ほとんどのお客さんがこのカードに視線をむけて、手に取っていくしね。まったくたいしたもんだ。さすが美大卒、モチはモチ屋とはまさにこのことだな」

絶海の孤島で、絶滅危惧種の蘭を見つけたあなたのほうが、ずっとたいしたもんだと思いつつ、ここまで褒められると悪い気はしない。

「ありがとうございます」と紀久子は礼を言う。

「そうだ。危うく忘れるところだった。君名さんにひとつお願いがあるんだけど、聞いてもらえるかな」

「なんでしょう?」

「君名さんは鴨(かも)モールにいったことがある?」

「昔、一度だけ」

鴨モールはキラキラヶ丘団地のさらに先にあるショッピングモールだ。上京してすぐの七年も昔、大学への行き帰り、鯨沼駅構内のポスターや電車の中吊り広告などで否が応でも目に入り、自転車でいってみたのだ。ショッピングモールと言っても二階建てで、店舗数は二十にも満たなかった。そのどれもが都心にあるような、高級感溢れるこじゃれた店で、見る分には楽しめても、いざ買うとなると二の足どころか三の足四の足を踏んでしまい、それ以来、いっていなかった。

「あそこに〈長春花〉っていう、和菓子屋さんがあってね。配達の途中に寄って、お薦め商品十品詰め合わせセットを買ってきてほしいんだ。値段は三千円プラス消費税。申し訳ないが立て替えておいてくれない？　領収書をもらってくれれば、李多さんが払ってくれる。それと必ず贈呈用と言ってね。そうすれば無料で専用の箱に詰めて、風呂敷で包んでくれるから」

「もしかして、さきほど馬渕先生と話してた、千葉の花農家へのお土産ですか」

「そのとおり」

「だったら話にでてきたマコトくんというのは、芳賀さんの友達？」

「そう。農大の同期で、クライミング部の仲間だった誠。そっか、いつだかミドリちゃんがここにきたとき、その話、したんだよな。誠のおふくろが甘いものに目がなくてね。とくに和菓子が好きなんだ」

「その花農家って、千葉のどこなんです？」

「南房総。国内でも名高い切花生産者が多く集まっているところでね。チーバくんの足首あたり」

「なんですか、チーバくんって」

「千葉県のご当地キャラクター。横から見た姿が千葉県のカタチをしている」

見たことはあるが、ぼんやりとしか思い浮かばず、千葉のどのへんかまでは、はっきりわからなかった。

「李多さんのおじいさんが生前、そこからミモザを直で取り寄せていてね。誠はそれが縁で、ここでバイトをはじめたんだ。一年に一回、二月のおわりに李多さんと俺が伺って、自分の手でミモザを収穫してくるのが恒例でさ。来月の八日がミモザの日だって、君名さん知ってた？」

「いえ。いまはじめて聞きました」

「国際女性デーでもあってね、イタリアでは男性が自分にとって大切な女性へ、ミモザの花を贈る慣わしがあるそうだ。女性は仕事や家事、育児すべてを男性に任せて、おでかけや外食を楽しんでもいい」

「素敵な日ですね」

「でも君名さんは知らなかった」

「すみません」

「謝ることはないさ。そんだけ知名度が低いってこと。でも花屋としては、この日が広く知れ渡って、ミモザを買い求めにくるひとが増えてほしいわけ。今年はこのミモザの日が日曜でもあるし、李多さんは例年以上にミモザを売るんだと張り切っているよ」

去年の九月九日、重陽の節句のときも、菊のフェアをやっていたことを紀久子は思いだす。花屋でバイトをしなければ、いずれの日も知らぬまま暮らしていたことだろう。

「よかったら千葉の花農家、君名さんもくる？」

「いいんですか」

「かまわないよ。むしろありがたいくらいだ。俺、免許持っていないでしょ。だから往復を運転するのはしんどいって、毎年、李多さんに文句言われていたんだ。きみが行き帰りどっちか運転してくれれば助かるもの。人手があったほうがミモザもたくさん穫れるし。それと出勤日扱いになってバイト代もでる」

だったらいかない手はない。

「光代さんはいかないんですか」

「何年か前にいったとき、収穫中にぎっくり腰をやっちゃってさ。それに懲りていかなくなったんだ。その代わりってわけじゃないけど、大学がもう春休みなんで、誠の妹のミドリちゃんが里帰りしているらしいんだ。もしかしたらいっしょに収穫するかもしれないな」

正直、いっしょにいて楽しい相手ではない。ミドリが生意気でトゲトゲしいのは、そうやって粋がって己を高めていなければ、周囲のひと達に負けてしまう気がしてならないからだ。作品で勝負する自信がない証拠でもある。だがそれを指摘したところで、彼女の態度が変わるはずがない。下手したら、さらにトゲトゲしくなりかねない。紀久子自身、そうだったからよくわかるのだ。

「ミモザをくれるような相手はいるの、キクちゃん」

こういう言い方、高校時代のまんまだな。

スマホから聞こえる瑞穂の声を聞き、紀久子は思う。

「いるわけないいじゃん」

その日の夜、瑞穂から電話がかかってきた。なにか用？　と訊ねたら、用がなくても電話をするのが友達でしょ、と言われた。それから今度の木曜にミモザを収穫にいくことや、ミモザの日について紀久子が話したのである。

「花屋のひとは？　ミモザの収穫に誘ってくるってことは、キクちゃんを憎からず思っているんじゃゃない？」

「芳賀さんはそういうひとじゃないんだよねぇ。親切で話しやすいし、おいしいカレーをつくってくれるんだけど、恋愛対象以前に、異性として意識できないんだ」

タブレットの上でタッチペンを走らせながら、紀久子は答えた。李多に頼まれた川原崎花店の包装紙をデザインしているところなのだ。スマホをスピーカー機能にして、ハンズフリーで瑞穂と話している。

「だったらあのひとはどうよ。花にビームを当てて突然変異をおこしてカタチを変えちゃう科学者」

伊福部だ。間違ってはいないが、悪いことしているような誤解を招く言い方はやめてもらいたいものだ。

「そのひとはときどき店にくる他は、団地の階段で二回、偶然でくわしただけ」

「そこよ、そこ。偶然でくわすってとこに運命、感じない？　それにさ、高校のとき、女子のほとんどがサッカー部とかバスケ部とか野球部とかで活躍する体育会系男子を追っかけていたのに、キクちゃんだけ化学部とか天文部とかパソコン研究部とかのイケてない理系男子が好きだったでしょ」

「それはまあ」否めない。

「化学部の子にコクったこともあったじゃない？」

「ああ」あった。ひとりだと不安だから瑞穂についてきてもらった。

「でも相手の子はこんな自分を好きになる女の子なんているはずがない、ふざけるのもいい加減にしろって怒ってどっかいっちゃってさ。私が追っかけようとしたら、キクちゃん、止めたの覚えてない？」

「覚えている」

紀久子にすれば、自分が好きな相手を傷つけてしまったことが、申し訳なく思えたからだ。ただそれ以来、コクるのが怖くなった。

そのあと瑞穂は話題を変えた。紀久子の影響で、花屋に立ち寄るようになり、週一で花を買うのだという。

「今日も買ってきたんだ。キクちゃんがインスタで紹介していたムスカリってヤツ。それも球根付きの」

　ムスカリは別名をグレープヒヤシンス、あるいはブドウヒヤシンスという。丸くて壺に似たカタチの小さな花が、ブドウの房のように咲くからだ。

「球根を水に浸しちゃ駄目だよ。腐っちゃうからね。器に薄く張った水に、根っこがくっつくくらいで平気だから。一週間もしたら花が満開になって、思っている以上に茎が伸びるんだ。そしたら茎を切って、べつに飾ってあげて。もしかしたら球根のほうにまだ蕾があって、花が咲くかもしんないよ」

「さすが花屋さん。よくご存じでいらっしゃる」

　瑞穂が冷やかすように言う。じつは今日、川原崎花店でムスカリを買っていった蘭くんに、教えてもらったのだ。

「デザイナーのほうはどうなの？　役員面接までいった会社から連絡はあった？」

「あった。駄目だった。私の期待に添えない結果となりましたって、昨日、通知がきた」

　すると少し間をあけてから、瑞穂は言った。

「高校二年になったばかりのときさ。私が好きなアイドルのポスターをふたりで見にいったのって、キクちゃん、覚えている？」

「等身大のでしょ？　もちろん覚えているよ」

　県庁所在地の駅構内に、男性アイドル五人組の等身大ポスターが貼りだされ、紀久子は微塵も興味がなかったが、自分の推しと写真を撮りたいという瑞穂の願いを叶えるため、学校帰りにふたりでいくことになった。一時期はファンが群がり、土日ともなると駅員どころか警官まで動員されたと地方局のニュースになったほどだったが、紀久子達がいったときはすでに騒ぎが一段落しており、ポスター周辺はまばらにしかひとがいなかった。

　ポスターは野菜ジュースの広告だった。その中に含まれている五つの栄養素、リコピン、カリウム、β-カロテン、ビタミンC、食物繊維を赤、茶色、紺色、ピンク、黄色と色分けし、アイドルひとりずつに割り振って、それぞれの色でコーディネートした衣装を身にまとい、ポーズを決めていたのだ。ありきたりではあるが、スタイリッシュなデザインでインパクトが大きい。なおかつ、この野菜ジュースを一杯飲むだけで、五つの栄養素が丸一日分、過不足なく摂れて身体にいいという情報も瞬時に伝わってくるところが、紀久子はえらく気に入った。

「私がそう言ったら、このポスターを見て、そんなふうに考える女子高生はキクちゃんだけだよって」

「こういうポスターをつくる仕事をしたらどうかって、私が言ったのは？」

「忘れるはずないよ。あの日、家に帰ってすぐネットで調べて、それがグラフィックデザイナーという職業だとわかってさ。進路相談で美大のデザイン科に進学すると言ったら、親や先生に正気を疑われたよ。でも瑞穂だけはぜったいにいけるって、励ましてくれたじゃないの」

「私のこと、恨んでない？」

「はぁ？」紀久子は面食らうばかりだ。「私が瑞穂を恨む？　なんで？」

「だってまだデザイナーになれていないんだよね。私の一言でキクちゃんの人生を狂わしたわけでしょ」

「私は瑞穂に感謝こそすれ、恨んでなんかこれっぽっちもないよ。あのとき瑞穂があぁ言ってくれたおかげで、自分の目の前に、まっすぐな道が開けたように思えたんだ」

　それから十年近く経ったが、道は全然まっすぐではなかった。曲がりくねって、しかも先があるかどうか、わからない状態である。でもいまはそれを言わずにおこう。瑞穂を心配させるだけだからだ。

「ほんとに？」

「ほんとだよ。そもそもだれかを恨んだり妬んだりしたところで、自分の人生が楽しくなるわけないし、余計、辛くて惨めになるだけだもの」

「ありがと、キクちゃん。私、あなたの友達でよかった」

「私のほうこそだよ」

丘の上が黄色く染まっていた。数え切れない木々に黄色い花が咲いているのだ。ミモザの木にちがいない。

川原崎花店から南房総、チーバくんの足首あたりのここまで、百四十キロあった。朝六時半に出発する直前、李多にじゃんけんで負け、往きの運転は紀久子になったのだが、十八歳の冬に免許を取得して以来、これほどの距離を運転したのははじめてだった。どうなるかと自分自身が心配だったものの、ふだんラヴィアンローズで、鯨沼の街中をチマチマ走っているよりもストレスがなく爽快なほどで、高速道路に入ってからも難なく速度をあげることができた。

今日、はじめて走る東京湾アクアラインも順調に走ることができた。その途中で李多と芳賀がすぅすぅと寝息を立てているのに気づいた。無事に千葉の木更津(きさらづ)に上陸、館山(たてやま)自動車道に入り、五十分以上走りつづけたあと、一般道に下りた。やがて民家がまばらになり、いまはなだらかな丘を走っている。柔らかな陽射しがたっぷり降り注ぎ、できれば車を停めてそのへんに寝転がりたいくらいだった。

あれって。

畦道(あぜみち)にひとが立っていた。イーゼルにキャンバスを立てかけ、筆を走らせている。こちらに背をむけているうえに、パーカにジーンズという格好なので、性別さえわからない。だが足元に置いてある大きなリュックサックは、川原崎花店を訪れたミドリという子が背負っていたのとおなじだった。

「そこを左に曲がって」

後部座席から芳賀の声がした。いつの間にか目覚めたらしい。彼の指示どおり、紀久子はハンドルを切る。どうやら私道のようだ。舗装されておらず、ミニバンが通るのにやっとの幅の緩やかな坂道をのぼるにつれ、ミモザの木々に包みこまれていく。いましがた、畦道で絵を描いていたひとを見たか、芳賀に訊ねようとしたときだ。

「うっさいなぁ、いい加減にしてよ、お母さん」

李多だ。寝言にしてははっきりとした大きな声で言ったかと思うと、ぱちりと瞼を開き、きょろきょろとあたりを見回してから、自分がいまどういう状況か気づいたらしい。すると何事もなかったかのように、「あとどんぐらい？」と訊ねてきた。

「五分もかかりません」芳賀が笑いを嚙み殺しながら答える。「またお母さんに怒られる夢を見ていたんですか」

「怒られちゃいないわよ。いつになったら孫の顔が見られるんだって、ネチネチ言われていたんだよ。トエの孫はもう中学生になっているじゃないのとも」

「トエってだれですか」

「馬渕先生さ」と芳賀が言った。そうだった。馬渕先生の名前は十に重ねると書いて十重だった。

「馬淵先生とウチの母親は同い年で、大の仲良しだったのよ。恋敵のときもあったらしいわ。その恋はどちらも叶わなかったそうだけど」

「李多さんのお母さんはどちらにお住まいなんです？」

「マニラ」

「フィリピンのですか？　どうして？」

「どうしてかしらね。かれこれ七、八年会ってないからわからないわ」

　李多が不服そうに言う。これ以上訊ねても、まともな答えは得られそうにないので、紀久子は口をつぐんだ。


〈深作（ふかさく）ミモザ園代表取締役　深作真理（まり）〉

〈深作ミモザ園専務　深作雅之（まさゆき）〉

　ミニバンで到着した先は、二階建てだが屋敷と呼んでもおかしくないほど立派な一軒家だった。約束の九時より十分ほど早く到着すると、その家の玄関から六十歳前後の男女があらわれ、出迎えてくれた。そして李多が紀久子を紹介すると、つづけざまに名刺を渡されたのだ。

「ウチはカカア天下なんで、女房が社長なんですよ。ガハハ」

　たぶん初対面の相手には、おなじ冗談を飛ばしているにちがいない。紀久子はひとまず愛想笑いを浮かべておいた。

「お嬢さんは学生さん？」

「いえ」と否定したものの、はて自分は何者かと紀久子は迷ってしまう。そんな紀久子の代わりに李多が答えた。

「グラフィックデザイナーになるため、修業の身なんですよ、彼女」

修業の身とは言い得て妙である。今後、自己紹介をする機会があれば使おう。

「おばさん、これ」芳賀が風呂敷に包んだ箱を差しだす。

「あら、〈長春花〉のお菓子じゃないの」

想像以上に真理は大喜びだ。それもわからないでもない。紀久子は先日、鴨モールへいき、いま渡したお土産の詰め合わせ以外に、自分のぶんを一個買ってみた。水中花というお菓子で、透明なゼリーの中に花を模した羊羹（ようかん）があった。ゼリーのレモン風味が、羊羹の甘みとあいまって、口の中でちょうどいい塩梅で、とてもおいしかったのである。

「遠慮なくいただくわ。あっ、そうだ。芳賀くん、どうしてＮＨＫにでるってこと、教えてくれなかったの？　おかげで見逃しちゃったじゃない」

「え？」

「ほんとですよね」と李多が真理に同意する。「芳賀くんったら、店の人間にも黙っていたんです」

そうなのだ。李多と光代さんも芳賀の勇姿を見ていないのである。

「ただ単に映っていただけですよ。報せるほどのことではないでしょう。っていうか、おばさんこそ見逃したのに、なんで知っているんですか」

「誠が見ていて、メールで報せてきたんだ」と答えたのは雅之だった。「むこうでも衛星放送だかでＮＨＫが見られるらしい。芳賀くん、調査にいったあの島で絶滅危惧種の蘭を発見したんだって？」

「あ、はい」

「数ヶ月前、アメリカの科学雑誌にその記事が載っていたのを、誠が読んでいてね。だから今回、ＮＨＫで調査の模様を放送するのを知って、芳賀くんがでてくるかもしれないと見ていたそうだ」

「誠も誠よ。だったら放送する前に報せてくれればいいのにさ。見おわってからメールを送ってくるんだから、ほんと、気が利かないったらありゃしない」

「ちょっといいですか」困り顔の芳賀を含め、みんなが一斉に紀久子に視線をむけた。「その番組、今度の土曜の深夜に再放送があります」

「やだ、そうなの？」と言ってから真理は芳賀のほうを見た。「それならそうと教えてちょうだいよ。また隠すつもりだったわけ？」

「いえ、再放送のことは俺もいまはじめて知りました」

そう言いながらも芳賀はなんだか申し訳なさそうだった。

「このへん一帯は沖合を流れる暖流の影響で、温暖な気候なんですよ。年間の平均気温は十七度程度で、東京よりも一度高い。年間降水量は二千ミリ近くで、これまた東京と比べると四百ミリも多いんです。これはまあ、台風のせいでしてね。こうした露地栽培となると、その被害をもろに被ることも少なくありません。なのでウチではできるだけ出荷に影響がでないよう、何カ所にも分けて、パールミモザ、ギンヨウミモザ、ヤナギバミモザ、マメバミモザ、フランスミモザなどいくつかの品種を栽培しております」

ミモザの木が生い茂る緩やかな傾斜をのぼっていくあいだ、雅之が紀久子と並んで話をつづけた。社長としての仕事がありますのでと真理はきていない。

「それぞれ花が咲く時期がちょっとずつちがいまして、このあたり一帯のギンヨウミモザは、いまがちょうど満開時期になります。葉っぱもキレイな銀色、つまりは銀葉なのですが、それだけでもじゅうぶん観賞の対象になります」

一気に捲し立ててから、雅之は足を止め、ミモザの枝を軽くつまみ、葉っぱを指差した。

「この葉っぱ、オジギソウに似ていません？」

いきなりの問いに、紀久子は面食らいながらも、「似ていると言えば似てますね」と答えた。

「ミモザという名前は、じつはオジギソウの学名なんです。葉っぱや花のカタチがオジギソウに似ていたせいで勘違いされ、ミモザと呼ばれるようになりまして」

「だったらほんとの名前は？」

「アカシアです。『アカシアの雨がやむとき』という昔の流行歌があるのですが」

「カラオケでひとが唄うのを聞いたことがあります」

今年に入ってから、李多とふたりで〈つれなのふりや〉に三回いき、その度にひとみママを含めた三人で、カラオケに興じていた。先週の水曜の夜にいったときは、昨年末とおなじくタイトルに花がある歌しばり、ただし桜とバラは抜きで盛りあり、その際にひとみママが『アカシアの雨がやむとき』を唄ったのである。高年齢層のオジサマも多いため、彼女は古い歌もよく知っているのだ。李多もそれを思いだしたようで、「アカシアの雨に打たれると、ひとが死んじゃう歌ですよね」と口を挟んできた。

「間違っちゃいませんが、それだとホラー映画みたいに聞こえますよ」と雅之はガハハと笑う。

「あの歌のアカシアは、ミモザなんですか」

紀久子は訊ねると、雅之は首を横に振った。

「歌のアカシアはニセアカシアと呼ばれる花なんです。別名をハリエンジュと言いまして、葉っぱも花もミモザとはまるで別物です。俳句の季語のアカシアも、やはりミモザではなくて、ニセアカシアだそうです。つまりアカシアという名前はニセアカシアの呼び名になってしまい、本来のアカシアはミモザと呼ばれるようになってしまったわけです。ややこしいでしょう？」

ややこしい。

「でもまあ、最近ではミモザも品種によって、葉っぱのカタチはだいぶちがいましてね。パールミモザは柿や椿の葉に似ていて、ウチじゃあ花が咲く前にグリーンの枝物として出荷もしています。フランスミモザは針みたいな葉ですし、ヤナギバミモザは柳みたいな葉で、マメバミモザは葉のカタチが豆に似ています」

「ギンヨウミモザだと、今日、収穫して持って帰るとしたら、花はどれくらい持ちますか」と訊ねたのは李多だ。

「さきほども言いましたとおり、いまが満開ですからね。三日ないし四日ってところでしょう。商品としてはお薦めできません。盛りを過ぎると、価値が下がる一方なのは女性とおんなじです」そう言ってガハハと笑ってから、雅之は自分の失言に気づき、慌てて言い繕った。「あ、いえ、あの、女性のみならず男性もでして、つまりはその、李多さんはいつまでもお美しくて」

「気を遣っていただかなくてもけっこうです」李多が苦笑いで応じる。「だとしたら今日、収穫するのはどの品種がお薦めですか」

「そうですね、今日は他の品種と比べて晩生のマメバミモザがよろしいかと。ささ、参りましょう」

マメバミモザは雅之の言うとおり、葉っぱが豆のカタチに似ていた。ただし花のカタチや色はギンヨウミモザとよく似ている。経験者である李多と芳賀は、ひとりでさくさく作業を進めていくが、はじめての紀久子は雅之に教わりながらやっていかねばならなかった。とは言っても手袋を塡め、剪定鋏(ばさみ)でミモザの枝を切っていくだけなのだが、それでも緊張しっぱなしだった。しかも脚立(きゃたつ)にのぼって、上のほうの枝を切らねばならないとなると、どうしても腰が引けてしまう。高いところが苦手なのだ。たとえ地面から一メートル程度の高さであってもだ。だが口にだして言うのが恥ずかしいので必死に堪えた。

収穫するマメバミモザの花は、ほとんどまだ咲いていない蕾だ。これを蒸気が充満した温室に入れ、開花を促すのだという。ミモザ以外にも桜や桃、梅、雪柳など枝物におこなう蒸かしと呼ばれる技術で、品種や枝の状態により、湿度と温度を調整しなければならないらしい。手間ひまがかかるものの、この蒸かしによって、客の許へベストコンディションで届けることができるそうだ。

二月とは思えぬポカポカ陽気で、額から流れ落ちる汗を、首に巻いたタオルで幾度となく拭わねばならなかった。しかも何度か蜂に見舞われ、その度に脚立から落ちかけた。こんなことならばいっしょにいきますなんて言わなければよかったと、少なからず後悔した。それでも一心不乱にミモザの枝を切っていくうちに、どういうわけか楽しくなってきた。疲れ過ぎのせいで、脳内ドーパミンが溢れでて、ハイになっているのかもしれない。

「はじめてにしちゃあ上出来ですよ」脚立の下から雅之がほめてくれた。「鋏の使い方にセンスがおありだ」

「ありがとうございます」

「なんでしたらここで働きませんか」

「え？」

「我が社ではミモザの栽培だけではなく、ドライフラワーやハーバリウム、アクセサリーなどの製作にも力を入れることになりましてね。そのためにはあなたのようにセンスがあって、若い女性が必要でして」

「専務」李多の声がした。紀久子からは見えないが、どこかべつの木で収穫をしているはずだ。「キクちゃんはウチの店の大切な戦力なんですからね」

「でもアルバイトなんでしょう？」雅之は李多には答えず、紀久子にむかって言った。「我が社は正社員として採用しますよ。小さいながらも株式会社ですし、福利厚生もしっかりしています。繁忙期でも週休二日はお約束します。どうですか」

　正社員という言葉に、気持ちが少し揺らいでしまう。いやいや、これ以上デザイナーへの道を曲がりくねらせてどうする。そう思っていると、視線の先に見慣れた車があらわれた。ラヴィアンローズとおなじ型の電気三輪自動車だ。降りてきたのは真理だった。

「みなさぁん、ランチにしましょう」


深作夫婦と川原崎花店の三人は、ミモザの木々のあいだで車座になり、真理の手料理を摂ることになった。四段重ねの重箱で、卵焼き、ブロッコリーとベーコンのにんにく炒め、サワラの西京焼き、甘酢あんの肉団子、手羽元のチューリップ唐揚げ、アジフライ、きゅうりのぬか漬け、根菜の煮物、そして具材が野沢菜や新生姜、桜海老などさまざまないなり寿司と、なかなか豪勢だった。

食事の最中、深作夫婦は絶海の孤島での調査について、芳賀にあれこれ訊ね、絶滅危惧種の蘭が植物園に預けられ、花を咲かせたという話になると、その写真があれば見せてほしいとせがんだ。すると芳賀はスマホを取りだし、何度かタップしてから画面を上にして、「これです」と夫婦の前に差しだした。

「あらま、かわいらしいお花だこと」

「実際、直径が一センチに満たない花なんですよ」

どんなものかと紀久子は腰を浮かせ、芳賀のスマホを覗きこむ。なんの変哲もない、丸くて小さな花だった。花びらは葉っぱと変わらない緑色で、紫の斑点があるだけだ。そのへんの草むらに生えていても気づかないだろう。これが絶滅危惧種の蘭とは到底、思えなかった。

「ミドリちゃんはどうしました？」と李多が訊ねた。「彼女もいっしょにミモザの収穫をすると思っていたんですが」

「それがあの子ったら、芳賀くん達がきているっていうのに、朝から絵を描きにいっちゃったまま、帰ってこないんです」不平を洩らすように真理が言った。「自転車ででかけたんで、そう遠くへはいっていないと思うんですが」

「でっかいリュックサック、背負っていきませんでしたか」紀久子は今朝見た光景を思いだし、訊ねた。

「どこかで見ました？」真理が聞き返してくる。

「車でここへくる途中、足元にでっかいリュックサックを置いて、畦道で絵を描いているひとを見かけたんです」

「間違いなくミドリだ」と雅之が苦々しい顔で言う。「まったく困ったヤツです。絵が好きだからって、美大にいかせたのが失敗でしたよ。もとからアイツは女の子のクセして愛想がなくて偏屈で生意気だったのが、さらに強くなっちまった。美大はそれでさえ就職が難しいのに、あれじゃあ、どこも雇ってくれやしないでしょう。どうせここを継ぐしかないんだから、手伝いをしていまのうちに仕事を覚えておけと言ってはあるんですがね。まるで聞きゃあしない。絵なんぞいつでも描けるだろうに」

「いましか描けない絵だってあります」

紀久子は言った。声が鋭くなっているのが、自分でもわかる。ブラック会社に勤めていた頃、直属の上司である補佐をはじめとした同僚達から美大卒をネタに、からかわれたり嫌みを言われたりしたことを思いだし、女のクセにというのにもカチンときて頭に血がのぼっていったのだ。自分を抑えようとしても、つづけて言葉がでてきてしまう。

「自分が好きなことをして、なにがいけないって言うんですか」

「落ち着きなって、キクちゃん」声高になる紀久子を、李多が制した。「すみませんね、専務。この子、ミドリちゃんとおなじ美大の出身なんです」

「え？　いや、あの、いまの話はつまりその」言い訳を絞りだそうと、雅之はしどろもどろになるばかりだ。

「ごめんなさい」すかさず詫びたのは真理だった。「ウチのひとときたら、おしゃべりで、言わなくていいことまで言って、顰蹙を買うことがよくあるんです。許してやってください。ね？」

「も、申し訳なかった」雅之は頭を深く下げた。「このとおりだ。許してください」

謝るべき相手はミドリちゃんじゃないの？　と思いながら、「こちらこそすみません」と紀久子も詫びた。

「そうだ。折角なんでウチの子の絵を見てもらえません？」沈んだ空気を一新するように、真理が陽気な声で言った。「私、写真に撮ってスマホに保存してあるんですよ。できれば先輩からのアドバイスをお願いできませんか」

「そりゃあいい。ぜひそうしてくださいな」雅之が紀久子の機嫌を取るように言う。

「私達夫婦は絵の素養がまるでありませんでね。はたして娘がどのくらいの腕前なのか、よくわからなくて」

「でも私、おなじ美大でもデザイン科なので」

紀久子が言っても、夫婦は聞いていない。

「私も見たいな、ミドリちゃんの絵」と李多。

「俺も見たことないや」これは芳賀だ。

「どうぞ、ご覧になってくださいな。これが最新作なんですよ」

真理のスマホをみんなで覗きこむ。タブレット一歩手前の大画面に映しだされていたのは、二十代前半と思しき若い男性だった。バストアップで、裸だ。細身だが筋肉はしっかり付いている彼は、どこか遠くに視線をむけ、微かに笑みを浮かべている。背景には青い空と青い海、そして白い砂浜があった。写真かと見紛うほどの細密画である。美大生とは言え、十八、九の女の子が描いたとは思えないほどの出来映えだ。とてもではないが、紀久子が意見を言えるようなレベルではなかった。ちがう科とは言え、彼女の先輩ですと名乗るのが恥ずかしくなるほどだった。

「誠くんじゃないですか」

李多が言った。深作夫婦の息子、ミドリの兄、そして芳賀とは農大でクライミング部の仲間だった、深作誠にちがいない。そう言われると目元から鼻にかけて真理によく似ている。

「そうなんですよ。誠はアメリカにいったっきりでもうじき八年、そのあいだ一年に一度戻ってくるかどうかでしょ。メールでやりとりはしているし、ビデオ通話で話せても、こうも会えないとさすがに寂しいわって、ミドリに愚痴ったことがあるんです。あの子、それを覚えていて、昔の写真を元にして、私のためにこの絵を描いてくれましてね。性格に多少は問題ありますけど根はイイ子なんです」

「元にした昔の写真って、誠くんがウチでバイトをしていた頃ですかね」と李多。「でもどこの海なんだろ？　やっぱ南房総？」

「石垣島(いしがきじま)です」芳賀が言った。呟くほどの小さな声なのに、きっぱりとした口調だった。

「誠くん、沖縄のお土産を持ってきたことがあったな」つづけて李多が言う。「あれって、芳賀くんがいっしょだったんだ？」

「大学三年の夏休みに俺、石垣島でボルダリングツアーのガイドのバイトをしていて、そこに誠が遊びにきたんです。二、三日で帰ると言っていたのに、彼もガイドの手伝いをして、なんだかんだで十日はいたはずです」

「芳賀くんとふたりでよく旅行にいくって話は聞いてたけど、石垣島は知らなかったわ。あなた知ってた？」

「いや、初耳だ」

「誠ってカメラが趣味だったでしょう。それもフィルムの」と芳賀。

「高一の秋に写真部に入ったのがきっかけだったのよ。人数が足りないと廃部になっちゃう、幽霊部員でもいいからって、クラスメイトに頼まれただけで、まるで興味がなかったはずが、あの子、すっかり夢中になって」

「そうそう。高二にあがる前、ウチの手伝いをして稼いだ小遣いで、一眼レフを買ったんだ。中古でもけっこういい値段だった覚えが」

「誠はそれを石垣島に持ってきていました。海岸でお互いを撮りあったりしましてね。ミドリちゃんはそのときの写真を見て描いたんじゃないのかな」

「あの一眼レフ、いまじゃミドリのモノなんです。美大に通いだしてから、絵の資料を撮るためにと使っていて、だったらスマホで事足りるだろうに」

川原崎花店にきていたミドリが、首から一眼レフをぶら下げていたのを、紀久子は思いだす。あれがお兄さんのお古だったのではないか。

「あの子、誠のをやたら使いたがるんです。今日、乗っていった自転車も誠のだったし」

ふたりの子どもについて語る真理の声は、どこまでも優しい。目の端に光るものがあっても、絶えず口角はあがっている。

お母さんも私について話すとき、いまの真理さんみたいに優しい声になるのかな。

紀久子はしばらく母の声を聞いていなかった。最後に電話をしたのは去年の暮れだ。年末年始は帰省しないことを電話口で告げたところ、あら、そう？　元気ならそれでいいわとしか言われなかった。昔は三日、いや二日電話をしなければ、むこうからかかってきたものだ。いまはひと月音信不通でも心配してくれなくなった。孫の面倒で手一杯にちがいない。

「倉庫の端に暗室があるのは知ってるでしょ？」

「知ってます」雅之に訊かれ、芳賀は大きく頷いた。「自分で現像をしたいからって、誠が自分で仕切りをたてて、つくっちゃったヤツですよね」

「あれって暗室だったの？」李多が驚きの声をあげる。「私、ずっとトイレだと思ってた」

「二畳もない狭い部屋なんで、そう思われても仕方がありません」雅之は笑った。「誠がアメリカにいってからそのまま手つかずにしておいたんですが、あそこもミドリがときどき使うようになって」

「暗室には誠が撮った写真も保管してあったらしいんです。この絵の元になった写真は、たぶんそこにあったフィルムをミドリが現像したんだと思うの」

「他にどんな写真があったか、ミドリちゃん、なにか言っていませんでした？」そう訊ねる芳賀の顔が、なぜだか強張っているのに紀久子は気づいた。

「言ってなかったわ。お父さん、聞いたことある？」

「おまえに言わんことを俺に言うはずないだろ」

「むくれなくてもいいじゃない」雅之にそう言ってから、真理は芳賀のほうをむく。

「あとでミドリに訊いておきましょうか」

「いえ、そこまでしなくても」芳賀は首を横に振る。

「そうだ。肝心な話をするのをすっかり忘れていた。なあ、おまえ」

「あら、だけど芳賀くんにも誠から連絡があったんじゃない？」

「なんのことですか」

「誠が結婚するんだ」芳賀の問いに雅之が答えた。

「マジですか」声をあげたのは李多だ。「どなたとです？」

「現地の女性なんですよ。交際してかれこれ一年は経つんじゃないかしら。芳賀くん、知ってるでしょ」

「ええ、まあ」芳賀の返事は曖昧だった。「でも結婚の話ははじめてです。いつするんでしょう？」

「今年の夏よ。だからお盆には帰ってくるって言うの。だから身内で式っていうかパーティーを開こうと思っていてね。そのときは改めて招待するわ」

　午後も収穫をつづけ、西の空が赤くなりかけた頃に作業をおえた。そしてみんなで電気三輪自動車にミモザを積んでいった。ランチを運んできた際、真理が置いていったのだ。

「私、先に下りますね。道わかるよね、芳賀くん？」

「だいじょうぶです」

芳賀が答えると、雅之は電気三輪自動車に乗りこみ、走り去っていく。

「キクちゃん、どう？　疲れた？」

緩やかな坂道を三人並んで下りていくと、李多が話しかけてきた。

「くたくたです。でも充実感があって気分は爽快です。李多さんこそ平気ですか。明日は午前四時起きで、花卉市場に切り花の仕入れにいくんですよね？　帰りも私が運転するから寝ててください」

「君名さんの言葉に甘えたらどうです？」芳賀が言った。「老いては子に従えですよ」

「失礼ね。老いちゃいないわ」

「でも去年はくたびれて、つぎの日、仕入れにいけなかったでしょ？」芳賀が諭すように言う。「店の商品はまだどうにかなったけど、馬淵先生が注文した花材が揃わなくて、迷惑かけたじゃないですか」

そんなことがあったのか。

「わかったって」李多は渋々承諾した。「帰りの運転もキクちゃんにお願いするよ。でもしんどくなったらいつでも言ってね。そんときは代わるからさ。あれ、キクちゃん。どうしたの？」

「すみません。あんまりキレイなんで」夕焼けに映えるミモザ畑の美しさに目を奪われ、足が止まってしまったのだ。そして写真に収めるべくスマホを構えていた。「すぐ撮りおえます」

「だったらウチのツイッターとインスタにアップしといてちょうだい」

「了解です」

李多に顔をむけ、そう答えたときだ。彼女の肩越しにひとがあらわれた。自転車を引いて、ミモザ畑を抜けでてきたのである。ミドリだった。例の大きなリュックサックを背負っている。紀久子の視線に気づき、李多と芳賀が振りむく。

「どうした、ミドリちゃん？」

芳賀が声をかけると、ミドリはびくりと身体を震わせた。三人に気づいていなかったらしい。

「こないで」近づく芳賀にむかってミドリが叫んだ。

「え？」

「兄さんも芳賀さんも嫌いっ。大っ嫌いっ」

吐き捨てるように言うと、ミドリは自転車のハンドルから手を離し、坂道を駆け下りていく。

「待ってくれ、ミドリちゃんっ」

芳賀がそのあとを追う。

自分の目の前で突然起きた出来事が、さっぱり理解できず、紀久子は呆気にとられるばかりだった。

「キクちゃん、自転車持ってきて」

李多に言われ、返事をしようとしたが遅かった。彼女も走りだしていたのだ。ひとまず言われたとおりにすべきだと、横倒しの自転車に駆け寄って、立たせてみたところ、チェーンが外れているのが一目でわかった。そもそも自転車自体がだいぶ年季が入っており、手入れが行き届いているとは言い難い。

「きゃあっ」

悲鳴がミモザ畑に響き渡る。百メートルほど先で、ミドリが俯せで倒れてしまったのだ。

「だいじょうぶか」「ミドリちゃんっ」

ミドリは身体を起こしたものの、足元がおぼつかず、しゃがみこんでしまう。芳賀と李多が手を貸そうとしても、駄々っ子のようにイヤイヤと振り払い、膝を立てた両足を腕で囲んで顔を伏せた。

チェーンの外れた自転車を押してその場に着くと、ミドリが啜り泣いているのに紀久子は気づいた。芳賀と李多は為す術もなく突っ立ったままだ。やがてミドリがか細い声で、なにやら言うのが聞こえた。

「なぁに、ミドリちゃん」

　李多が言葉をかける。するとミドリが洟を啜りながらも、はっきり聞こえる声でこう言った。

「いつから兄さんと芳賀さんはああいう関係だった？」

「石垣島の写真、ぜんぶ見たのか」

「あたしの質問に答えてっ」

「大学に入ってしばらくしてからだ」

　芳賀の声は擦れていた。

「まだつづいている？」

「とうの昔に別れた。誠がアメリカにいってから、ぎくしゃくしだして、自然消滅だ」

「相手が同性でなければ駄目なの、芳賀さんは？」

　芳賀は苦渋に満ちた顔つきになった。まるで窮地に追いこまれ、逃げ道を失ったかのようだった。

「どうなの？　教えて」

「そうだ。物心ついた頃からずっとそうだった。でも誠はちがう。俺の気持ちを受け入れ、つきあってくれていたんだ。いまでも感謝している」

　芳賀が話しおえると、ミドリがすっくと立ちあがり、服についた土を払い、顔をあげた。そのときになって紀久子がいるのに気づいたらしい。少し驚きながらも近寄ってきて、「ありがと」と短く礼を言い、自転車を受け取った。

「みなさん、先に帰ってもらえませんか。あたし、しばらくここにいたいんで」

有無を言わせぬミドリの口ぶりに、三人は従わざるを得なかった。

「いきましょう」と李多が歩きだしたときだ。

「ひとつお願いがあるんだ、ミドリちゃん。聞いてもらえないか」

「なんですか」

「石垣島のフィルム、何本あるかわからないが、すべて焼いてもらえないか。誠、結婚するんだろ。あんなものがあったらマズいだろうからさ」

ミドリは芳賀をはったと睨みながらも、「わかった。そうする」と答えた。

「すまない。よろしく頼む」

そう言って芳賀は深々と頭を下げた。

夕陽に赤みが増し、ミモザ畑はこの世とは思えぬ壮麗な光景となっていた。スマホをだして写真におさめたいところだが、とてもできる状況ではない。やむなく紀久子は自分の目に焼きつけておくことにした。

「悪いんだけど、君名さん」後部座席から芳賀が言った。「つぎの信号を右に曲がって、館山駅の前で降ろしてくれないかな」

深作ミモザ園をでて、二十分ほど経ってからだ。陽が沈み、あたりはすっかり暗くなっている。

「トイレですか。だったらそこのコンビニでも」

「いいや。ひとりで考えたいことがあるんで、電車で帰ろうと思うんだ」

「いいわよ」と言ったのは李多だ。「鯨沼までの電車賃はあとで請求してね」

「すみません。それとあの、ミドリちゃんと俺が話したことはだれにも」

「言いっこないでしょ。ねぇ、キクちゃん」

「あ、はい。ぜったいに言いません」

　そう返事をしながら、紀久子はふと思う。

　ミドリは芳賀が好きだったのではないか。

　兄と芳賀の関係はもちろんショックだったのだろう。だがそれ以上に、自分がどれだけ思いを寄せたところで、芳賀とは付きあうことができない事実を突きつけられ、耐え切れなかったのではないか。そしてまたミドリの思いに芳賀が勘づいていたとしたら。

　やめておこう。つまらぬ憶測は、ひとに言い触らすよりも質（たち）が悪い。こんなことを考えてしまうのはミモザのせいだ。ハンドルを切り、館山駅にむかう道に入る。

　ミモザの花言葉は優雅、友情、そして。

　秘密の恋。

Ⅵ 桜

Kawarazaki Flower Shop

「ばっくしょんっ」

「よっぽどだれかに噂されているのね」

光代さんに冷やかすように言われ、紀久子は「ただの花粉症ですよ」と笑う。

三月第一土曜の今日、紀久子は遅番で正午に出勤してからすぐ、バックヤードで光代さんとふたりで作業をしているあいだ、大きなくしゃみを何度もしてしまった。

「でもあなた、鯨沼では有名人じゃない」

「有名なのは私じゃなくて、ラヴィアンローズです」

ラヴィアンローズの写真を撮って、スマホの待受画面にすると恋愛が成就するという噂は、いまだに信じられていた。最近では願いが叶いましたと、川原崎花店に礼を言いにくる女子中高生もいて、紀久子はお役に立てて光栄ですとしか言い様がなかった。

「じゃなかったら、あなたがデザインしたカードや箱を、だれかが褒めているのかもね」

つづけて光代さんが言う。紀久子としてはそちらのほうがうれしい。川原崎花店のショップカードだけではなく、今月アタマから〈フラワーブレイク〉の箱も、紀久子がデザインしたものが使われるようになった。

「SNSで評判いいんでしょ、この箱」

「おかげ様で」

そう答えながら、紀久子はニヤついてしまう。店のツイッターとインスタグラムにアップしたところ、ふだんの十倍以上のいいねが付いた。

バックヤードでおこなっていたのは、本日配達分である〈フラワーブレイク〉の箱に、花を詰める作業だった。今回の花は白地に薄く紫色が入ったフリージアとマメバミモザだ。このミモザは半月ほど前、紀久子達が深作ミモザ園で収穫してきたものである。明日の日曜、ミモザの日に間に合うよう、深作夫婦が温室で蒸かし、蕾がちょうどいい状態のものを送ってくれた。

いつから兄さんと芳賀さんはああいう関係だった？

ミモザの黄色くて可憐な花を見ているうちに、芳賀とミドリのやりとりを思いだした。衝撃の事実ではあった。しかしいまでも芳賀とはふつうに言葉を交わしているし、いっしょに店番もする。彼のつくるカレーは相変わらずおいしい。以前と変わらぬ日々を暮らしている。

「私もいいと思うよ。上品で高級感があって」

光代さんの声に、紀久子は我に返った。

「な、なにがです？」

「やあね。〈フラワーブレイク〉の箱よ」

「あ、はい。ありがとうございます」

「だいじょうぶ？　花粉症のせいで、頭がぼんやりしているんじゃない？」

「そんなことありませんって」紀久子は無理に笑ってみせた。「この他に配達するものってあります？」

「ついいましがた、李多さんが開店祝いのアレンジメントを頼まれていたみたい。売場の作業台でつくっているかもしれないな。私、昼休みに入るんで、キクちゃんからどうなってんだか訊いてくんない？」

できていなかった。

紀久子が売場にでると、作業台はまっさらで、李多はレジ奥にあるノートパソコンを見つめたまま、不機嫌そうにしていた。なにがあったのだろう。

「李多さん、開店祝いのアレンジメントは？」

「まだ」にべもなく言ってから、李多はノートパソコンを指差した。「ちょっとこれ見てよ、キクちゃん」

そこには腕組みをした男性がいた。フォトスタジオで、プロのカメラマンに撮ってもらったにちがいない写真だ。その右隣には〈㈱茜さす代表取締役　小谷継信(こたにつぐのぶ)〉とあり、プロフィールが綴られていた。生年からすると、今年で三十二歳のはずだが、口と顎に生やしたヒゲのせいで、もう少し年上に見える。だがそれよりも気になるのは、紫色のチュニックとワイドパンツといういでたちだ。見ようによっては怪しげな宗教の教祖みたいだった。

「どう思う、この男」

「どうってなにがですか」

「ひとを見下すような、この自信満々の顔。ロクでもないヤツに決まっているわ、ぜったい」

「写真一枚で決めつけるのは、どうかと思いますよ」

「私、ひとを見る目があるの」李多は自慢げに言う。「キクちゃんがなによりの証拠だわ」

「私がですか」

「一目見たときに、この子は真面目でイイ子にちがいない、ウチで働いてもらおうってビビッときたの。九ヶ月経ったいまも、ここにいるのがなによりの証拠でしょ」

「それはまあ」

九ヶ月も働くつもりはなかった。川原崎花店でバイトをしつつ、デザイン関係の仕事に就くため、就職活動をしているのだが、思うようにいかず、気づけばそれだけの歳月が過ぎていたのである。

「明日、鴨モールにこの男の店がオープンするんだって」

紀久子は半月ほど前、鴨モールの中にある〈長春花〉という和菓子屋さんへ、深作ミモザ園へのお土産を買いにいっている。隣の店舗が内装工事をしていたが、あれがそうだったのかもしれない。

「開店祝いの花はそのための？」

「そう。依頼者にはオーダーメイドで頼まれちゃってね。花を選ぶのに手がかりが欲しかったから、ネットで検索して、お届け先である〈茜さす〉の公式ホームページを見つけたんだけどさ。この男に届ける花束をつくるのかと思うと、気分が乗らなくて困っているんだ」

「なに言ってるんですか、李多さん。仕事ですよ、仕事」

「だったらキクちゃんがやってくんない？」

「私がですか？　いやでもオーダーメイドのアレンジメントだなんて私」

アレンジメントとは、器にセットした吸水フォームに花を生けこんでつくる商品である。花束だとラッピングから外して花瓶に生ける手間が必要だが、アレンジメントであればそのまま置くことができるので、開店祝いとしては最適なのだ。

オーダーメイドで花束をつくることはあっても、たいがいは二、三千円程度で、高くても五千円どまりだった。ところがいまからつくろうというアレンジメントは二万円だ。それも開店祝いだなんて、できるかどうか自信がない。そんな紀久子の胸中を察したかのように李多が言った。

「キクちゃんならできるって。ね？　時間ないわよ。さっさとなさい」

「むらさきの花ばっかりあつめて、どうするつもり、オネーサン？」

蘭くんだ。いつの間にか店を訪れていたらしい。

「アレンジメントをつくることになってね。そのための花を選んでいるところなの」

「なるほどね」蘭くんはしたり顔で頷いた。「花がたくさんの花タバは、いろんなイロの花だとまとまりがなくなっちゃうから、おなじイロのをつかったほうがイイもんね」

おっしゃるとおりである。光代さんに教わったコツだ。

紀久子はまず〈茜さす〉がどんな店なのかを知るため、公式サイトをざっと読んでみた。合成染料を一切使わず、様々な草花から取りだした自然の染料の服を製作および販売するファッションブランドだった。代表取締役小谷が着ていたのは、自社製品に他ならなかった。商品を取り扱っているショップが有名デパートをはじめ、全国各地に五十店舗以上あり、直営店は染色工房を併設した吉祥寺本店、阿佐谷の二号店、そして明日、鴨モールにオープンするのが三号店だ。一号店と二号店の写真を見たところ、いずれも紫を基調とした上品な造りだった。

そこでいささか安易だと思いつつも、売場にでて紫系統の花を選んでいたのである。バラを主役にカラーやデルフィニウム、アスターなどだ。さらに店にあわせてナチュラルなイメージを強めたほうがいいだろうと、ローズマリーにバジル、ラムズイヤーなどの葉物を少し多めに加えてみた。

「どうかしら」

蘭くんに見てもらうため、紀久子は腰を屈め、手に持った花を軽く束ねてみた。

「おなじむらさきでも、花のカタチがちがって、こかったりうすかったりするところがキレイだとおもう」

よしよし。

まだ六歳で、この四月から小学一年生の蘭くんだが、紀久子がアルバイトをはじめる前から川原崎花店の常連さんで、花に詳しくて見る目もある。彼のお墨付きであればだいじょうぶだ。

「お仕事の邪魔しちゃ駄目でしょ」

蘭くんの母親だ。

「邪魔だなんてとんでもない。むしろ協力してもらっています」

「そうだよ、ママ。キョーリョクだよ」

選んだ花を作業台に置くと、紀久子はアレンジメントに使う花器を選ぶため、バックヤードに入った。陶器っぽいプラスチック製のものが数種類あり、サイズもさまざまだ。できれば持ち手があって、配達に便利なバスケットにしたい。でも紫色が基調の店の造りには相応しくない。そこで花のナチュラルなイメージに沿った素焼きっぽい器を選ぶ。器の形にあわせて、吸水フォームを切り、水に浸し中に入れて、売場へ戻った。

まずは葉物を吸水フォームのまわりに挿していき、囲いのような円をつくる。その真ん中に主役のバラを一本挿す。二本目三本目のバラは、真ん中のものよりも花の首が一つ分低くなるように茎を切る。こうして高低差や位置を調整しながら花を挿していく。

作業台のむこうには蘭くんがいて、紀久子の作業をじっと見つめていた。「もういくわよ」と母親に言われても、「キョーリョクしているの」と言い返し、その場を動こうとしなかった。紀久子としては少なからず緊張するものの、追っ払うわけにもいかない。

「ちょっといい？」花をすべて挿しおえたところで、蘭くんが話しかけてきた。「こことここ。すきまができてて、こっからだと、みどりいろのが見えちゃっているよ」

みどりいろのとは吸水フォームのことだ。

「え、マジ？」と口にだして言ってしまう。蘭くんの指摘どおりだった。

「だったらさ」花の位置を直そうとする紀久子に、李多が話しかけてきた。「紫の単色も悪くないけど、そのへんにアクセントとして白い花を入れたらどう？　そうすればぜんたいが、ぐっと締まるわよ」

紀久子が白いバラとカスミソウを持ってくると、李多が隙間を埋めていった。一瞬の迷いもないし、手際もいい。さらに作業台に残っていた葉物も足す。するとものの三分程度で、出来映えが大きく変わった。あきらかにグレードアップし、贈り物としての商品に様変わりしたのである。恐れ入りましたとしか言い様がない。

「はい、これ」

李多からバインダーに挟んだ伝票を渡された。〈お届け先〉は〈㈱茜さす代表取締役　小谷継信〉、〈ご依頼主〉は〈寒河江愛〉と記されている。几帳面かつ読みやすい、きれいな字だ。

「立て札、書いて。字を間違えないように。それができたらスマホで写真を撮って、ご依頼主にメールで送信してね。蘭くん、協力ありがと。助かったわ」

「どういたしまして」蘭くんは小さな胸を張り、ちょっと誇らしげに言う。「いつでもキョーリョクするから、エンリョなくいってくれていいよ」


ここって桜並木だったんだ。

キラキラヶ丘団地での配達をおえたあと、鴨モールへむかった。〈茜さす〉の開店祝いが今日、最後のお届け物なのだ。国道のバイパスに入り、走っていくうちに、道に沿って植えられた木々が桜だと気づいたのである。予想開花日まであと一週間だが、その気配すらない。花を咲かすのを忘れていませんかと、心配になるくらいだ。

そうだ。今日から毎日、この桜並木を写真に撮って、開花してから満開、そして花が散るまでの模様を、川原崎花店のツイッターとインスタグラムにアップするのはどうだろう。もちろん李多の許諾を得る必要があるのだが、駄目とは言わないはずだ。とりあえずいまここで一枚、撮っておこう。

紀久子はラヴィアンローズを路肩に停め、スマホを取りだして構えると、反対側の歩道を、おなじユニフォームに身を包んだ女の子が十数人歩いているのが見えた。キラキラヶ丘サンシャインズだ。その中には馬淵先生の孫、千尋がいた。

今日、鯨沼のグラウンドで、町田のチームと交流試合だったんだっけ。

応援にきてくれと千尋に誘われたものの、バイトがあるからと断ってしまった。試合開始は一時からだと言っていたので、ちょうどおわって帰るところなのだろう。

「紀久子さぁぁん」

千尋がこちらに気づき、手を振ってきた。紀久子も手を振りながら、「試合どうだったぁ?」と訊ねた。

「勝ちましたぁ」

「おめでとぉう」

「紀久子さんのおかげですぅ、ありがとうございましたぁ」

はて? 私がなにをしたのだろう。

妙に思ったものの、千尋は立ち止まることなく、他の子達と通り過ぎていった。

鴨モールの駐車場にラヴィアンローズを停め、荷台からアレンジメントをだし、全身で覆うように抱え持って運ぶ。やはり〈茜さす〉は〈長春花〉の隣だった。店舗はガラス張りのため、中は丸見えだ。一号店二号店とおなじ、紫を基調とした造りで、レジカウンターらしき台には、すでにいくつか開店祝いの花が置かれていた。

　商品を並べたり、什器を動かしたり、脚立に乗って照明器具の位置やむきを変えたりと、十人ほどのスタッフがてきぱき動いている。男女関係なくだれしもが、紫色のチュニックとワイドパンツという揃いのいでたちで、いよいよもって怪しげな宗教団体のようにしか思えない。

　紀久子は入口の前に立ち、アレンジメントを左手で抱え、右手でガラスのドアをノックした。すると間近にいた男が振りむいた。小谷継信だった。意外に背が低い。百六十センチあるかないかだろう。

「開店祝いのお花をお持ちしましたぁ」

　そう言うと紀久子はにっこり微笑んだ。ところが小谷は仏頂面でドアを開いた。

「だれから?」

「寒河江様です」立て札見ればわかるだろと思いつつも紀久子は答えた。

「愛が?」小谷は下の名前を呼び捨てで言う。ついうっかり、口からでてしまったようだ。「その花は受け取れない」

「え?　それはあの、どうして」

「個人的な事情をいちいち言わないといけないのか」

「そんなことはありませんが」

「だったらさっさと帰ってくれ。こっちは忙しいんだ」

　ばたんと乱暴にドアは閉じられてしまった。紀久子は突っ立ったままだった。こんなことははじめてだ。予想外の展開に、どうしていいかわからず、紀久子は突っ立ったままだった。

「なにボヤボヤしているんだっ。このままだったら明日オープンできんだろうがぁ」

　ガラスのドア越しに小谷の怒鳴り声が聞こえ、自分が叱られたのではないとはわかっていても、紀久子はアレンジメントを抱え持ち、きた道を足早に引き返した。

　駐車場に戻り、ラヴィアンローズの荷台にアレンジメントを積んでから、紀久子は川原崎花店に電話をかけ、李多に受け取り拒否の件を伝えた。

「李多さんのおっしゃるとおり、ロクデナシのクソ野郎でした」

「そこまでは言ってないって。だけど災難だったね。依頼主には私から連絡しておくわ」

　注文を受ける前に、お届け先様の転居、長期不在、受け取り拒否などによりお届けができなかった場合は、再送、返金は致しかねますのでご了承くださいと説明をするし、伝票にも明記してある。だが二万円も無駄にしてしまったのかと思うと、さすがに気の毒だ。

「あのアレンジメントはどうするんです？」

「キクちゃんがウチに持って帰ってもいいわよ」

「置くとこありません」

上京してから暮らしているのはアパートの1Kだ。置く場所がないことはない。しかし二万円ものアレンジメントなど分不相応もいいところだと思えた。

「それじゃ解体して、ワンコインブーケにするしかないね。ともかく帰ってらっしゃいな」

「わかりました」

李多さんが最後に仕上げをしてくれたとはいえ、自分ひとりで、はじめてつくったアレンジメントだったのにな。しょんぼりだよ。

キョーリョクをしてくれた蘭くんにも申し訳なく思う。釈然としないし、悔しくてたまらないが、どうしようもない。電話を切り、スマホをしまったあと、目の端に滲む涙を手の甲で拭っていたところだ。

「すみません」

ひとの声がした。右側から若い女性が軽く腰を屈め、覗きこんでいる。

「こちらの車って、鯨沼駅前のお花屋さんのですよね？」

「は、はい。そうですが」

「お願いがあるんですが、よろしいでしょうか」

「なんでしょう？」

このひとも例の噂を信じていて、ラヴィアンローズの写真を撮りたいのかな。

だがそうではなかった。

「私、こういう者でして」

そう言いながら女性は紀久子に名刺を差しだしてきた。

㈱長春花　鴨モール店店長　結城早苗〉

「半月ほど前、ウチのお店で詰め合わせセットをお買いあげいただきましたよね」

「あ、はい。お土産に持っていったら先方に大変よろこばれて。あと自分用に水中花というのを買って食べましたけど、とってもおいしかったです」

「ありがとうございます」

礼を言う女性を、紀久子は改めて見た。年齢は自分とおなじくらいだろう。軽くウェーブがかかったショートボブで、目鼻立ちがはっきりしているのは化粧の力ではなく、もとからそういう顔立ちのようだ。和菓子屋にありがちな作務衣のような制服ではなく、ケーキ屋や洋食屋を思わせる白いコックコートに赤いつば付き帽子といういでたちだった。

「じつは店内に花を飾りたいと思っているんですよ。できれば置き場所はどこがいいとか、どれくらいのボリュームの花で月に何回取り替えるのがベストなのか、そういった諸々の相談に乗って頂けないかと思いまして。不躾で申し訳ありません」

「とんでもない。ありがたい話です」

「できれば来週のどこかで、お越しいただきたいのですが」

「でしたらウチの店長に話しておくので、今日か明日にはお返事致します。電話とメール、どちらがよろしいですかね」

「メールでお願いします。あとそれと」突然、結城は声をひそめて言った。「〈茜さす〉の社長に怒鳴られていましたけど、だいじょうぶでした？」

見ていたのか。

「あ、はい」

「私も怒鳴られたんですよ」

「どうしてです？」

「つい先日、挨拶にいったとき、縁あって隣同士になったことですし、なにかコラボでもしませんかって言ったら、そんなの無駄で意味がない、若い娘が考えそうな安易なアイデアに乗るつもりはこれっぽっちもない、こっちは忙しいんだからさっさと帰ってくれって」

「ヒドい」紀久子は自分でも気づかないうちに、思ったことをそのまま口にしていた。

「この三日くらいでわかったんですが、あの社長って、女性や部下に対して、威圧的な態度を取るみたいなんです」

「サイアク」

「私、〈茜さす〉の服が好きで、何着か持っていたのに、すっかり幻滅して、メルカリで売り払っちゃいました。なんであんなひとが社長になっちゃったんだろ」

「前はちがったんですか」

「二年前までは女性だったんです。もともと私が〈茜さす〉を知ったのは、そのひとのインタビュー記事を雑誌で読んだからなんですよ。見た目はおっとりとしていて、ちょっと天然っぽい感じなのに、話していることは一本筋が通っていて、芯があるひとでした。会社もやめちゃったようなんですよね」

「その方の名前は？」もしかしてと思い、紀久子は訊ねた。

「変わった苗字だからよく覚えています。寒いにサンズイの河、江戸の江で、寒河江さんっていうひとでした」

やっぱり。


気づけば七時半になっていた。

閉店まで三十分とは言え、安心はできない。金土の週末はギリギリで滑りこんでくる客も少なくない。八時前に突然混みだすこともときどきある。しかも今夜は紀久子ひとりの店番だった。李多は自治会の寄合にでかけていた。去年の夏からずっと町内で防犯カメラを設置すべきかどうかが議題で、いまだに結論がでないらしい。

ひとまず徐々に片付けていくことにした。店前に飾ってある花を売場に入れていく。開店祝いをバラしてつくったワンコインブーケはけっこうな売行きだった。十束つくって木箱に詰めてあったのが、残り二束になっていた。透明なプラスチックのコップに入ったそれをレジカウンターに置き、木箱はバックヤードまで運ぶ。そして売場に戻ると、客がひとり訪れていた。

女性だ。すらりと背が高く、スタイルもいい。黄色のワンピースに、淡いピンク色のストールを肩にかけている。歳は三十代前半といったところか。

「まだ店、やっています？」

「だいじょうぶですよ」

「よかった。私、サガエですが」

サガエを寒河江と変換するのに、紀久子は少し時間がかかった。

「開店祝いの花を依頼なさった？」

「そうです」

見た目はおっとりとしていて、ちょっと天然っぽい感じという〈長春花〉の結城の意見は間違っていない。だが紀久子はそれよりも桜の花言葉を思いだした。優美な女性だ。

「仕事の打ち合わせから帰る途中、電車の中で、こちらでつくっていただいた開店祝いの花を改めて見ていたんですよ。紫のグラデーションが抜群のセンスで、とてもよくって」

「ありがとうございます」褒めてもらい、あまりのうれしさに礼を言っただけではなく、「あれ、私がつくったんです」とつい口走ってしまった。

「もしかして配達してくださったのも、あなたですか」

「そうです」

「不愉快な思いをさせてしまって、申し訳ありませんでした」

「いえ、そんな」

　寒河江が深々と頭を下げてきたので、紀久子はどうしたらいいものか、オタオタしてしまう。

「あんな素敵な花束を受け取らないなんて、どうかしているわ。それに私からの花が嫌だったら、自分で捨てればいいのに。自分のしたことで、他人がどれだけ迷惑を被って、不快な気持ちになるのか、想像できないのよ、あのひと。昔からそう。ほんとごめんなさい。で、彼が受け取らなかった花、まだあります？　なんだったら引き取ろうと思ってきたんですが」

「じつはもうバラしてしまいまして」

「そうだったんですか」

「すみません」惜しそうに言う寒河江に、紀久子は慌てて詫びる。

「いいんですって。連絡をいただいたとき、取りにいきますと私が言えばよかったんですもの。でもせっかくここまできたんだし、なにか買っていきますね」そう言って寒河江は売場を見回した。「ずいぶんとたくさんミモザがあるのは、明日がミモザの日だから？」

「はい。よくご存じですね、その日のこと」

「専門学校の同期がイタリアで働いていて、彼女のフェイスブックで知ったんです。男性から女性にミモザをプレゼントするだけじゃなくて、男性に仕事や家事などすべて任せて、女性は遊びにいっていいって」

紀久子が素敵な日ですよね、と言いかけたところだ。

「女性が遊びにいく日が年に一度だけなんて、ずいぶんな話だと思いません？」

寒河江に同意を求められ、言われてみればそうだなと思い、「ええ」と紀久子は答えていた。

「どっちにしろ、いまの私には代わりに仕事や家事をしてくれるひとはいないんですけどね。ミモザをくれるひともいないから、自分で買っていこうかしら。他になにがいいか、いっしょに選んでいただけます？」

紀久子は、チューリップを三種類選んだ。赤紫色で八重咲きのマルガリータ、白と黄色の二色で一重咲きのフレミングコケット、白に紫の筋が入ったフレミングフラッグ、それからアネモネは二種類、紫色のは一重咲きで波打つ花びらが特徴のモナリザ、白くて花径が大きめのはポルト、ここに葉物のグニユーカリを加え、さらにマメバミモザも足した。

「これでおいくら」

「税込みで二千円です」

「ずいぶんお安いこと」

本当は税抜きで三千円はする。しかし受け取り拒否にあった開店祝いで、寒河江は二万円も払っているのだ。しかもそれをバラしてつくったワンコインブーケが八束も売れた。なんだったらタダであげてもいいくらいだ。紀久子は作業台の前に立ち、花束をつくりはじめた。茎を切って高さを揃え、握る部分についている葉を取り除いたら、花の色がおなじのを近くに配置する。

「そのストール、お似合いですね」紀久子は手を休めずに言った。お世辞ではない。本心からそう思い、自然と口からでたのだ。「押付けがましくない淡いピンクが素敵です」

「ありがと」寒河江は礼を言い、にこりと微笑んだ。「じつはこれ、私が桜の枝で染めたんですよ」

「花じゃなくて枝で？」

「桜が咲く前に、蕾がついた小枝を細かく切って、煮たり冷ましたりを何度も繰り返して染液をつくっているんです。このワンピースはよもぎの葉っぱと茎で染めていて、ぱっと見、黄色なのに少し緑がかっているところがポイントなんだけど、自然の光じゃないとわかりづらいですよね」

結城から聞いた話だと、寒河江は草木染めのファッションブランドの〈茜さす〉の前社長で、会社もやめたらしい。となればいまでもプライベートで草木染めをしているのかもしれない。それより気になるのは、小谷と彼女のあいだになにがあったかだ。だがそんな踏みこんだ話を聞くわけにはいかない。花束のカタチを整えると、セロファンと包装紙を巻いていく。

「〈茜さす〉にいったとき、小谷が上下ともに紫の服を着ていたでしょう?」

「え? あ、はい」

よもや寒河江自ら、小谷の名前をだすとは思わなかったので、紀久子は面食らってしまった。

「〈茜さす〉という店名は、万葉集に収められた額田王(ぬかたのおおきみ)の短歌、〈あかねさす　紫野行き　標野行き　野守は見ずや　君が袖振る〉からのイタダキなんですよ。この〈紫〉というのが、紫の草と書いて、ムラサキと読む植物の根っこで、小谷の服はこれで染めているんです。ただし厳密に言うと、中国から輸入する近縁種で、額田王が詠んだ国産のムラサキはいまや絶滅危惧種でしてね。私としては国産のムラサキで染めてみたくて、保存活動をおこなう団体に入って栽培をしているものの、なかなかうまく育たなくて、いまだ実現できていません。私が〈茜さす〉にいた頃は、有志の社員に手伝ってもらっていたのですが、いまではそうもいかなくて」

「〈茜さす〉に勤めていらしたんですか」

ここぞとばかりに、紀久子は訊ねた。

「勤めていたというか、服飾の専門学校で同期だった小谷とふたりで、七年前にあの会社を起こしたんです。〈紫〉の枕詞だから、社名を〈茜さす〉にしようと言ったのは私ですし」

「どうしておやめに？」

「私としては草花から取りだす自然な染料だけで、服をつくっていきたかったんです。手間隙はかかるし、どうしても小ロットで高額な商品になってしまう。でもそこにこだわりつづけたかった。だから最初は工房の隣に、三坪ほどの売場だけでした。でも好評を得て、売行きがのびていき、スタッフを雇うようになり、やがて小谷は売場を広げ、二号店をだすとまで言いだした。私は私で雑誌や新聞、ネットなどの取材を受けて、想像以上に世間が自分達を認めてくれていることに浮かれ、会社を大きくしてもかまわない、むしろそうすべきだと思っていたので賛成したんです。ところが実際に二号店をだして、より多くの商品をつくらねばならない状況になっていくうちに、小谷とのずれが次第に生じてきました。彼としてはもっと大量生産をして稼ぎたい、そのためには自然の素材にこだわらずに、合成染料でそれっぽい商品をつくっていくべきだと提案してきたんです。私は彼の正気を疑いましたよ。自分で自分の紛い物をつくるなんてできないと、私は突っぱねたのですが、だったら俺がすると」

「でも公式サイトには合成染料を一切使わずと、書いてありましたが」

「紛い物をつくったうえに、偽ってまでいるんです。私がなにを言おうとも、小谷は耳を貸そうとしませんでした。それどころか嫌ならやめればいいと言い放って」

ロクでもないヤツに決まっているわ、ぜったい。

李多は写真一枚で、小谷の本性を見抜いたわけだ。いよいよもって、その洞察力の鋭さを認めざるを得ない。

「どうしてそんなヤツに、開店祝いの花なんて送ったんですか」

なに言っているんだ、私は。

すぐ詫びようとする前に、寒河江が答えていた。

「私、去年末から、自分で染めてつくった服をオンラインで販売しているんです。商品を取り扱いたいって連絡をしてきたセレクトショップもいくつかあって、今日はその打ち合わせに下北沢までいってきて。だからあの開店祝いは、私は元気にやってるよ、お互いがんばろうねっていうつもりで贈ったんです。でも通じなかったのかなぁ。それはそうか。昔みたいに、言葉を交わさなくても気持ちが通じると思っていた私が莫迦だった」

紀久子にむかって話していたのが、次第に俯いていくのとあわせて声が小さくなり、最後のほうはほとんど独り言だった。それに自分でも気づいたらしい。寒河江はひとつ咳払いをしてから、やけに明るい口調で、「あ、そうそう、いま身に着けているのも商品見本なんですよ」と言った。「ショップの名前はソトオリヒメ、ネットのアドレスは、えぇとごめんなさい、紙とペン、貸してくださらない？」

紀久子から黄色い付箋とボールペンを受け取ると、寒河江はレジカウンターで書きはじめた。注文書とおなじく、几帳面かつ読みやすい文字だった。衣通姫と書いて、そとおりひめのルビを振る。昔、あまりの美しさに衣を通してさえも輝いていたお姫様がいたんですって、と寒河江は教えてくれた。

「サイトを開設して、三ヶ月以上経つのに、まだ名刺をつくっていないんです。そのへんの事務的なことは小谷がぜんぶやってくれていたもので」

「なんでしたら私、つくりましょうか」

「あなたが？」

「じつは私、グラフィックデザイナーになるための修業の身でして。これ、私がデザインしたんです」

紀久子はレジ脇に置いてあるショップカードを、寒河江に差しだした。

「さっきから気にはなっていたんです、このカード。オシャレでかわいいなって。ショップのロゴもつくってくださる？」

「やります。やらせてください」紀久子は勢いこんで言ってしまう。

「個人の名刺より、これとおなじようにショップカードにしようかしら」

「では片面を個人の名刺、もう片面がロゴをがっつり入れたショップカードという両A面な感じで、おつくりしましょうか」

「ぜひそうしてください。デザイン料はおいくら？」

「消費税込みの一万円ではどうですか」

「お願いします。私の名前と住所、メアドもここに書いておきますね」

「いつまでに完成すればいいでしょう？」

「印刷までやっていただいて、二週間後には私の手元にあれば助かります。印刷代はもちろんだしますので」

「わかりました。では来週なかばにはデザインを三案、提出します。その中からお選びいただき、さらに調整を加え、つぎの週のアタマにはデザインを仕上げ、名刺の紙を決めて入稿するという流れでよろしいでしょうか」

「よろしいですよ」寒河江はにこりと微笑んだ。「楽しみにしています」


閉店の八時を過ぎても、李多は帰ってこなかった。店頭の商品をすべて売場に運び入れ、床の掃き掃除をしていたところ、スマホに李多からのＬＩＮＥが届いた。

〈寄合はまだ長引きそう。掃除と片付けがおわったら、九時前でも帰っていいよ。戸締まりはきちんとしていってね〉

紀久子が店をでたのは八時四十分だった。一応、李多に〈帰ります〉とＬＩＮＥを送信し、車庫から自転車をだし、戸締まりをすべて確認した。そして、さあ、帰ろうとサドルに跨がり、駅のほうにむけて、ペダルを漕ぎだそうとした瞬間だ。

「紀久子さん」

進行方向五メートルほど先に、ひとが立っていた。バスターミナルに並ぶ街灯の灯りを背に受けているせいで、顔が影になって、はっきりわからない。だが声には聞き覚えがあった。

「百花さんですか」

「はい」と返事をして百花が近づいてきた。いつもと印象がちがうのはパンツスーツではなく、ジャージ姿だからだ。案外似合っており、なにかのアスリートのようだ。右手にはやたら大きなボストンバッグを提げている。「ちょうどよかった。いまお時間あるかしら」

「え、ええ」アパートに帰って、寒河江に頼まれたばかりの名刺のデザインを考えるつもりではあった。

「私、これから〈つれなのふりや〉へいくとこだったの。いっしょにいかない？ 長居はしないわ。ほんの一時間くらい。奢ってもあげる。だからね？ いいでしょ」

押せ押せで断る隙がない。ただ紀久子としても、その後の百花が気になっていた。

「わかりました。いきます」

「あら、珍しいコンビじゃない」

〈つれなのふりや〉に入るなり、ひとみママが言った。

「ここへくる途中、ばったりでくわしてね。私が誘ったんだ」

そう答えながら、百花は足元に大きなボストンバッグを置き、腰を下ろした。紀久子はその隣に座る。他に客はいない。

「今日もこれ、やってきたの？」

ひとみママは両腕を交互に前へ何度か突きだし、百花に訊ねた。まるでカタチにはなっていないものの、なんのことか紀久子は気づいた。

「うん。だから喉がカラカラなんだ。ビールの小瓶ちょうだい。紀久子さんは？」

「私もおなじで」

ひとみママがグラスをだし、ビールを注いでくれる。

「百花さん、ボクシングしているんですか」

「戸部ボクシングジムに通っているのよ」と答えたのは、ひとみママだ。「だから見て。顎の下の肉がとれて痩せてない？」

「そんなはずないでしょ。はじめてまだ二ヶ月、一回一時間半で週に二回だけよ。しかも帰りには必ずここに寄って、ビール吞んじゃうんだから痩せっこないわ。そもそもダイエットより、ストレス発散のためにやっているのよ。サンドバッグとかパンチングボールとか殴っていると、嫌なことも辛いことも忘れられるからね」

二ヶ月前ということは、あの事件があったあとからはじめたのだろう。嫌なことや辛いことが山ほどあって当然だ。

「今日はね。ボクシングの前に、いってきたところがあるの。どこだかわかる？」

百花が訊ねてきた。

わかるはずないじゃんと思うのと同時に、紀久子は鴨モールへむかう途中、反対側の歩道をキラキラヶ丘サンシャインズの一団が通り過ぎていったときの光景を思いだした。

「千尋さんの応援にいったんですか」

「よくわかったわね」

「配達の途中で、千尋さんに会ったんです。今日の試合、勝ったって聞きました」

「千尋が二本もホームランを打ったのよ。お母さんが応援にきてくれたおかげだ、ありがとうって言われちゃった」百花は照れ臭そうに笑う。「だから私、千尋の試合を見にいかないあなたは母親失格だって、紀久子さんに言われた話をしたの」

「あれは言い過ぎました。すみません」

「いいの、いいの。間違いじゃないもの」

紀久子さんのおかげですぅ、ありがとうございましたぁ。

千尋が紀久子に礼を言った理由がわかった。こういうことだったのか。

「試合のあいだ、応援に夢中で、別れた旦那なんて微塵も思いださなかった。千尋は千尋だった。あんなに輝いている千尋もはじめて見た。こんなことならもっと前から応援にいけばよかったたって、いまさらながら後悔したくらい」

「ではキラキラヶ丘サンシャインズの勝利を祝して、乾杯しませんか」

「そうね」

冷えたビールが喉を通り、五臓六腑に沁み渡っていく。長い一日だった。蘭くんにキョーリョクしてもらったことが、遠い昔のように思える。小瓶は瞬く間に空になり、百花がボトルキープしているウイスキーの角瓶を、ソーダ割でいただくことにした。

「紀久子さんにはいくら感謝しても感謝し切れないわ」百花が不意に言ったかと思うと、身体を紀久子のほうにむけ、神妙な面持ちになり、「昨年のクリスマスイブには、とんだ迷惑をかけてしまって、ほんとにごめんなさい」と深々と頭を下げた。

「いえ、あの、私はべつに」

「聞いたわよ」ひとみママが口を挟んできた。「キクちゃん、結婚詐欺師をバラの車で追いかけて、大立ち回りを演じた末にひっ捕まえたんでしょ」

なんだ、そりゃ。

「だれから聞いたんです、その話」

「この界隈じゃ有名よ。キクちゃんがブラジリアン柔術の使い手だって言うひともいたな。ほんとなの？」

「なに言ってるんですか。そもそも私は結婚詐欺師を追いかけていませんし、大立ち回りを演じてもいなければ、ひっ捕まえてもいません」

「そんなに鼻息を荒くしなくてもいいでしょ、紀久子さん。あなたのおかげで、アイツを捕まえたことは事実なんだし」

そう言いながら、百花はスマホのカバーの内側から紙切れを引っ張りだして、カウンターに置いた。


【婚活アプリで出会った女性から3千万円詐欺、55歳男逮捕】

婚活アプリで知り合った40代女性に結婚をにおわせ、現金約200万円を詐取したとして、警視庁××署は25日、詐欺容疑で東京都××市、職業不詳橋詰元喜（はしづめもとき）容疑者（55）を逮捕した。「だまし取った金は借金返済に充てた」と容疑を認めているという。この女性を含む数人から計約3千万円を詐取したとみて余罪についても調べている。逮捕容疑は平成2×年9月、貿易商社の経営者と偽り、交際していた東京都豊島区の女性に「仕入れの金が不足している、現金で百万円貸してほしい」などとうそを言い、自身の預金口座に200万円を振り込ませた疑い。その後、橋詰容疑者と連絡が取れなくなったため、女性は同年10月に同署に告訴。同署が男の行方を捜していた。


「小っぽけな記事でしょ」

百花の言ったとおりだ。新聞の切り抜きで、紀久子の掌よりも小さかった。百花にマツナガと名乗っていた橋詰元喜容疑者の写真も載っている。あまり鮮明ではないが、髪の毛が薄いことだけはわかった。紀久子の顔面にパンチを入れ、バックドロップをやりかけた男性は、もっと髪の毛がフサフサだったように思う。そんな紀久子の胸中を察したように、百花が言った。

「ふだんはカツラをしていたんだって。探偵さんが言ってたわ。知りあってあいう結末を迎えるまで三ヶ月近く交際して、ほぼ毎週デートを重ねて海外へ一回、国内は三回、旅行にもいっていたのに、カツラだなんて一度も気づかなかった。つくづく私って莫迦だったなと反省したわ。最初の結婚がウマくいかなくて、離婚して十年、仕事一筋で男性とは無縁だったもんだからさ。そんな真面目な私に神様からのご褒美だとすっかり浮かれていたんだ。カツラだけじゃない、いま考えれば、もっと冷静になって、変だなとあれこれ気づくべきだった。デートも旅行も、九割以上は私がお金をだしていたのよ。なのに私ったら、好きな男のためにお金が使えるなんて素晴らしいとさえ思っていたんだからね。おめでたいもイイところだわ。我ながら情けないよ」

まるで懺悔だ。ウイスキーのソーダ割を舐めるように呑みながら紀久子は思う。すべてを洗いざらい話すことで、魂を浄化しようとしているのかもしれない。助言どころか慰めの言葉も必要としてはいないのだろう。ならば黙って、耳を傾けるしかない。

「いまは被害者で会をつくって、アイツを訴える準備をしているところなんだけどさ。みんなの話をきくと手口がほぼいっしょ、口説かれ方やプロポーズの言葉も似たり寄ったりなのよ。他の女性はカモだったかもしれないが、私にだけは本気だったにちがいないって、心の片隅で思っていた自分にうんざりしたわ。それでもまだ、アイツを信じていたのかってね。でもさ、付きあっていたあいだが幸せだったのは事実で、その記憶を抹消はできないんだよな」

　百花はカウンターに肘をつき、その手を自分の額に当てる。

「新しいカレシをつくって、その記憶に新たな楽しい思い出を上書きするのはどう？」

　ひとみママが言った。ふざけた口調とからかい気味なのは、わざとにちがいない。

「母にも似たようなことを言われたわ」

「馬淵先生が？　なんてです？」これは紀久子だ。

「あなたは男を見る目がない。だから身許がちゃんとしてて見た目も性格もいいひとを、私が選んできてあげるから、見合いをして再婚なさい、そうすればそんな思い出はすぐに忘れられるって」

　ひとみママの意見と似ていなくもない。だがえらく極端だし、強制的で押し付けがましくもある。

「なさるんですか、見合い？」紀久子はふたたび訊ねる。

「私は家業を継がず、母が反対する相手と結婚をしたのに、子連れで出戻ってきた不良娘ですからね。挙げ句の果てには結婚詐欺師に引っかかって、ここでゴネたら勘当ものよ」百花はうっすら笑った。「どんだけイイ男を連れてくるのか、母のお手並み拝見ってところだわ」


「花ぐはし桜の愛でこと愛でば早くは愛でず我が愛づる子ら」

開店前の売場の真ん中で、光代さんが諳んじながら、黒板の看板にチョークで書いていった。

「だれの歌です?」

紀久子は作業台から訊ねた。多肉植物の寄せ植え小鉢を透明な手提げ袋に入れながらだ。こうすれば支払いを済ませてすぐに持ち帰ることができる。消費税込みの二千円と少し値は張るものの、先週なかば、朝の情報番組で多肉植物の魅力とやらを特集して以来、飛ぶように売れていた。

「允恭(いんぎょう)天皇というひと。桜を詠んだ歌としては日本最古と言われていてね。花が細やかで美しい桜よ、どうせ愛するならばもっと早く愛するのだった、愛しいひとよって意味なんだけどさ。この愛しいひとがだれだと思う、キクちゃん?」

突然の質問に紀久子は面食らった。

「私が知ってるはずないでしょう」

「それが知ってるんだな」光代さんがニヤつきながら言う。「キクちゃんはここんとこずっと、そのひとの名前で、頭を悩ませていたわ」

と言われると、ひとりだけである。

「衣通姫（そとおりひめ）ですか」

「そのとおり」

二週間前、寒河江から名刺のデザインを頼まれ、彼女のブランド名である〈衣通姫〉のロゴマークをつくるのに、紀久子は四苦八苦していたのだ。いくつもの試作を重ね、川原崎花店のスタッフだけでなく、馬淵先生や千尋、さらには蘭くんにまで、その出来を見てもらい、まずはロゴマークを三パターン、寒河江に提出した。そのうちのひとつを選んでもらい、ショップカードのラフデザインをつくり、何色のどんな紙がいいかを決めた。そして春分の日の今日、完成品が寒河江の許に届く。

「衣通姫って実在の人物だったんですか」

「あら、やだ、知らなかったの？　ロゴマークに桜の花びらをあしらっていたから、よく勉強しているわねって感心していたのに」

「すみません」光代さんに咎めるように言われ、紀久子はつい謝ってしまう。「美しさのあまり、衣を通してさえも輝くお姫様が昔いたって聞いて、かぐや姫とか白雪姫とか親指姫とかみたいに、お伽話かと思っていたので」

光代さんによれば、衣通姫は古事記と日本書紀にでてくるが、同一人物ではないという。

「日本書紀では允恭天皇の奥さんの妹なの」

「奥さんの妹に対して、どうせ愛するならばもっと早く愛するのだった、愛しいひとよって詠っているんですか。それは奥さんと結婚する前ですか、それとも」

「後よ。だから奥さんはカンカンに怒ってね。そこで允恭天皇は衣通姫のために別荘をつくって、狩りにいく度に会っていたの。それも奥さんにバレて、私は妹を妬んではいませんが、できれば狩りへいくのを控えていただけませんかって言われちゃってさ。でもまあ、数を減らしただけで、允恭天皇は衣通姫の許へいくんだけど」

「ヤバくありません？　いまだったら炎上していますよ」

「古事記の衣通姫はさらにヤバいわよ。こちらは允恭天皇の娘でね。おなじ母だけど、父親がちがうお兄さんと禁断の恋に落ちて、遂には心中をしてしまうの」

「パンチが利き過ぎて、ちょっとついていけません」

「あら、そう？　授業でこの手の話をすると大受けで、生徒はみんな食いついてきたわよ」


「ばっくしょん」

キラキラヶ丘団地で、〈フラワーブレイク〉を届けるため、階段をのぼっていく途中、踊り場で立ち止まり、オジサンみたいな大きなくしゃみをしてしまった。階きた。

段に足をかけると、頭上から紀久子に勝るとも劣らない大きなくしゃみが聞こえて
「伊福部さんですか？」

「君名さん？」

　お互い確認しあったのは、どちらもゴーグルみたいな眼鏡と顔の下半分が隠れる
ほど大きなマスクをしていたからだ。ここは伊福部が暮らす北八号棟だったと、紀
久子は今更ながら思いだす。こうしてでくわしたのは三度目で、今日も二階と三階
のあいだの踊り場だった。

「君名さんも花粉症ですか」

「ええ。症状がでてかれこれひと月近くが経ちます。風が強いせいか、今日がいち
ばんヒドくて」

　なにしろラヴィアンローズは左右にドアがないおかげで、花粉が入り放題なのだ。

紀久子にとってゴーグルみたいな眼鏡とどでかいマスクは気休めでしかない。

「薬を飲みたくても、眠くなったり集中力が低下したりするので控えているんです」

「ぼくもおなじですよ」

「祝日なのにお仕事ですか」

　伊福部は薄手のコートに、いつもどおり帆布生地の白いバッグを肩にかけていた。

撫で肩なのでいまにも落ちそうだ。

「いえ」

「ではデート？」

「まさか」

「去年のクリスマスイブにここで会ったとき、お互いがんばろうって誓ったじゃないですか」

「誓ってまではいません」伊福部は力なく笑った。「君名さんこそ、その後、どうなんですか」

「なかなか出逢いがなくって」

「ぼくもおなじです。研究所は男ばかりですからね」

キクちゃんだけ化学部とか天文部とかパソコン研究部とかのイケてない理系男子が好きだったでしょ。

以前、瑞穂にそう言われたのを思いだす。高校のときにコクった化学部の子に、伊福部はどこか似ていなくもなかった。

「今日はどちらに？」

「都心まで変化朝顔の会の寄合にいくところで」

「なんですか、変化朝顔って」

「突然変異で珍しいカタチになった朝顔でして」

「それもフリル菊とおなじようにビームを当てて？」

「いえ、二百年以上前、江戸時代の園芸好きのひと達が、突然変異を起こした朝顔を見つけては、手間隙を惜しまず、さらに変わったカタチのをつぎつぎとつくりだしていったものなんです」

正直、変化朝顔にまるで興味はない。しかしそれについて熱心に語る伊福部の顔に、不思議と心惹かれている自分に、紀久子は気づいた。

国道のバイパスをしばらく進んでからラヴィアンローズを路肩に停めた。三月の第一土曜からおなじ場所で、この桜並木を撮りつづけ、川原崎花店のツイッターとインスタにアップしている。このへんまで配達がない日でも、ラヴィアンローズでここまで訪れ、休日には自分の自転車を漕いできた。雨でずぶ濡れになりながら撮った日もあり、けっこう大変だったが、まずまず好評で、いいねをたくさんもらえた。

写真を撮るためスマホをだすと、寒河江からＬＩＮＥが届いていた。

〈いましがた名刺が届きました。想像を遥かに上回る出来に感謝感激です。ありがとうございました。ひとまず御礼まで〉

「こちらこそありがとうございます」

紀久子は口にだして言い、カメラ機能に切り替えてスマホを構える。

桜は満開だ。強い風に花びらが舞い散る光景は、壮観といってもいい。

〈花ぐはし桜の愛でこと愛でば早くは愛でず我が愛づる子ら〉

桜を見ながら奥さんの妹に、こんな短歌を贈るなんて、やっぱりどうかしている。だがどうかしているのが、恋心というものなのだろうか。

昔みたいに、言葉を交わさなくても気持ちが通じると思っていた私が莫迦だった。開店祝いを小谷に贈った理由を訊ねたら、寒河江はそう答えた。おなじ夜、百花が結婚詐欺師について語ったときの言葉も思いだす。

付きあっていたあいだが幸せだったのは事実で、その記憶を抹消はできないんだよな。

桜並木の写真をSNSにあげる際、紀久子は桜の花言葉を毎日、添えていた。桜全般だけでも精神美、優美な女性、純潔とあり、桜の種類によってもちがう。さらに海外の花言葉もある。今日はこれにしようと、準備してきた桜の花言葉はフランスのだった。寒河江と百花の言葉を思いだしたのは、そのせいかもしれない。

Ne m'oubliez pas.（ヌ・ムウブリエ・パ）

日本語に訳せばこうだ。

私を忘れないで。

Ⅶ
スズラン

「スズランって見れば見るほど、鈴にそっくりなんですねぇ。だれが見てもかわいいとしか言い様がないカタチが、あざとくありません？」

花を相手にあざといもなにもないだろうと思いつつ、結城早苗の言い分に紀久子は笑ってしまう。だが彼女の言わんとすることはわかる。川原崎花店の店頭にある黒板の看板に光代さんが書いた俳句を思いだす。

〈すずらんのリリリリリリと風に在り〉

日野草城というひとの俳句だ。たしかにスズランくらい小さな鈴であれば、その音色はリンリンではなく、リリリリリリにちがいない。

「五月一日がスズランの日だって、ご存じでした？」

「いえ、はじめて聞きました」

じつは紀久子も三日前、李多から聞いたばかりだ。

「フランスでは大切なひとにスズランを贈るそうです。日本でもこの風習が定着してほしいと、ウチの店では昨日からスズランのフェアをしているんですよ」

いまいるのは〈長春花〉鴨モール店だ。ここの店長である結城に、ウチの店で花を飾りたいので相談に乗ってほしいと頼まれたのは先月アタマだった。その翌週には李多とふたりで店にでむき、打ち合わせをおこなった結果、第二第四火曜に一万円相当のアレンジメントを配達することとなった。ただし結城の要望で、オープン前に届けねばならず、四月第二火曜の今日も九時ちょうどに訪れている。

店に入ってすぐ左側に台がある。ここに花を置くのだが、幕板にはバラの透かし彫りが施され、四本の脚にも凝った彫り細工があり、年代物と思しき品格を備えており、結城に訊ねたところ、大正末期から昭和にかけてのものらしい。

実家の蔵にあったのを見つけて、上京するときに持ってきたんですけどね。部屋にあると場所をとるもんですから、ここに持ってきたんです。

蔵があって、しかもその中に、こんなアンティークな代物があるなんて、どんな実家だよと興味深かったものの、紀久子はそれ以上詮索しないでおいた。

「こっちの緑色の花はなんですか。あじさい？」

結城がそう思うのも無理はない。花の咲き方がそっくりだからだ。

「いえ、ビバーナム・スノーボールといって、スイカズラの仲間です。いまは緑色ですが、花が開いていくにしたがって白くなっていきます。雪のように丸いのでスノーボールなんですよ」

「へえぇ」

「いかがです？　気に入っていただけましたか、今日の花束」

「グッジョブです」

結城はにっこり微笑みながら、胸のあたりで握った右手の親指を立てる。自分がどんな笑顔で、どんな仕草をすれば、相手がよろこぶのか、わかっているにちがいない。紀久子が男だったらときめいているところだ。

あんたのほうが、スズランなど比べモノにならないくらい、あざといぜ。

そう考える一方で、紀久子は胸を撫で下ろした。花のチョイスからアレンジメントまで、すべて紀久子の手によるものなのだ。前日の月曜はお休みなので、日曜にどの花を使うのか、李多に伝える。そして火曜の朝はいつもより三十分早く出勤し、アレンジメントをつくり、李多に確認してもらい、ラヴィアンローズで配達するという手順だった。

「写真に撮って、ウチのツイッターとインスタにアップしておきますね。それと念のために注意しておきますが、スズランって、じつは強い毒性があるんです。口に入れさえしなければ平気ですが、小さなお子さんやペットにはくれぐれも気をつけてください」

「わかりました。花は繊細なため、お手を触れないようお願いしますって、注意書きはしてありますし、だいじょうぶだとは思うんですけどね。でもじゅうぶん注意します」

「よろしくお願いします」

「君名さん、少しお時間いただけませんか」

帰ろうとする紀久子を結城が引き止めた。

「かまいませんが、なにか？」

「ウチの日本橋本店が、今年の九月で創業百五十周年なんですよ」と言いながら、結城は紀久子を奥にあるイートインへ案内した。「それを記念して店名とおなじ、長春花という名前の生菓子を販売することになりましてね。その試作品が今朝、本店から届いたので、君名さんに食べていただこうかと」

「いいんですか、私なんかがいただいちゃって」

「ぜひぜひ。どうぞこちらにお座りください。いますぐ持って参りますので」

イートインは壁面のカウンターに数席、二人掛けのテーブルが四卓と、こぢんまりとしたスペースだ。もちろん開店前なのでだれもいない。

「お待たせしました。これが〈長春花〉です」

結城が運んできたお盆の上には、しゃれたグラスに入った氷が浮かぶお茶と、漆塗りのお皿に紙を敷いて載せた和菓子があった。

「長春花と呼ばれる花は、キク科のキンセンカとバラ科のコウシンバラの二種類あるんですよ。ウチのはバラのほうでして、四季咲きといって年に数回咲くことから、おめでたい花だと言われているそうです。あ、花屋さんに花の解説をするなんて、まさに釈迦(しゃか)に説法ですよね。すみません」

「いえ、そんな」川原崎花店でもたくさんのバラを扱っている。しかしコウシンバラというバラは、少なくとも紀久子がバイトをしてから扱ったことがなかった。「だからこのお菓子、バラのカタチをしているんですね」

「そうなんです。ここまで忠実に再現できるって、ウチの職人、凄くありません？」

凄い。これだけ間近に見ても本物と見紛うほどなのだ。世の中にはとんでもないひとがいるものだと紀久子は思う。

「遠慮なさらず、どうぞお召しあがりください」

「あ、はい」

そう返事をしたものの、あまりに見事な造形を崩していいものかとためらってしまう。目の前で結城がじっと見つめているのも困った。緊張を強いられるからだ。だがいつまでも食べないわけにもいかない。紀久子はえいやっとばかりに菓子楊枝を差しこみ、花びら三枚分ほどを切り取って、口の中に入れた。しばらく咀嚼しているうちにバラの香りが広がっていく。

「いかがです?」真向かいから結城が訊ねてきた。

「和菓子っぽくない味だけど洋菓子ともちがう、まったく新しいジャンルのお菓子を食べているみたいで、驚いているというか戸惑ってしまって」

「おいしくありません?」

「とんでもない」紀久子は慌てて否定する。「おいしいです」

だがそれを言葉で正しく言い表せない自分が、もどかしくてたまらなかった。テレビで食レポをするタレントみたいに、オイシイとかウマイとかを連発するのも嘘くさい。結局のところ、時間にして三分足らずですべて食べおえた。

「気に入ってくださいました?」

「はい」

「よかった。じつは君名さんにお願いがあるんです」

「お願い？　私になにを？」

「君名さんってグラフィックデザイナーなんですよね」

「修業の身ですが」

「でも君名さんって川原崎花店のショップカードや包装紙、定期便サービスの箱のデザインをなさってて、よその仕事も受けていらっしゃる」

「それはまあ」よその仕事と言っても寒河江ひとりきりである。

「長春花のパッケージをデザインしてもらえませんか」

「え？　いや、それはちょっと」

「駄目ですか」

「駄目なことはありませんが、創業百五十周年の記念すべきお菓子のパッケージを私なんかに」

「なに言っているんですか。君名さんのデザインはこれまでにない、まったく新しいモノにチャレンジしようとする意欲に溢れていて私は大好きです。なんて言うか、君名さんのパッションをビシビシ感じました」

「は、はあ」

結城は身を乗りだし、前のめりに近い格好で、紀久子に顔を寄せてきた。しかも鼻息を荒くして語る彼女に、紀久子はすっかり気圧されてしまう。結城はそれに気づいたらしい。

「す、すみません」詫びながら姿勢を戻した。「ついテンションがあがってしまって」

「とんでもない。私のデザインをそこまで気に入っていただいて、うれしいかぎりです。パッケージのデザイン、お引き受けします」

「ほんとですか。ありがとうございます」と言ってから、結城は申し訳なさそうな表情になった。「でもあの、じつは」

コンペかぁ。

〈長春花〉ではデザイン事務所十社以上に声をかけ、新作和菓子のパッケージデザインのコンペをおこなうのだという。結城の話は、そこへ参加しませんかとの誘いだったのだ。

そりゃそうだよな。なんの実績もない私に、いきなり百五十年の歴史を背負わせるはずないもん。

ちょっと肩すかしではあったものの、同時に気が楽になった。落ちて当然、受かればラッキーくらいの心持ちで臨めばいい。ただ結城には創業百五十周年の和菓子について、だれにも話さないよう口止めされた。もちろんＳＮＳへの書き込みなど以ての外である。

〆切は二週間後、ゴールデンウィーク直前の四月第四火曜だった。その日に日本橋本店に出向き、代表取締役をはじめとした、〈長春花〉のおエライさんの前で、自らのデザインについてプレゼンしなければならない。人前で話すのは正直、苦手である。ブラック会社で顧客相手に商品を紹介するだけで緊張し、うまくできなかったくらいだ。その話を結城にしたところ、当日は私もいます、応援しますからがんばってくださいと言われた。応援だけかいと思ったが、他になにかできるはずがない。

それにしてもあまり時間がない。しかも先週末、寒河江からスマホに電話があり、名刺につづいて、発送用の箱もデザインしてほしいと依頼されている。ゴールデンウィーク前にはラフデザインをお見せしますと約束したのだ。ふたつ同時に進行しなければならない。

車庫に停めたラヴィアンローズから降りると、紀久子は壁に貼った鯨沼近郊の地図の前に立った。鴨モールに刺してあるアタマが緑の待ち針を引き抜き、茶色のを刺す。そしてシャッターを閉じようとしたときだ。ビルの玄関口の前に、女性が立っていた。少し紫がかった赤のシャツワンピースに、黒のニットパンツといういでたちで、肩から小さなバッグを下げている。年齢は六十代前半と言ったところか。その歳の割には背が高い。このビルに入ろうか入るまいか、迷っているように見えなくもない。だとしたら、はたしてなんの用だろう。囲碁倶楽部に用があるにしても正午からだ。あれこれ考えを巡らしていると、当の女性が紀久子のほうに顔をむけるなり訊ねてきた。

「あなた、花屋さんの方？」

「あ、はい。アルバイトですが」

「ここで働いてどのくらい？」

「去年の六月からなんで、十ヶ月ちょっとです」

「店はどう？　繁盛している？」

「おかげ様で」

「毎月きちんとバイト代、貰えているのかしら」

「なんでそんなこと、お訊きになるんですか」

「心配だからよ」

「川原崎花店がですか？　どうしてです？」

女性からの答えがない。口を一文字に閉じて、紀久子をじっと見つめた。なんだか値踏みでもしているような目つきだ。そして徐に言った。

「あなたは信用できるひとね」

「一目見てわかるんですか」

「私、ひとを見る目があるの」

はて。まるきりおなじことをだれかが言っていたな。だれだったたっけ。

「キクちゃぁん」李多の声が聞こえてきた。車庫からは見えないが、たぶんバックヤードと玄関口のあいだにあるドアを開け、そこから呼びかけているにちがいない。「お願いがあるんだぁ。ちょっときてくんなぁい？」

「いまいきまぁす」

そう返事をすると、女性が紀久子の間近に寄ってきていた。

「あなた、店はいつあがる？」

「早番なので夕方の四時には」

「そのあと、会って聞かせてほしい話があるの」と言いながら、女性は小さなバッグを開けている。

「話ってどんな」

「無理強いはしないわ。気がむいたら、携帯の番号に電話してくださらない？」紀久子の問いには答えず、女性はバッグからだした名刺を、紀久子のエプロンのポケットに入れ、「私とここで会ったことはだれにも言わないように。頼んだわよ」と言い残し、そそくさと去っていった。その後ろ姿を見ながら、紀久子はシャッターを閉め、ポケットから女性の名刺をだす。

なんだ、こりゃ。

ほぼ英語なのだ。肩書きは〈Travel coordinator〉で、名前だけ日本語だった。

〈外島莉香〉

住所に〈Manila〉と〈Philippines〉の文字があるのにも気づく。

私、ひとを見る目があるの、と言ったのは李多さんだ。苗字がおなじってことは、いまの女性は、もしかして。


昨日の月曜、李多が世田谷の花卉市場から仕入れてきたのは、フェアをおこなうスズランの他にも、ハナミズキやツツジ、オオデマリといった花木に、比較的安い値段だったバラをふだんより多めに、さらにはヤグルマソウやスカビオサ、カンパニュラ、ニゲラといった、小さくて可憐な花もあった。

〈満天星　この枝物の名前です。なんて読む？　商品をお買い求めの際、レジでお答えください。正解者の方には、押し花の栞をプレゼント！　数にかぎりがありますので、どうぞお早めに♡　ただしチャレンジはお一人様一度とさせていただきます〉

開店まであと十分足らず、李多がハガキサイズの黒い紙に書いていくのを、作業台を挟んでむかいから紀久子は見ていた。〈満天星〉は金色、文章は白、最後の〈♡〉は蛍光ピンクだ。

「マンテンボシじゃないんですか」

「それをクイズにすると思う？」

ごもっとも。

「でもスマホで調べれば一発でわかっちゃいますよ」

「サービスっていうか、ただのお遊びだから、べつにかまわないわ」

「レジで答えたら他のひとに聞こえてしまいますが」

「これを使えばだいじょうぶ」李多は作業台の下からメガホンを取りだした。「細いほうを耳に当てて、太いほうからお客さんに答えを言ってもらうの」

テレビのクイズ番組などで見たことがあるやり方だ。

「押し花の栞はどこにあるんです？」

「キクちゃんがいまからつくるのよ」

「お願いって、それですか」

「そのとおり。元々、あなたのアイデアなんだし」

廃棄する花を押し花にして、栞をつくり、商品を買ってくださったお客様にプレゼントしたらどうか、と提案したのは、紛れもなく紀久子だ。ネットで見つけた、そのつくり方のサイトを李多に教えてもあった。

「段ボールはバックヤードにいくらでもあるでしょ。キッチンペーパーと輪ゴムは私ん家のキッチンのを使っていいわ。栞に使う厚紙とリボンは、キクちゃんが買ってきてくれないかな。レシートは必ずもらってきて」

「押し花を栞に貼る糊ってありますかね。それとリボンを通すための穴を開けるパンチが必要なんですが」

「糊は買ってきて。パンチはここに」李多はレジカウンターのほうへ移り、その下の棚を探る。「あった、あった」

「いくつつくればいいですか」李多からパンチを受け取ってから、紀久子は訊ねた。

「とりあえず五十枚。正午までにできるかな」

「なんとかやってみます」

そう答えながら、紀久子は真正面から李多をまじまじと見てしまった。目鼻立ちと顎のカタチが、外島莉香とよく似ていることに気づいたからだ。

「なに？　私の顔になにか付いている？」

「いえ、あの、いつもより肌艶がいいので、化粧品をかえたのかなと思って」

「ほんとに？」自分の適当な嘘を真に受け、うれしそうに笑う李多を見て、紀久子は申し訳ない気持ちになった。

「化粧品はかえてないよ。きっと寝酒をやめたおかげだな。寝つきはよくなっても、眠りが浅くなって、睡眠の質が悪くなるって、ひとみママに言われてさ。その代わりに米軍のパイロットが採用している、二分で眠りに落ちる睡眠法を教えてもらったの。キクちゃんも知りたい？」

「また今度の機会にします。もう開店の時間ですし」

「ほんとだ。それじゃ、押し花の栞、よろしくね」

　鯨沼商店街にでむき、紀久子は押し花の栞に必要な材料を買ってくると、バックヤードで廃棄処分が決まった花の中から、レンゲ草とアネモネ、ビオラ、すみれなどを数輪ずつ選んだ。そして李多に自宅の鍵を借りて、三階へあがり、彼女の自宅のキッチンで、押し花の栞をつくりはじめた。すると、しばらくして階段をのぼる足音が聞こえてきた。囲碁倶楽部は正午からである。足音は三階まであがってきた。

「キクちゃん、私。光代です。ドア、開けてくれない？」

「いま開けますぅ」と答えてから、紀久子は内側の鍵を解除し、ドアを開いた。

「李多さんにここの鍵を借りようとしたら、キクちゃんがいるっていうからさ。いったいなにやってるの？」

「押し花をつくっているんです」

　満天星のクイズの懸賞品であることを話すと、光代さんはその正解をあっさり口にした。花屋でパートを十数年していれば当然にちがいない。満天星をどうしてそう読むようになったのか、説明までしてくれた。

「でもちょっと待って。どうやったら正午までに押し花の栞が五十枚もできちゃうわけ？」

「段ボールとキッチンペーパーで花を挟んで、輪ゴムで固定をしたら、電子レンジに入れ、六百ワットで一分チンすると、イイ具合に花がペシャンコになって、これを乾かせば押し花の完成です」

「全然、押してないじゃないの」

「大量生産のためには文明の利器が必要なんですよ。光代さんこそどうしたんです？　今日は休みですよね」

「午後、会いにいくひとのために、食事をつくらなくちゃいけなくてさ。ウチに帰る時間がないんで、ここでつくらせてもらうんだ。あなた達の分もつくってあげる」

「でも私、おかずを買ってきちゃいましたけど」

少し値は張るけれども、味は抜群の総菜屋が鴨モール内にあり、そこで買ってきたのである。

「つくるのは混ぜご飯よ」

そう言いながら、光代さんはトートバッグを椅子に置き、その中から草が詰まったコンビニ袋を取りだした。

「なんですか、それ？」

「ヨメナ。お嫁に菜っ葉で嫁菜。どれも皆うしろ姿や嫁菜つみ、って正岡子規の俳句、知らない？」

知るはずがない。

「今朝、キラキラヶ丘団地で採ってきたんだ」

「畑か菜園でもあるんですか」

「そんなのあるわけないでしょ。嫁菜は野草だからね。道端や緑地に生えているのを摘むの。天ぷらや和え物、おひたしといろいろできるけど、いまからつくるのは嫁菜ご飯。炊き上げてうすき緑や嫁菜飯」

「それも正岡子規ですか」

「ちがうわ。杉田久女（すぎたひさじょ）」

そもそも杉田某を知らない。それよりもだ。

「だいじょうぶなんですか」

「なにが？」

「道端に生えているものを採って」

「団地の管理組合には許可を得ているわ。嫁菜の他にもコシャクにハコベ、ナズナ、ヨモギ、トリアシショウマ、それと」

「いえ、あの、衛生的にどうなのかと。だって道に落ちた食べ物を食べませんよね。ましてや道端に生えている草なんて」

「だったら安心して。子どもの頃から半世紀近く食べているけど、お腹を壊したり、調子が悪くなったりなんて一度もないわ。私の家族もよ」

そこまで言われたら嫌だとは言いづらい。光代さんはシンクで嫁菜を洗いだし、紀久子は電子レンジで押し花をつくりつづけた。するとしばらくしてからだ。

「キクちゃん、衣通姫から箱のデザインも頼まれたんでしょ」

「なんで知っているんです？」紀久子は少なからず驚いた。寒河江から電話で依頼を受けたのは先週末で、その話をだれにもしていないからだ。

「昨日、衣通姫さんがきたよ」とはもちろん寒河江にちがいない。「むこうから名乗ってきて、キクちゃんがいないか訊ねてきたのよ。といってもあなたになにか用があったわけじゃなくてね。染色に使う草木を探しに山梨のほうへでかけて、その帰りに、ふと思い立って立ち寄ったんだって。折角だからってスズランを一束、お買い上げいただいたわ。よかったわね、衣通姫さんに気に入ってもらって。この調子でデザインの仕事が増えていったらいいのに」

「それがですね。とあるデザインのコンペに参加しないかという話も舞いこんできまして」

結城には口止めをされている。でもこれくらいはいいだろう。

「売れっ子じゃないの、キクちゃん」

「いくらなんでも大袈裟ですよ」

「でもあなたにむかって、いい風が吹いているのはたしかよ。じょうずに乗って飛んでいくべきだわ。人生は一度きり。若いうちに自分のやりたいことに取り組まなくちゃ。歳を取るにつれ、難しくなっていくからね。おかげで私なんか後悔の連続よ。やんなっちゃう」

水を入れた鍋をコンロに載せ、カチッと火を点けながら、光代さんは言った。それまでと口調は変わらない。だがその言葉にハッとして、紀久子は手が止まる。

自分はブラック会社を二年ちょっとで逃げだせた。でも光代さんは逃げようにも逃げられず、二十年近くも、自分と旦那さん、それぞれの両親の面倒を見つづけ、遂には教師への復職を逃してしまったのだ。その心境はいかなるものなのか、紀久子には計り知れなかった。だからといって、訊ねるわけにもいかない。

するると光代さんがクスクスと笑っているのに、紀久子は気づいた。

「どうしました？」

「これから会いにいくひとも、キクちゃんとおなじように、道端の草なんか食えるかって、文句を言ってたなって思いだして」

「私のは文句じゃありません」と言ってから、紀久子は訊ねた。「どなたですか、そのひと」

「旦那のお父さん」

生きていたんですかと、紀久子は危うく言いかけた。光代さんの家庭の事情を李多から聞いたのは去年の十二月である。思い返してみれば、旦那さんのお父さんが亡くなったという話はでてこなかった。

「どちらにいらっしゃるんです？」

「高尾山のほうにある老人ホームよ」光代さんは湯が沸いた鍋に、洗った嫁菜を入れていく。「認知症を患ってかれこれ十五年以上、そこに暮らしているんだ。そうそう、旦那と私の実家が、キラキラヶ丘団地のおなじ棟だって、私、話したっけ？」

「いえ」ひとみママから聞いたとは言わずにおこう。

「旦那が四階で、私が三階だったわ。それだけじゃないの。おなじ病院で旦那が一日早く生まれて、母親同士がいまで言うママ友で、家族ぐるみの付き合いをしていたんだ。私のお母さんが長野の生まれでね。野草に詳しかったものだから、春になると旦那のお母さんを誘って、キラキラヶ丘団地のを摘んで、料理の仕方も教えていてさ」

「それで旦那さんのお父さんが、私とおなじことを言ったと」

「そうなのよ」光代さんは火を止め、菜箸で茹でた嫁菜をザルに移し、蛇口の水を浴びせる。「でも奥さんがなだめすかして食べさせたら、なんだウマいじゃないかって気に入って、つぎの春には自分から率先して、嫁菜を採るくらい好物になってさ。老人ホームに入ってからも、この時期になると、嫁菜ご飯をつくって、持っていってあげているんだ」

なんでも光代さんは週一で義父の許へ、好物だったものをつくって、持っていくのだという。

「毎回、だれだろうって顔をされちゃうけどさ。認知症を発症したら、ふつうは五、六年、長くても十年持つかどうからしいんだけど、旦那のお父さんは十五年経ったいまでも至って元気なんだ」

「旦那さんはいっしょにいかないんですか」

「ひとり息子の自分さえわからないのが辛いって、一年に一度いけばいいほう」

蛇口の水を止め、茹でた嫁菜を軽くしぼり、俎板に載せると、光代さんは丁寧に切っていく。

「食べ物だけじゃなくて、ここで見繕ってつくった花束も持っていって手渡すと、子どもみたいに無邪気に笑って、よろこんでくれるんだ。その笑顔を見ると、不思議と心が癒されてさ。後悔つづきの人生だった、でも間違ってはいなかった、その証拠にいまの私は、そこそこ幸せじゃないかとまで思うわけ。ただの錯覚かもしれないけどね。そうでも思っていないとやってられない。あ、ごめんね。未来に羽ばたこうとしているキクちゃんに、エールの言葉をかけるつもりが、自分の愚痴になっちゃった。許して」

「いえ、あの、とんでもない」としか紀久子には言えなかった。

「昔はどんな辛いときでも気合いで乗り切れたのよ。でも五十歳を過ぎて、体力が落ちてきたものだから、なかなかそうはいかなくてさ。やだ、また愚痴言っちゃった。はは」

ふたたび階段の足音が聞こえてきた。やたら軽快なのは駆けのぼっているからにちがいない。足音の主はあっという間に三階まで辿り着き、ドアをコンコンと軽く叩いた。

「どなたぁ？」光代さんがドアにむかって訊ねる。

「深作です」

え？

「キクちゃん、ドア、開けてあげて」

言われたとおりにすると、そこに深作ミドリが立っていた。グレーのパーカの上にGジャンを重ね、黒のスキニーパンツというボーイッシュでシンプルな服装をじょうずに着こなしている。どでかいリュックサックは背負っておらず、トートバッグを肩に提げているだけだった。

「おはようございます」

「お、おはよう」

丁寧ではあるが、ぶっきらぼうなミドリの物言いに、紀久子は面食らう。

なになに？　どういうこと？

「失礼します」ミドリは紀久子の横をすり抜け、勝手口に入ると、靴を脱いでキッチンに入っていく。

「いらっしゃい、ミドリちゃん」光代さんはミドリの登場に驚くどころか、すんなり受け入れていた。「去年の母の日以来よね。また一段と大人っぽくなったんじゃない？」

「どうですかね。自分ではよくわかりません」

「今日からもうバイト？」

「はい。なるべく早く仕事を覚えたほうがいいと思いまして。よろしくお願いします」

「こちらこそ。でも大学は？　前期の授業ははじまっているわよね」

「火曜の今日は一、二限だけなんですけど、二限がいきなり休講になってしまって」

「バイトってあの」紀久子は少しパニクってしまった。「いつそういう話に」

「昨日です」ミドリが答える。

「やだ、キクちゃん、李多さんから聞いていないの？」

「いまはじめて知りました」

「芳賀くんがここをやめることも？」と光代さんが重ねて訊ねてきた。

「ほんとですか」

「北極のほうに植物の調査にいくんだけど、短くても三年は帰ってこないそうなの」

「いつからです？」

「来月末。ここのバイトは母の日まではやるつもりだって。その話を聞くなり、芳賀くんの後釜に、深作ミモザ園のお嬢さんはどうだろって李多さんが言いだしてね」

「昨日の夕方、スマホに電話をもらって、李多さんがあまりに熱心に誘ってくださるので、お引き受けしたんです。兄が働いていた場所がどんなところだったのか、興味もありましたし」

「ミドリちゃんはこの四月で大学二年なんでしょう？　誠くんがここでバイトをは

じめたときとおなじよ。懐かしいわぁ。あれから十年だなんて嘘みたい。李多さんに聞いたんだけど、誠くん、結婚するんだって？」

「はい、この夏に」光代さんに答えてから、ミドリは紀久子に顔をむけた。「押し花の栞、できましたか」

「ま、まだだけど」

「ではお手伝いします。李多さんにそう言われてきたので」

「え、あ、そうなんだ」ミドリに真正面から見据えられ、紀久子はたじろいでしまう。「だったら乾いた押し花を厚紙に貼ってもらおうかな」

兄さんも芳賀さんも嫌いっ。大っ嫌いっ。

夕陽に染まるミモザ畑に響き渡るミドリの叫び声が、紀久子の耳の奥で甦る。その後、芳賀とはどうしたのだろう。関係を修復したのだろうか。あの日以来、芳賀からミドリの名を聞いたことはない。でもいまここでその話ができるはずはなかった。


紀久子は自転車のペダルを必死に漕いだ。気づけばお尻がサドルから浮いている。立ち漕ぎなんてひさしぶりだ。やがて真正面に〈みふね〉があらわれた。廃墟同然だった洋館を、オーナーシェフが一目見て気に入り、隅から隅まできれいに改装し、五年前にオープンした高級イタリア料理店だ。夕方五時前だが、すでにライトアップされている。まるで建物自体が明るく輝いているように見えた。〈みふね〉には月二回、馬淵先生が生け込みをしており、その花材を紀久子が配達しているものの、客として入るのは今日がはじめてだった。なにしろシェフのお任せコースは紀久子の半月分の食費とほぼおなじなのだ。

こんな日が訪れるとは、思ってもいなかったよ。

それも唐突だった。いまから一時間弱前、川原崎花店をあがり、車庫から自転車をだしてから、外島莉香に電話をかけた。どうしても好奇心を抑えられなかったのである。英語だらけの名刺で、電話番号は二つあり、〈cell-phone〉のほうが携帯にちがいないとかけてみたところ、スマホのむこうから、外島ですと声が聞こえてきた。

川原崎花店のバイトの者ですが。

名前を名乗る前に、外島莉香が話しはじめてしまった。

よかった。会って話してくださるのね。少し早めの食事を摂りながら話をしましょう、私、いきたいお店があるの。つきあってくださらない？　もちろん奢ってあげる。〈みふね〉っていうイタリア料理のお店。じつはもう、五時で予約しちゃったの。場所はおわかりになるかしら？

紀久子は一旦、アパートに帰り、服を着替えた。〈みふね〉で食事をするのに、バイトのときのよれよれのシャツとスキニーパンツではまずい。しかし地味な人生を送ってきたせいで、地味な服しか持っておらず、それでも備え付けのクローゼットの奥に、よそゆきのワンピースを見つけた。箱に入ったローヒールのパンプスもだ。

どちらも美大生だった頃、友達の伝手で有名なイラストレーターの個展のオープニングパーティーにいくことになった際、通販で購入したものだ。着たのも履いたのも一度きりである。

ワンピースのトップスは肩がでていて、半袖より少し長めの袖丈で色は黒、スカートはチュールで淡いグレー、腰元には大きなリボンが付いている。これが決め手で、購入ボタンをポチッたのだ。この上に柔らかい青緑のカーディガンを羽織った。

さらには化粧を念入りに、ふだんの三倍時間をかけたせいで、アパートをでたときには、約束の五時の十分前だった。自転車ならばじゅうぶん間に合うと思いきや、ここまでの道のりにあった信号三つすべて、赤で足止めを食らい、ギリギリになってしまったのである。

〈みふね〉の駐車場の端に自転車を停めてから、カゴに入れたローヒールのパンプスに履き替える。自転車を漕ぐために、スニーカーだったのだ。正面玄関の前で息を整え、扉を開ける。するとエントランスホールに外島莉香がいた。紀久子を待ち受けていたわけではない。玄関に背をむけ、馬淵先生がフロアとの境に飾った生け花をしげしげと見つめていたのである。

「お、お待たせしました」

「あら、いらっしゃい」

隣に立って挨拶しても、外島莉香は紀久子のほうに顔をむけず、生け花を見つめたまま、つづけてこう言った。

「これってトエが生けたんですってね」

トエが十重で、馬淵先生の名前だと気づくのに、紀久子は少し時間がかかった。

「はい。でもあの、馬淵先生をご存じなんですか」

「幼なじみよ。小中高といっしょのうえに、私はそのあいだずっと、十重の家に通って、生け花を習っていたわ。恋敵だったこともあるのよ」

そうだった。その話を以前、李多から聞いたのを紀久子は思いだした。

「ここに入ってすぐ、この生け花が十重の作品だってわかったわ。店のひとに訊いたら、やっぱりそうだった。ハナミズキとレンギョウ、ツツジの花の色の交じり具合が絶妙で、強い風に煽られたカタチに生けてあって躍動感あるし、真ん中にシャレボクを据えているのも、大胆で心憎い演出よね。山の風景の一部を切り取ってきたかのように見えるわ。六十代なかばでも衰えるどころか、これだけ凄みのある作品がつくれるんだから、たいしたもんよ」

シャレボクは晒れ木、あるいは曝木と書く。風雨や陽にさらされた枯木のことである。シャリモクとも言い、その場合の漢字は舎利木だと、馬淵先生に教わった。

今回の生け花に用いているのは松の木である。

「実際、あのシャレボクは東京と山梨の境にある山へハイキングにいったとき、山道で拾ってきたそうです。十年以上も昔で、生け花に使ったのは今回はじめてだそうで」

「十重はいまも花材をウチから買っているの？」

「ウチというのは川原崎花店のことですか」

「そうよ。やだ、ごめんなさい。四十年も前に嫁にいった私が、あの店をウチだなんて、自分のモノのように言うのは変よね。いまは李多の店なわけだし」

「花材はいつもお買い上げいただいています。じつは私、配達担当でして」

「あのバラの車で？」

「そうです。馬淵先生のお宅へは週に一度、ここにも月に二回は花材を配達しています」

「だからここがわかったのね」

「馬淵先生とはお会いになったんですか」

「日頃からフェイスブックでやりとりしてるんだけどね。今回は十重が忙しそうだから遠慮して、連絡もしていないの」そこでようやく外島莉香は紀久子のほうを見た。「あなたの名前、まだ聞いていなかったわ。李多にはキクちゃんと呼ばれていたけど」

自分の名前を告げると、そこにスタッフがあらわれた。

「お待たせしました。お席が準備できましたので、こちらへどうぞ」

「シェフのお任せコースを頼んであるんだけど、紀久子さんはなにか苦手なものや、アレルギーで食べられないものはおあり？」

「ありません」

「お酒は呑める？　二十歳、越えているわよね？」

「二十五歳です。お酒は人並みに呑めます」

「ワインの好みはある？　好きな銘柄があれば言ってちょうだい。この店、けっこう揃っているみたいだから」

「とくに好みはありません」あるはずがない。ワインはファミレスのしか呑んだことがないのだ。

「だったら私が選んでいい？」

「よろしくお願いします」

外島莉香がワインのオーダーをすると、スタッフは丁寧にお辞儀をして部屋をでていった。

まさか個室だとは思わなかったよ。

天井からはクリスタルガラスのシャンデリアがぶら下がり、窓は幾何学模様にデザインされたステンドグラス、大理石と思しき重厚な装飾が付いた暖炉、床は隙間なく絨毯が敷かれている。紀久子の住む部屋の一・五倍は優にあるだろう。壁にはやたらと振り子が長い時計と印象派と思しき絵画が掲げられ、象嵌細工が施された天板と立派な猫脚のテーブル、彫り装飾があしらわれたフレームに、座面と背もたれにふっくらしたクッションが付いた椅子と、自分の人生に無縁なものばかりで埋め尽くされているため、紀久子は落ち着かず、緊張もしていた。

「懐かしいわぁ」部屋を見回しながら、外島莉香が言うのを聞き、紀久子は、おや？と思う。

「ここにきたのははじめてではないんですか」

「イタリア料理店になってからははじめて」

「その前は廃墟同然だったはずですが」

「廃墟になる前、かれこれ半世紀も昔の話。高校生だった十重と私で訪れたことがあるの」

「馬淵先生と？　いったいここにはだれが暮らしていたんです？」

「イギリス人貿易商の家族よ。ヘンリエッタというひとり娘がいてね。十重と恋敵だって話をしたでしょう。彼女と奪いあったのが、そのお嬢さんだったの」

なんとまあ。

「ヘンリエッタは私達よりも二歳年上でね。日本語で会話はできても、読み書きが不得手で、だから自分の思いを告げるための恋文は、英語で書かなければならなくて、辞書を片手に悪戦苦闘したわ。結局、十重も私も思いは伝わらなかったけれど、おかげで英語の成績は抜群によくて、ふたりで学年の一、二を争っていたくらい。私達が高校を卒業して二年もしないうちに、ヘンリエッタは家族とイギリスに帰ってしまってね。その後、この洋館は人手に渡り、さらにまたべつのひとにと、所有者が変わっていって、平成のアタマからだれも住んでいなかったんじゃないかしら。内装はすっかり変わっていても、この部屋はヘンリエッタの自室だってわかる。暖炉はこの位置にあったし、窓のカタチと数もおんなじだから間違いないわ。ここに十重ときて、お茶をご馳走になってね。私が花屋、十重が華道家元の娘だから、花についての話が多かった。それで十重と張り合ったりして。いまでいうマウントを取るってヤツよ。そんなふたりをあの方は優しい笑みを浮かべて眺めていたわ」

　そこにスタッフがワインを運んできた。外島莉香がテイスティングをしてから、各々のグラスにワインが注がれていく。紀久子にわかるのは、白ワインということだけで、呑んでみると、ファミレスのとあきらかにちがう味なのだが、どこがどうと言葉でうまく説明する自信はない。

「一応、確認したいのですが、川原崎花店がご実家ならば、つまり外島さんは李多さんのお母様なんですよね」

「あら、やだ。その話、私、まだしていなかった？　ごめんなさい。そうよ、李多の母です。娘が大変お世話になっております」

「いえ、こちらこそ。では昼間、心配だからとおっしゃったのは、娘の李多さんが？」

「ええ。だからね。最近、娘はどうしているのか、聞かせていただこうと思って」

「どうして私に？」

「信用できるひとだからって言ったでしょう？」

「そうではなくて、どうして李多さん本人に訊かないんですか」

「あの子が自分について、正直に話すはずないもの」

外島莉香にそう言われ、紀久子は納得してしまう。

私だって母親にすべて話してなんていないもんな。

しかもやめた会社がブラックだったとか、再就職がウマくいっていないとか、マイナス要素はひた隠しにしていた。これから先も言うつもりはない。

「それにね、いつ結婚するのとか、孫の顔はいつ見られるとか、言ってしまいそうなのよ。そしたら最後、喧嘩になって、お互い嫌な気持ちになるだけだし」

それもわかる。紀久子も実家に帰ったときに、母親ではないが、親戚に似た質問をされると、余計なお世話だと思うし、不快でもあったからだ。

「あなたがウチの店、じゃなかった、李多の店で働きだした経緯から話してくださらない？」

紀久子は去年六月のファミレスの一件からはじめて、川原崎花店の売上げを伸ばすため、定期便サービス〈フラワーブレイク〉をはじめたり、駅をでたらすぐ目につくように店頭の花を同色のものにしたり、重陽の節句やミモザの日、そして今度のスズランの日のようにメジャーではない花の日に力を入れたりと、李多が経営努力を惜しまず日々奮闘していることを、切々と訴えるように話した。

　そのあいだに運ばれてきた料理を、紀久子はきれいに平らげていった。できればもっと味わいたいところだが、あまりの美味しさに箸が、ではなくナイフとフォークが止まらなかったのである。ワインも気づけばふたりで一本空けており、外島莉香が二本目を頼んでいた。

「あの子が頑張って仕事をしているのは、よくわかったわ。プライベートはどうなのか教えてくれない？」

　そう訊かれ、紀久子は困った。李多が仕事以外のとき、なにをしているのか、まるで知らなかったからだ。休日をどう過ごしたか訊ねても、返事は決まって「寝てた」だった。だれかとどこかへおでかけしたなんて話は、とんと聞いたことがない。夜でかけるのは、たいがい自治会の寄合である。紀久子自身、李多と呑んだのは、初対面のファミレスと、クリスマス前の〈つれなのふりや〉の二回だけだった。

「やっぱり」と納得しながらも外島莉香は不満そうだった。「あの子にすれば仕事がプライベートなのよ。昔からそう。学生の頃は勉強がプライベートで、カレシどころか友達もつくらず、どこへも遊びにいかないで、将来の夢のためにひたすら勉強をしていたの」

「李多さんの将来の夢ってなんだったんです？」

花屋にそこまで勉強が必要とは思えない。

「弁護士よ。実際に李多は司法試験を受けているの。一回で諦めちゃったけど」

「一回でって、何度も受けられるものなんですか」

「昔はね。いまは五年間で五回っていう受験制限があるわ。でもあの子は一回で諦めて、パラリーガルに転身したの」

「なんですか、パラリーガルって？」

「あの子が弁護士事務所に勤めていたのは知らない？」

「知っています。弁護士ではなくて、事務員だとおっしゃっていましたが」

「事務員といっても、電話の対応や弁護士のスケジュール調整とかいわゆる事務仕事だけじゃないのよ。裁判所に提出する書類をつくったり、法令や判例などの調査をしたり、検察庁にいって公判に提出される記録を謄写したりと弁護士の手足となって法律業務をこなすのが、パラリーガルなのよ。つまりは李多のように落ちたとは言え司法試験にチャレンジして、法律の知識をある程度、備えた人間がいいわけ」

「だとしたら自分の夢を完全ではないにせよ、実現したんですよね。だったらどうして、そこをやめて、川原崎花店を継いだのでしょう？　おじいさんかおばあさん、あるいはふたりから継いでほしいと頼まれでもしたんですか」

「ちがうわ」ワインを一口呑んでから、外島莉香は話しはじめた。「私の両親は母が先に亡くなって、彼女の一周忌をおこなう直前に、父もあとを追うようにして亡くなってね。そのお通夜の席で、冠婚葬祭にしか姿を見せない五歳上のイトコの男性が、東京の西の果てとは言え駅前の一等地だから、ここの土地の坪単価は百万を超える、売ったらウン千万円になるはずだ、まさか独り占めするつもりかと、喪主である私に嚙みつくように言いだして、最初のうちは、いまその話をしなくてもと眉をひそめていた親戚一同も、金額を聞いた途端に目の色が変わってね。イトコといっしょに私に詰め寄ってきたのよ。夫が宥めようとしても、ちょっとした集団ヒステリーになって、収拾がつかなくなったとき」

川原崎花店は私が継ぎます。だからこの土地は売りません。みなさん、どうぞご心配なく。

「って李多が言ったの」

「親族は反対しなかったんですか」

「したわよ。そんな勝手な真似をさせるものかって。でも李多が少しも動じずに、いまの勤め先はやめて、川原崎花店に専念します、ひとまず三年やらせてください、お願いしますとつづけて、畳に額がつくくらい頭を下げたの。その場はどうにか収まったけど大半のひとは私と夫を救うためのでまかせというか、思いつきだろうと本気にはしなかったわ。私達夫婦でさえもよ。ところが葬儀をおえた翌日には、弁護士事務所に退職願をだして、花屋になるための準備をしはじめてね。世田谷の用賀にある我が家をでて、花屋の三階にある祖父母の住まいに引っ越していったんだ。そして私の父が亡くなって三ヶ月後には、川原崎花店を再オープンさせていたわ。親族一同はだいぶ驚いていたけれど、三年なんて持つはずがないと思っていたはず」

「でもいまでもつづけていますよね」

「たいしたものでしょ、私の娘」外島莉香は自慢げに言った。「私のイトコは諦めていなくて、冠婚葬祭のたびに、娘さんはまだ花屋をつづけているのか、いつになったら音をあげるんだって夫に言ってくるそうだけどね。元はと言えば父のお通夜の席で、イトコがあんな話を持ちださなければ、こうはならなかったろうに。ほんとイイ気味」

赤の他人である紀久子も痛快だと思う。そしてまた、ファミレスで自分を救ってくれたときとおなじだとも気づく。

「娘が本気で川原崎花店を継ぐんだとわかったとき、なにか手伝おうかって申したのよ。私、高校をでて七年くらい店を手伝っていたから、花屋の仕事は一通りできたからね。でも娘にこう言われたの。私の手伝いをするんだったら、自分のやりたいことをすべきだ、じゃないと死ぬ前に後悔するよって。言われてみれば結婚してからずっと、夫や娘を優先して、自分のことはぜんぶ後回しというか諦めていた。

それに不満はなかったし、自分のやりたいことなんて、ないも同然だった」

若いうちに自分のやりたいことに取り組まなくちゃ。歳を取るにつれ、難しくなっていくからね。おかげで私なんか後悔の連続よ。やんなっちゃう。

昼間、光代さんがそう言っていたのを、紀久子は思いだしていた。

「でも李多に言われて考えた末、高校時代に十重とこの館を訪れて、ヘンリエッタと三人でおしゃべりをしたときの光景が浮かんできたのよ。辞書を片手に恋文を書いていているうちに英語が身に付いて、一時期は英語を生かした仕事に就きたいと考えていたのを思いだしてね。海外へ一度もいっていないし、いっそのこと語学留学をしようと決めたんだ。ほんとはヘンリエッタのいるイギリスにしたかった。でもあれこれ調べていたら、滞在費と学費をトータルして、フィリピンが他の国より圧倒的に安く済むのがわかってね。そうは言っても専業主婦で、ヘソクリだけじゃ賄えないし、夫にいくらか出費してもらう必要があったし。でも結果、フィリピンで正解だった。英語を勉強しているうちに、気づいたら現地にすっかり馴染んでいたのよ。前世はフィリピン人だったかもっていうくらいにね。小遣い稼ぎではじめた日本人観光客相手のトラベルコーディネーターが好評だったものだから、一年で帰国するつもりが丸九年、フィリピンに住んでいるわ」

「そんなに長く？」母親に七、八年会っていないと李多が言っていたのを思いだす。

「旦那さんはどうしているんです？」

「夫はいまも用賀。定年退職しておなじ会社で嘱託として働いているわ。年に二、三度はこうして日本に戻って、泊めてもらっているんだけど、離れて暮らしているほうが、お互い精神衛生上よかったみたい。昔よりもいまのほうがなんでも話せて、夫婦というよりも旧友って感じだし。あら、もう空だ」二本目のワインのことである。「紀久子さん、まだ呑める?」

「はい」

そこへちょうどスタッフがメインディッシュを運んできたので、外島莉香は三本目をオーダーしてから、話題を変えた。

「なんにせよ、あなたみたいなイイ子を見つけて、いっしょに働いているんだもの。娘を心配する必要はないわね。安心したわ。川原崎花店のツイッターとインスタって滞り気味だったけど、去年の夏からほぼ毎日更新されているわよね。もしかしてあれはあなたが?」

「そうであります」

外島莉香の問いに、紀久子は妙な口調で答えた。酔っ払っているぞ私、と思いつつ、言葉をつづける。

「李多さんに頼まれてするようになりました。あとこれも」紀久子はスマホのカバーに挟んでおいた川原崎花店のショップカードを、外島莉香に渡した。「李多さんにつくってほしいと言われて」

「あなたがつくったの？」

「私、グラフィックデザイナーになるため、修業の身でありまして」

「かわいいロゴマークね」

「ありがとうございます」

「礼を言うべきなのは私のほう。亡くなった私の父と母も、きっとよろこんでいるわ」

「光栄です。じつは李多さんにもおなじことを言われました。このショップカードを見て、仕事を依頼してきたひともいるんです。今日はデザインコンペに参加しないかと誘われもしました。これもすべて李多さんのおかげです。いくら感謝してもしきれません」

「もともとあなたに才能があったのよ。娘はきっかけに過ぎないわ」

「でもデザインのことだけじゃないんです。私、十八歳で上京して六年間住んでいたのに、鯨沼についてなんにも知らなくて、いきつけの店もなければ、友達も知りあいもいなかった。それが川原崎花店で働くようになってから、鯨沼に住む大勢のひとに出逢えて、みんなが私を必要としてくれて、私もみんなが必要なんだって、気づくことができました。だから毎日毎日、生きているって実感があるんです。元の会社に勤めていたときには、決して味わうことができなかった気持ちです」

　ヤバいぞ、私。

双眸から涙が溢れでてきてしまった。そこへスタッフが三本目のワインを運んで、部屋に入ってきた。顔色ひとつ変えなかったものの、自分の様子を窺っているのはわかる。それでも紀久子は言葉が止まらなかった。

「もしあの日、李多さんに会えなかったら、いまも私はブラック会社でこき使われていて、あまりの辛さに自ら命を絶っていたとしてもおかしくないくらいです。生きるよろこびを思いださせてくれた、李多さんは私にとって命の恩人と言っても過言ではありません」

「わかったからもう泣かないで」

そう言って外島莉香が差しだしてきたのは、縁にレース編みが施された、きれいなハンカチだった。自分の涙で汚すのは申し訳ないと思えるほどではあったものの、折角の厚意を断るわけにもいかず、受け取って涙を拭った。微かな香りが匂う。香水のようだが、ごく最近、どこかで嗅いだ覚えがある。

ああ、そうか。

「これってスズランの香りですか」

「よくわかったわね」外島莉香は優しく微笑んだ。「五月一日がスズランの日というのは知ってて?」

「はい。その日にむけて、店ではスズランのフェアもしています」

「言われてみれば店先にずいぶんとスズランが並んでいたわね。その日を祝して、フランスの老舗化粧品ブランドが毎年限定で発売しているの。けっこう高価で、さすがに毎年は買えないんだけどね。さぁさ、もう少し呑みましょ」

結局、外島莉香とふたりでワインを三本空け、すっかりへべれけになった。自転車に乗って帰ろうとしたところを、外島莉香に止められ、〈みふね〉のスタッフにお願いして、一晩預かってもらうことにした。

帰り道の途中から、次第に胸がムカムカしてきて、アパートに着くなりトイレに直行、シェフのお任せコースとワイン一本半弱を、ほぼぜんぶ吐きだしてしまった。ワインの代金を足せば二万円分を無駄にしたはずだ。せっかく奢ってくれたのに、外島莉香には面目ないことをしたと反省しきりである。それからしばらくベッドに横たわっていたが、気づいたらスマホを手にして、母のスマホに電話をかけていた。

「どうしたね、こんな夜遅く？」

母の陽気な声が耳に飛びこんでくる。夜遅いといってもまだ九時前だが、両親はもうすぐ眠る時間ではあった。

「べつにこれといった用事はないんだけど。ここんとこ、母さんの声、聞いとらんかったから」

「あんた、酔っ払っとるやろ」

「なんでわかったん？」

「ロレツがまわっとらんね。酔っ払いの相手はせんよ」

電話を切ろうとする母に、紀久子は慌ててこう言った。

「母さんは私のこと、心配しないの？」

「心配？　どんな？」

「どんなってほら、うら若き娘が大都会東京でひとり暮らししているんだよ」

「二十代なかばは若くないって。それにあんたのアパート、東京は東京でも西の端っこで、全然大都会じゃないもの」

「それはそうだけどさ」

「私はね。あんたが東京の美大にいくって言ったときから、たとえなにがあっても、この子は自分のしたいことをするんだろうな、だったら心配するのをやめて、信頼しようって心に決めたの。だからね、紀久子、二度や三度の失敗でへこたれちゃ駄目よ。がんばりなさい。いい？」

ヤバい。泣きそうだ。

「母さん。私、母さんの娘でよかったよ」

「そう？　私は自分の娘が芦田愛菜か浜辺美波だったらよかったのにって思っとるよ」

そりゃあんまりだよ、お母様。

「おいしかった？　〈みふね〉のディナー」

「はい」

元気よく答えてから、紀久子は花桶を洗う手を止め、隣で切り花の茎を切る李多のほうに顔をむけた。バックヤードでふたり、花桶の水を取り替えている最中なのだ。李多はつづけてこうも言った。

「シェフのお任せコースを食べたんでしょ」

〈みふね〉から帰ってすぐ、ぜんぶ吐きだしてしまったとは、さすがに言えない。おかげで思ったより酒は残っていなかった。ただし顔はむくんでパンパンだ。ネットで調べた、むくみ取りのフェイスマッサージをしたものの、まるで効果がなかった。だがいまはそれどころではない。

「なんで私が〈みふね〉にいったことを」

「昨日の夜、〈つれなのふりや〉で呑んでいたら、十一時過ぎに〈みふね〉のオーナーシェフがあらわれたのよ。お母様に当店をご利用いただき、誠にありがとうございますって礼を言われて。キクちゃんもいっしょだったことも聞いたわ」

マジか。

「そもそも鯨沼は母さんの地元だからね。十人にひとりとまでいかずとも三十人にひとりは母さんを知っている。母さんが街中をうろつけば気づくひとも多いし、おひさしぶりって話しかけたひともいてさ。それをメールやＬＩＮＥで私に報告してきてね。昨日、キクちゃんが帰ったあと、馬淵先生が店にきて、莉香が帰ってきてるってほんと？　って訊いてきたわ。母さんも馬淵先生には会いにいってあげればいいのにさ。で、母さんとはなんの話したの？」

ハサミで茎の先をぱっちんぱっちん切りながら、李多が訊ねてくる。

「李多さんがこの店を継いだ経緯とかを」

「おじいさんのお通夜でのこと？」

「そうです」

「私が弁護士を目指していた話も聞いた？」

「はい。司法試験を一回で諦めちゃったって」

「諦めたわけじゃなかったのよ。現場で学んで、改めてチャレンジするつもりだった。だから弁護士事務所で働きだしたの」

「パラリーガルとして？」

「それも母さんに聞いたのね」

「はい。ただの事務員じゃなくて、弁護士の助手的存在だったんですよね。だから私、完全ではないにせよ、自分の夢を実現したはずなのに、なんでその事務所をやめてしまったのか不思議で」

「弁護士とパラリーガルは、カニとカニカマボコくらい、ちがうわ」李多は自嘲気味に笑う。「七年勤めていて、私に弁護士はむいていないってわかったんだ」

「どうしてですか」

「法律で裁けば、すべてが解決できると信じていたのよ、私は。それが正義だともね。でもそうじゃなかったのが、いちばん大きな理由かな。他にもいくらでも理由があって、すべてが複雑に絡みあっていくうちに、そもそも司法試験に受かるかどうか自信を失ってきてさ。この先もパラリーガルをつづけていくのかと考えると、苦痛でたまらなくなってきたんだ。いま思えばこの店を継ぐと言ったのは、自分の中に大義名分をつくりたかったんだよね、きっと。ここが花屋じゃなくて、たこ焼き屋でもクリーニング屋でも、おなじことを言ってただろうし。事務所に退職届をだすにしても、母の実家を継ぎますと書いたほうが、体面が保てるというのもあった。でもそんなのはとんだ浅知恵で、事務所のみんなは私の本心に気づいていただろうけど。よくまあ、こんなんでこの店をつづけてこられたもんだわ」

「李多さんのお母さん、褒めていましたよ。たいしたものでしょ、私の娘って」

「あ、そう」李多は短く答えただけだった。

「どうして直接、会わないんですか」

「会ったら会ったで、イイ歳なんだからお酒を控えたほうがいいとか、いつまでフィリピンにいるつもりなのとか、言っちゃいそうだからさ。やめてるんだ。じょうずに距離感を保っていたほうが、お互いのためなのよ」

娘と会うと余計なことを口走り、最後には喧嘩になって、お互い不愉快になるだけだと外島莉香も言っていた。

要するに似た者親子なのだ、このふたりは。


今日はハズレか。

紀久子は階段をトボトボと力なく下りていく。ここはキラキラヶ丘団地北八号棟である。ハズレというのは、この棟の三階に住む伊福部に会えなかったことだ。平日の昼間でも、彼の場合、研究所への出勤時間がまちまちなので、ばったりでくわすことが何度かあった。はじめて会ったのは去年の八月の末、つぎがクリスマスイブ、そして先月なかばと三回だ。でも今日は会わないほうがラッキーと考えるべきかもしれない。午後になって取れてきたものの、瞼は腫れぼったいままなのだ。ところがだ。

「君名さん」

声をかけられ、紀久子は焦った。伊福部だ。これまで三回と同様、二階と三階のあいだの踊り場だが、紀久子が下りで、伊福部が上りだった。

「早いお帰りですね」午後二時過ぎである。

「いえ、昨日の朝に出勤して三十時間、研究室から一歩もでられず、籠りっきりだったんです」撫で肩にかけた帆布バッグがずり落ちそうになる。それを直しながら伊福部は言った。「ようやく解放されたわけでして」

「そうだったんですか。ご苦労様です」

「満天星っ」

伊福部がいきなり言った。正解だ。たぶんツイッターかインスタグラムでクイズを見たのだろう。だからといって、ここで答えられても困る。伊福部もそれに気づいたらしい。

「店で商品を買わなければ、解答権ありませんもんね」

「店にきて花を買ってくださったら、押し花の栞、差しあげます」

「ほんとですか。うれしいなぁ」伊福部は笑った。「一眠りしたら店に伺います。君名さん、今日は何時まで店にいらっしゃいます？」

「四時にはあがります」

「あと二時間か。ちょっと起きれそうにないな。明日は？」

「木曜なので定休日です。金土日は遅番で、配達をおえた四時頃から閉店の八時までなら店番をしています。押し花の栞は取っときますので」

「お願いします」

「でしたらそれまでに、伊福部さんにあう花を選んでおきます」

どうしてこんな台詞がスラスラでてきたんだ？

胸の内で自らにツッコミつつ、紀久子は微笑んでさえいた。そのときになって自分の瞼が腫れているのを思いだしたが、伊福部はとくに気にしていないようだ。

「楽しみにしています」と言い残すと、棟の階段をあがっていった。

まずはクルクマ。

ウコンの仲間で、まっすぐに伸びた茎の先に、ピンクや白の蓮に似た花が咲く。いや、花に見えるそれは苞と言って、本来は芽や蕾を守る役割をする葉っぱだ。花はその中にあり、しかもごく小さい上に咲いている期間もごく短い。紀久子はスマホで花言葉を検索した。

あなたの姿に酔いしれる。

駄目だ。コクっているようなものではないか。

つぎはエリンジウム。

小さな花がポンポンのように球状に集まり、そのまわりを先が尖った苞が囲む、幾何学模様を思わせる花だ。金属みたいな光沢があるところも、紀久子のお気に入りである。店にあるのは青色で、男性のひとり暮らしに飾るのにぴったりに思えた。

これの花言葉は、と。

秘密の恋。無言の愛。

あまりに意味深過ぎる。

三番目はモナルダ。和名をタイマツバナと言い、その名のとおり、松明みたいに燃えているような、鮮やかな赤い花だ。

身を焦がす恋、燃えつづける想い。

却下。

ガーベラ。キク科の花で、太い茎の先に一輪咲く。李多が仕入れて、いま店頭に並んでいるのは花びらがびっしり詰まった八重咲きで、直径十センチの大輪である。

希望、常に前進。

お、これはいいではないか。

しかし売場にあるのは赤である。赤のガーベラの花言葉は、燃える神秘の愛だった。

どうして花言葉は恋愛絡みが多いのさ。

だれにむかってでもなく、ひとりで不満を洩らしながら、紀久子は売場を見回し、恋愛に無縁そうな花を探す。

ホワイトレースフラワーはどうだろう。

白く細かい花で、カスミソウによく似ている。ただしカスミソウはナデシコ科で、ホワイトレースフラワーはセリ科だ。よく見れば、花の付き方がちがう。花言葉は可憐な心、感謝。そして、ほのかな思いだった。

ほのかな思いくらいだったらいいかぁ。

「なにやってるの、キクちゃん」

いきなり声をかけられ、紀久子は慌ててしまう。光代さんだ。バックヤードでつくっていたスズランのアレンジメントを運んできていた。

「明後日、ＳＮＳで、どの花をオススメしようかなと思って。そうだ、光代さん、押し花の栞が見当たらないんですけど」

「スマホで検索するから、みんな正解なのよ。なにも頼らないで当てられたのは、蘭くんだけだったわ」

ならばやむを得ない。伊福部さんの分は明後日までにつくっておけばいい。そう思っていたところだ。

「どうしたの、キクちゃん」

「あ、わかります？　昨日、呑み過ぎちゃって、顔のむくみはとれたんですが、瞼はまだ腫れぼったくて」

「それもあるけど、えらくニヤついているじゃない。なにかイイことあった？」

「なんにもありませんって」

ニヤついていたのか、私。

緩んだ頬を引き締める。だがうまくいかなかった。

「あ、そうだ。昨日は嫁菜ご飯、ごちそうさまでした。もっと草っぽくて苦いんじゃないかと思ったら全然そんなことなくて、とてもおいしくいただきました」

「よかった。お腹を壊したりもしなかったでしょ」

「だいじょうぶでした」

とは言え〈みふね〉のシェフのお任せコースといっしょに吐きだしてしまったかもしれない。

「もうじき四時で、あがる時間よね。悪いんだけど、かえりがけにこのアレンジメント、〈つれなのふりや〉に持っていってくれない？」

「わかりました。あとそれと」

「なぁに？」

「昨日、若いうちに自分のやりたいことに取り組まなくちゃって、おっしゃっていましたよね」

「ええ。でも結局、私の愚痴を聞かせちゃって悪かったわ。反省している」

「とんでもない。とっても励みになりました。だから光代さんも歳だからって諦めずに、いっしょに頑張りませんか。光代さん、自分でおっしゃったでしょう、人生は一度きりだって」

光代さんからの返事がない。彼女は作業台に置いたスズランをじっと見つめている。

「キクちゃん」

「はい」

「スズランの花言葉は？」

それが光代さんの答えだと気づき、紀久子は言った。

「ふたたび幸せが訪れる」

Kawarazaki Flower Shop

VIII カーネーション

男がふたり、むきあっていた。

手前の男はうしろむきのうえに見切れているので、顔さえさだかではない。そんな彼に、白いシャツに赤いベストというでたちで中折れ帽を被った男が、なにやら話しかけていた。ふたりのあいだには一輪挿しのバラが置いてある。写真というかポスターだ。額に入れ、壁に掲げてあった。

「これってヨーゼフ・ボイスですよね」

ドイツの現代美術家だ。現代と言っても、紀久子が生まれる十年も前に亡くなっている。

「知ってるの？」キッチンから寒河江が訊ねてきた。

「美大の授業で教わっただけなので、とくに詳しいわけではありません。寒河江さんはお好きなんですか」

「好きといっても、にわかよ。つい最近、彼のドキュメンタリー映画を見てね。社会を彫刻するとか、私達はみな芸術家であるっていう言葉にぐっときちゃって」

そうだった。絵画や彫刻、デザインなどの狭い範疇に留まらず、将来の社会を自己で決定するという意味において、私達はみな芸術家であるという拡張した芸術概念、〈社会彫刻〉を提唱したのだ。その立証のため、積極的に社会活動をおこなっていた。一九八〇年代にはドイツのカッセル市内に、七千本の樫を植樹するプロジェクトを実施、晩年には緑の党の結成にも携わっていた。筆記試験で頭に詰めこんだことを、紀久子は徐々に思いだす。

ここは寒河江の家だ。平屋の一戸建ての2Kで、六畳をアトリエ、三畳を住まいに使っているという。紀久子は縁側に腰かけ、アトリエのほうに顔をむけたとき、ヨーゼフ・ボイスが目に入った。

寒河江がキッチンからでてきた。アトリエを横切り、「はい、どうぞ」と紀久子の横に持っていたお盆を置く。途端に濃密なバラの香りが漂ってくる。

「なんです、これ？」

「バラの紅茶。クセがあるけれど、呑んでみて」

初対面の頃は丁寧語だったが、いつしか寒河江はざっくばらんな口調になった。そのほうが紀久子は気楽だったし、親しみを感じることができた。

「カップは木製ですか」

「天然の孟宗竹(もうそうちく)よ」

寒河江も縁側に座り、そのカップを手にとって、口につけた。自分があるひとなんだなと紀久子は思う。己が持つ意志と思想に沿って生きているのだ。それに反する事柄には屈せず、自分を貫き通す。だからこそ〈茜さす〉を離れ、自らのブランドを立ち上げたにちがいない。大らかで優しそうな顔で、性格もそのとおりだが芯は強い。内に秘めた熱き情熱を感じることもあった。

「黄色っていうよりも黄土色になっちゃったわね」

寒河江が言った。庭に干してある草木染めのことだ。

桑の葉と木を細かく裁断し、寸胴鍋で煮こむ。煮詰まったらザルで漉して、枝葉を取りのぞく。こうしてできた染液に、染料を繊維に定着させ、発色をさせる効果を持つ媒染剤を注ぎ入れる。この液とともにバンダナにトートバッグ、長袖シャツの三点を寸胴鍋に入れた。どれも紀久子が自宅から持ってきたものだ。ふたたび煮こみ、色が染み付いてきたところで取りだし何度か洗って、物干に吊るし、乾くのを待っているところだった。

「桑を取ってきたのが三日前なの。乾燥させて四割近く重さが減っていたけど、まだ水分が多かったから、あの色になったんだと思う」

「私は好きです、あの色」

「だったらよかった」

一週間前のことだ。寒河江から依頼を受けた発送用の箱のラフデザインが完成したので、リモートでやりとりをした。何点か訂正箇所はあったものの、概ねオッケーで、そのあとゴールデンウィークをどう過ごすのかという話になった。紀久子はふだんどおりのシフトでバイトをするだけだったが、ふと思いつき、職場にお邪魔してもかまいませんかと寒河江に訊ねた。

いいわよ。なんだったら自分で染めてみたらどう?　でもウチ、けっこう遠いからね。やんなって途中で引き返したりしないで。

寒河江は冗談めかして言っていたが、ほとんどハイキングだった。鯨沼をでて電車を乗り継ぎ、ＪＲ八王子駅から二十分以上バスに揺られ、着いたバス停からさらに十五分近く山道を登らねばならず、引き返しはしなかったものの、ちょっと後悔した。

五月の第一月曜の今日、陽射しは強く、汗だくになってしまった。以前、家賃が三万八千円だと聞いたときは、東京なのに莫迦に安いなと思ったが、ここなら納得だ。近所には店らしきものは見当たらなかったし、民家でさえ数える程度だった。縁側から見えるのは青空と新緑、聞こえるのは風に揺れる草木の音と鳥の鳴き声、ときどき微かに車かバイクのエンジン音がするだけだ。正直、紀久子の郷里よりも田舎である。昼間ならまだしも、夜になったらさぞや寂しいにちがいない。女ひとりで、よく暮らせるものだと心配にさえなる。

草木染めの作業の合間、新たな仕事の依頼も受けた。九月に西荻窪で個展と銘打ち、展示販売会をおこなう。そのためのポスターや招待状などのデザインをしてほしいと頼まれたのだ。

おっと、そうだ。紀久子は言うべきことを思いだす。

「先月末、名刺のデザイン料を入金いただいたのですが、でもあの、消費税込みの一万円のはずが三万円も入っていたのですが、あれはいったい」

「振り込むときになって、名刺のデザインとはべつにロゴマークの代金も払うべきだと思ったのよ。それが二万円。もっと払うべきだった？」

「いえ」紀久子は首を左右に振る。「二万円でじゅうぶんです」

「もっと欲張らなきゃ、この先やっていけないわよ」寒河江はフフフと小さく笑う。

「デザインコンペのほうはどうなったの？　ゴールデンウィークだったわよね」

「先週の火曜、おエライさんに、自分のデザインのプレゼンをしてきました」

〈長春花〉の創業百五十周年記念のお菓子のパッケージのことである。日本橋本店は五階建てのビルだったが、その入口は瓦の庇に格子戸、掲げられた横長の看板は一枚板で、右から左に〈長春花〉という店名が彫られていた。来年には百五十周年を迎える老舗にふさわしい、立派な店構えに、紀久子はすっかりビビってしまった。ブラック会社の頃のスーツを着ていったのだが、そのときになってズボンがつんつるてんで、しかも膝の部分がテカっているのに気づき、恥ずかしくてたまらなくなった。

「結果は今月なかばでして」

「手応えあった？」

「わかりません」

与えられた時間は二十分、そのあいだプレゼンをしたのは間違いないのだが、いまいち記憶がない。受けを狙った発言をしたつもりはないのに、何度か笑いが起きていた。きっと笑われたのだ。鴨モール店長の結城もいたものの、紀久子以上に緊

張しガチガチだった。おわったあと、感想を求めようとしたところ、抱きついてき
て泣くだけだった。
「バラがなくちゃ生きていけない」
寒河江が言った。その視線はヨーゼフ・ボイスのポスターにむけられていた。
「あのポスターのタイトルですよね、それって」
「そう。いい言葉だと思わない？」
「花屋にぴったりです。バラがいちばん売れますからね。まさに花屋はバラがなく
ちゃ生きていけません」
これが寒河江にはツボだったようで、彼女にしては珍しく、声をあげて笑った。
「言い得て妙ね。それだけ売れたバラが社会を彩っているわけか。だとしたらまさ
に私達はみな芸術家だわ」
その解釈が正解かどうか、紀久子にはわからなかった。ポスターのヨーゼフ・ボ
イスは困った顔をしているように見えなくもない。
「紀久子さんにとって、なければ生きていけないものってなぁに？」
「やっぱりデザインではないかと」
自分で言ってこそばゆくなる。でも事実だ。アパートの一室で思考を巡らし、さ
まざまなアイデアを鉛筆で描いたり、パソコンでデザインしたりすることが、いち
ばん楽しいし、本当の自分だと思える時間なのだ。

「歳はいくつ？」

「じきに二十六歳ですが、それがなにか」

「私はおなじ歳で、小谷と会社を立ち上げたわ。紀久子さんも自分で事務所を開いたら？」

「でも私なんて、なんの実績もありませんし」

「私達にもなかった。あったのは根拠のない自信だけだった。でもまあ、喧嘩別れして、会社を追いだされたほうの人間が言っても説得力はないか」

寒河江は口角をあげた。無理して笑う、その哀しげな表情を見て、紀久子は少し切なくなる。

「もし事務所を開くとしたら、こういう名前はどうだろって考えてみたら？　私なんか中学生の頃からずっと、自分のブランドの名前をいくつも考えていたわ。紀久子さんだったら、ロゴもつくれるでしょ。おやりなさいな。そうしているうちに、ひとつやってみようかって気になってくるものよ」


キクちゃん、今日帰って、なんかすることある？

とくにないよ。

片岡瑞穂の問いに、紀久子は答えた。自転車に乗ったふたりは、畦道を並んで走っている。高校からの帰り道にちがいない。

だったらポスター、見にいかない？

県庁所在地の駅構内に貼りだされた、男性アイドル五人組の等身大ポスターだと、紀久子はすぐに気づいた。それだけではない。それを見て、グラフィックデザイナーになったらどうかと瑞穂に勧められることもである。

そうか、これは夢なんだな。

畦道を抜けると、四車線の国道にでた。並走できないので、瑞穂が先にいく。すると彼女が歌を口ずさんでいるのが、聞こえてくる。きのこ帝国の『桜が咲く前に』だ。リリースされたのは、高校を卒業したあとのはずだ。でも紀久子は瑞穂がこの歌を唄うのを聞いたことがある。瑞穂が就活のために上京し、紀久子のアパートに幾日か泊まったときだ。そして就活にむけての決起集会と称して、ふたりでカラオケボックスにいって、瑞穂が唄った。紀久子もいっしょに唄おうとする。でもどうしても歌詞が浮かんでこなかった。

そこで紀久子は目覚めた。電車の中で、座席に座っていると気づくまで、少し時間がかかった。もしや乗り過ごしたかと思い、車内アナウンスに耳を澄ます。鯨沼駅まであと三駅あった。寒河江の自宅からの帰り道である。五時を回っても、日が延びてきたせいでだいぶ明るい。

スマホを取りだすと、ＬＩＮＥが何通か届いている。そのすべてが、なんと瑞穂からだった。

〈東京に出張することが急遽、決まったんだ。できれば明後日の夜から土曜の朝まで、キクちゃんのアパートに泊めてくれない？〉

「ごめんね、キクちゃん。一昨日のＬＩＮＥにも書いたけど、ほんと急遽決まってさ。ほら、覚えてる？　年末年始も私、いきなり九州へ出張にいくことになったじゃない？　あんときとおんなじで、今回も直属の上司のピンチヒッターなんだ。前は雪道で転んで右腕を骨折したんだけど、今回は自宅の風呂場で転んで左手首と右足首を骨折しちゃったんだよ。どうかしてるでしょ？」

ゴールデンウィークが明けた五月第一水曜の夜、十時過ぎに、瑞穂は紀久子のアパートを訪れた。靴を脱いであがってくるなり、一気に捲し立てた。

「ここまでの道、よく覚えていたね」

十分ほど前、鯨沼駅に着いた瑞穂とＬＩＮＥでやりとりをした。〈迎えにいくよ〉と紀久子は申しでたのだが、〈だいじょうぶ、たぶんいける〉と答え、実際にこうして辿り着いたのである。キャリーバッグをキッチンの端に置いてから、瑞穂は答えた。

「地図は読めないけど、一度通った道は覚えているんだ。高校んとき、言わなかったっけ？」

聞いた覚えがなくもない。

「お風呂入っていい？」

「追い炊きするから五分くらい待って」

「追い炊きしながら入っちゃう」

そう言いながら、瑞穂はキャリーバッグを開き、寝間着代わりのスウェットや肌着を取りだしていた。

「ご飯は食べてきたんだよね」

「うん。基本、九時以降は食べ物を口に入れないようにしているし」

「明日は朝、何時？」

「有楽町にウチの県の物産館があるのわかる？」

「わかる。駅前のビルだよね」どうしても郷里の味が味わいたくて、何度か足を運んだことがある。

「そこで我が一八十の新作蒲鉾を試食販売するんだ。九時前に着くには、ここを七時にでればいい？」

「七時半でもじゅうぶん間に合う」

「キクちゃん、明日は木曜だから定休日でしょ。私のことは気にしないで、寝てていいよ」

「休みじゃないよ。ウチの店、明日から〈ちょっと早め便〉っていうのもやるんだ。母の日当日よりカーネーションの値段を五パーセント引きで配達することにしたら、けっこう好評でさ」

「バラの車で？」

「うん。っていうかさ、どうしてここで服を脱いじゃうわけ？」

「私ん家は下着まで脱いでから風呂場にいくのがふつうだって、前にきたときに言ったでしょ」

「自分の家の変なルールを持ちこまないでって、そんときも私、言ったじゃない」

そう注意はするものの、紀久子は本気で嫌がっているわけでもなかった。

入浴中の瑞穂は『金木犀の夜』、『東京』、『桜が咲く前に』ときのこ帝国の歌をつづけざまに唄っていた。とりわけウマくはないが、好きなだけあって音程を外すことはない。その歌声を聞きながら、紀久子はタブレットの上でタッチペンを走らせていた。寒河江に承諾を得た発送用の箱はすでにデザインを完成させ、印刷所に入稿し、来週には見本ができあがる。いましているのは、西荻窪でおこなう、個展のポスターのデザインだ。草木染めをしてつくった服の数々を、寒河江自らアトリエで撮影し、インスタグラムにアップしていた。この写真を何枚か構成して、ポスターにするつもりなのだが、いまいちありきたりで面白くない。ポスターというよりもカタログにしか見えなかった。

これじゃあ、どこに貼っても、だれの目も引かないよな。だいたい展示する服が草木染めだって、見たひとがわからなくちゃ意味ないし。だとしたら、ありものの写真じゃなくて、コンセプトにあった写真を撮り下ろしたほうがよかないか。

「やっとるねぇ。感心、感心」背後で瑞穂の声がした。振りむけば自前のスウェットで、頭にはタオルを巻いた彼女が、タブレットを覗きこんでいた。「なんのポスター？」

紀久子が寒河江の個展について話すあいだ、瑞穂は対面に腰をおろすと、持参したポーチから数種類の化粧品と折り畳みの鏡をだし、スキンケアをはじめた。以前、泊まりにきたときもそうだった。コンタクトレンズを外すと、洗面室兼洗濯室兼脱衣室の鏡ではまるで顔が見えないと言うのだ。寒河江の家が東京とは思えぬ、ど田舎だった話まですると、瑞穂は化粧水を頰に沁みこませながら笑った。さらに寒河江から事務所を開いたらどうか、ひとまず事務所の名前だけでも考えてみたらと、勧められた話をしたところだ。

「わかった」

瑞穂が声を張りあげた。顔が真っ白なのは美肌になるためのシートマスクを貼り付けているからだ。

「なにがわかったの？」

「キクちゃんがデザイン関係の会社を落ちつづけた理由だよ。みんな天才キクコの才能に恐れをなして、採用しなかったんだ」

「そんなわけないでしょうが」

「ぜったいそうだって。伏線は回収され、謎はすべて解けた。となれば草木染めのオネーサンの言うとおり、個人事務所を開くしかないよ。カッコイイじゃん。で？　事務所の名前は考えた？」

　まだだよと答える前に瑞穂が言う。

「ミズホカンパニーは？」

「なんであんたの名前なんよ」

「だって私の勧めでデザイナーの道を選んだんでしょう？　このあいだは恨むどころか感謝しているって言ったじゃない。なんだったら私、美人秘書やってあげてもいいよ」

「自分で美人言うな」

　そこでお互い顔を見合わせて笑った。いや、笑ったのは紀久子だけだ。瑞穂はシートマスクのせいで、笑うに笑えなかったのである。

「なんか高校のときに戻ったみたいだね」

　笑いおえたあと、紀久子はしんみりと言う。

「こんなふうに、たわいない話を延々してたもんな」瑞穂もしめやかな口調になっていた。

「退屈で暇を持て余していたし。いつになったら、ここから逃げだせるのだろうとずっと思っていたのにさ。卒業して大学いって、社会人になったいま、キクちゃんといつもいっしょにいたあの頃が、懐かしくてたまらないんだ。汗と涙もなければ、色恋沙汰も皆無だった、しょぼくてイケてない青春だったけど、それでも私達は輝いていた」

瑞穂の話を聞きながら、紀久子は一昨日、電車の中で見た夢を思いだす。女子高生だったふたりはキラキラと眩しいくらいに輝いていた。

「ほんとはね、私、東京で一社だけ、内定もらってたんよ」

「そうだったの？」はじめて聞く話だ。

「社員が十人にも満たない、小っちゃな広告代理店だったんだ。でもとってもやりがいがありそうだし、なによりも東京だったら、キクちゃんといられると思ったんだけど、親に猛反対されたんよ。そんなんいつ潰れてもおかしくないとこで働くなんてまかりならんって。そんとき一八十の内定ももらっていたし、泣く泣く諦めたんだ。だから私、キクちゃんが東京から戻ってくればいいのにって、ずっと願ってたんよ。そうすれば高校のときほどではないにせよ、ときどき会えるやろ。だから去年の秋、キクちゃんのママから、キクちゃんが会社をやめて、花屋で働いているって聞いて、チャンスだと思った。あんとき電話をしたのは、地元に帰ってくるよう、説得するつもりだったんよ」

「でもそんな話、一言もしなかったよね？」

「その前にキクちゃんが、グラフィックデザイナーになるのをあきらめたわけじゃないって言い切ったからだよ。覚えとらん？」

覚えている。でもあれは弱みを見せてはいけないと粋がっただけに過ぎない。

「キクちゃんは東京で自分の夢を叶えようと頑張っている。なのにそれを邪魔しようとした自分が、恥ずかしく思えてたまらなかった。なにをどうしたって、高校の頃とおなじになれるはずがない、いま大切なのは、前に進むことなんだって気づいたんよ」

「私も気づいたことがある」

「なぁに？」

「顔にシートマスクを貼っている人間が、どんなにイイ話をしても、いまいち入ってこない」

「おいっ」

「嘘、嘘」と言うと同時に、紀久子は頬を熱いものが伝っていくのを感じる。

「やだ、キクちゃん」シートマスクを外してから、瑞穂が言った。「泣いてるの？」

「ちがう」紀久子は慌てて手の甲で涙を拭う。「長い時間、タブレットを見つめていたせいで、目が疲れていたからだよ。瑞穂こそ涙が溢れているのはなんでさ」

「キクちゃんが泣いてるから、釣られて泣いちゃったじゃない」

「ひとのせいにしないでちょうだい」

紀久子は笑いだしてしまった。瑞穂も笑っている。高校時代も似たようなことがよくあった。そう思うと懐かしさに泣けてくるのに、笑いが止まらなかった。

　翌朝、瑞穂と朝食を共にし、七時半前に彼女がでていくのを見送ったあと、紀久子も川原崎花店に出勤した。定休日返上の今日、早番は紀久子の他に、李多と深作ミドリの三人だ。バックヤードで水替えと手入れをおこない、売場を掃き掃除しているうちに開店十分前となり、店頭にカーネーションをわんさか運びだし、並べていった。そして紀久子は鯨沼駅までいき、川原崎花店の全景をスマホで撮り、〈母の日まであと三日！　当店では母の日のアレンジメント、ブーケ、花束など各種取り揃えていますので、ぜひご来店ください〉と一文を添え、ツイッターとインスタグラムにアップした。

　店に戻ってから、今度はカーネーションにスマホをむけた。〈今日のオススメ〉は先週の日曜からずっとカーネーションだが、毎日、色を変えている。白は私の愛情は生きている、ピンクは感謝、気品、オレンジは熱烈な愛という具合に、色によってちがう花言葉もキャプションに書きこんでいた。困ったのは昨日の黄色で、花言葉は軽蔑、嫉妬だったのだ。これを見て買おうと思うひとはいるまい。そこで紀久子は〈ぐーたらな私を軽蔑しないで、ママ！　ママの美しさにはいつも嫉妬します！という気持ちをこめて送ってみてはいかが？〉と書き込んでおいた。するとなぜか、他の色よりもいいねをたくさんもらった。今日は青、花言葉は永遠の幸福だ。

「キクちゃん、ごめん」李多が詫びながら、レジカウンターからでてきた。「釣り銭がどれも切れそうだから、銀行で両替してくるね。すぐ戻ってくるけど、そのあいだ、ミドリちゃんとふたりでブーケつくりながら、店番してて」

「了解です」

ミドリはすでに売場の作業台でブーケをつくっていた。彼女がここで働きはじめて、まだ一ヶ月経っていない。週四回、ただし大学生なので、平日は授業がはじまる前、あるいはおえてからの四時間から五時間だ。今日は午前八時に入り、午後一時までだった。

「君名さん」

「え、なに？」

並んでブーケをつくりだしてすぐ、名前を呼ばれ、紀久子はドキリとする。ただでさえ彼女とふたりきりだと緊張を強いられた。生意気でトゲトゲしいのは相変わらずで、紀久子が相手だと、さらに際立つように思えるからだ。

「このハートのカードって、君名さんがデザインしたんですよね」

「そうだけど」

川原崎花店では母の日の商品すべてに、〈MOTHER'S DAY〉という文字が入ったハートのカードが付いている。花束であれば花そのものに紐で掛け、鉢であれば切った枝木にクリップで留めて土に挿してあった。そこに母親へのメッセージを書き込めるようにしてある。いまミドリとつくっているブーケにも付けていた。紙自体は赤、文字は金の箔押しと、ショップカードよりも豪華で一枚あたりの単価がだいぶ高い。それでも李多はオッケーをだしてくれた。

ん？

ミドリのつぎの言葉を待っていたが、彼女は黙々と作業をつづけているだけだった。

確認だけ？　マジで？　出来についてなにか言われるかと思って、身構えちゃったじゃんか。

「それと」ミドリがふたたび口を開く。「その長袖シャツ、いい感じの色ですね」

「あ、うん」ちがう話かと思いつつも、突然の褒め言葉に、紀久子は少し戸惑う。

「どこで買ったんです？　古着屋ですか」

「通販だよ。元は白だったのを、桑の葉と木で染めたんだ」

「自分で？」

「それはそうなんだけど」と紀久子は〈衣通姫〉の寒河江について話した。三日前、彼女の自宅を訪ねたこともだ。ところがまた、ミドリは相槌さえ打たずに黙っている。なんだよ、まったくと思っていたところだ。

「今度いくときがあったら、私も連れてってください」

「え？　どうして？」

「私も草木染めをやってみたいんです」

あんたができて、私ができないのは不公平だと言わんばかりである。

「わかった。今日の昼休み、寒河江さんに電話するからさ。ついでに訊いておくよ」

寒河江の個展のポスターについてだ。ありものではなく、撮り下ろしの写真でつくりたいという意向を伝えようと思っていたのである。

「お手数かけますが、よろしくお願いします」

莫迦に丁寧だが、しおらしいわけではない。あいかわらず素っ気ない口調だ。だが不思議と腹はたたなかった。

そう言えば。

「深作さん、一眼レフ持っていたよね」

「なんで知っているんです?」ミドリは怪訝な顔つきになる。警戒しているようにさえ見えた。

「以前ここにきたとき、首からぶら下げていたじゃない?」

「そうでしたっけ。でもそれがなにか?」

「腕前のほうはどう?」紀久子はわざと挑発的に言ってみる。

「絵の資料を撮るだけですが、人並み以上です」

あっさり挑発に乗るミドリを紀久子は愛おしくさえ思う。

「だったら私の仕事、手伝ってくれないかな」と言ってから、紀久子は寒河江の個展のポスターのことを話した。

「どんな写真を撮ればいいんですか」

　よっしゃ、乗ってきたぞ。

「ちょっと待って」内心でほくそ笑み、それが表情にでないようにしながら、紀久子はエプロンのポケットからスマホを取りだす。「これは寒河江さん家にいったときに撮影したんだけどさ」

　いま着ている長袖シャツを、彼女の庭先で干している写真を見せたところ、「東京なんですか、ここ？」とミドリは当然の疑問を口にした。

「私もいってみて驚いた。ウチの実家より田舎なんだもの。でさ、庭のむこうがいい具合の雑木林で、これを背景に寒河江さんがつくった草木染めの服を何着か並べて、これとおんなじように物干竿に干して、それを写真に撮って、ポスターに使ったらどうかなと思ったんだ」

「新緑の雑木林に似た、緑系統の服を並べたらよくないですか。そうすれば自然の中から取りだしてきたような印象を、見るひとに与えられると思うんですが」

「おぉぉぉ」紀久子はつい感嘆の声をあげる。「ナイスアイデア」

「だれでも思いつきます」

　そう言いながら、ミドリが微かに笑っているのに、紀久子は気づいた。しめしめと思っていると、レジカウンターの中で壁掛けの電話が鳴った。

「私、でます」とミドリが受話器を取る。「はい、川原崎花店です。店長はでかけておりまして。はい。君名ですか。少々お待ちください」

「カーネーション、カーネーション、オカーサンにカーネーションをカーイマショ」

歌を唄いながら蘭くんが川原崎花店に入ってきたのは、昼の一時過ぎだった。売場には紀久子と、大学へいったミドリと入れ替わりに遅番の芳賀がいた。李多は一時半までランチで、それが済んだところで、紀久子は配達にでかける予定だ。おなじ頃に光代さんが訪れる。カーネーションだけの単品束、カーネーションとべつの花を束ねたセット束、〈フラワーブレイク〉の母の日バージョン、〈花天使〉経由のアレンジメント、ブーケなどつくらねばならないものは山ほどあるからだ。いまは芳賀と並び、売場の作業台で川原崎花店オリジナルの完全予約制のアレンジメントをつくっていた。

「よぉ、ハガ」

「どうした、蘭くん。お母さんは？」

「ぼくもショーガクセーだからね。ひとりでカイモノにきたんだ」

「なにを買いに？」つづけて芳賀が訊ねる。

「カーネーション」

「だったらこのあいだ、お父さんがアレンジメントを予約していったぜ。母の日当日お引き取りで」

「それはぼくのママ。きょうはちがうの。ママのママとパパのママのなの。つまりぼくのオバアサンふたりのってこと。ほんとはパパがママのをヨヤクしたときにするはずだったのに、わすれちゃってさ」

　そこで昨夜、蘭くんのパパはスマホを使って、〈花天使〉のサイトから注文しようとしていた。それを蘭くんが目敏く見つけ、ぼくが川原崎花店で注文をしてくる、ひとりでもだいじょうぶだから安心して、と申しでたのだという。じつを言えば、紀久子はその話を蘭くんのママから聞いていた。開店直後の電話は彼女からだったのである。

　そういったわけで、息子をひとりで店にいかせますので、何卒よろしくお願いします。それと私から電話があったことは蘭には言わないでください。ぜんぶ自分ひとりでできたと思わせたいので。

「ママのウチはチバで、パパのウチはセンダイなんだけど、まだまにあうかな」

「じゅうぶん間に合うよ」答えたのは芳賀だ。

「じゃあ、これ」蘭くんは斜め掛けしていたボディバッグを開き、取りだした紙を紀久子に差しだしてきた。「オバアサンたちのなまえとジューショ、デンワバンゴーなんだ。わるいけどキミナさん、チューモンヒョーをかいてくんない？」

「わかった」

「ハガにもおねがいがある」

「なんだい」

「ぼく、パパのおつかいをするイイ子だろ。だからゴホービをかっていいって、パパにいわれているんだ」

　このことも紀久子は蘭くんのママから聞いている。

「ハガのオススメの花はある？　あるならおしえてよ」

「そうだな」芳賀は手を休め、作業台から売場へでていく。「蘭くんはニゲラの花を覚えているか」

「カイジューみたいななまえだから、よくおぼえているよ。花びらがほんとはガクで、はっぱがイトみたいな花でしょう？　ぼく、あの花すきだ」

「ニゲラの花じゃなくて実があるんだ」

　その実は風船のようにふっくらしていて、カタチはラグビーボールに近い。緑と茶色のストライプが縦に入っており、その頭には、総苞片（そうほうへん）だった部分がツノのような突起物として残っていた。

「カッコイイ」ニゲラの実に顔を寄せ、蘭くんは鼻息を荒くした。

「これを見て、外国のひとは茂みの中の悪魔と呼んだそうだ」

「カイジューじゃなくてアクマだったんだ。ぼくへのゴホービはこれにするよ」

　蘭くんが言うと、芳賀は花桶からニゲラの実を二本取り、レジカウンターへ持っていく。

「キミナさん、チューモンヒョーかけた？」

「書けたわよ」

「それじゃあ、オバアサンたちのお花と、ぼくのゴホービのおカネをいっしょにして。これではらうよ」蘭くんはボディバッグからスイカをだす。「レシートちょうだいね」

蘭くんが支払いを済ますと、芳賀もニゲラの実のラッピングをおえていた。

「はい、どうぞ」

「ありがと」ニゲラの実を受け取り、礼を言ってから、「シンイリさんは、ちゃんとオシゴトできるようになった？」と蘭くんは訊いてきた。

ミドリをウチの新入りさんと紹介したのは、光代さんだ。そのとき名前も教えたのだが、蘭くんはミドリをシンイリさんと呼んだ。本人にむかってもだ。だがミドリはそれを訂正しなかった。

「ちゃんとハガのかわりができる？」

「できるさ」

芳賀が太鼓判を押す。嘘ではない。ミドリはバイトをはじめてひと月経っておらず、シフトの時間も短めなのにすでに立派な戦力となっていた。勘所がよく、一度教えたことはぜったいに忘れない。さらには手先も器用だった。今朝もきめ細かなつくりのブーケを、手早くつぎつぎとつくりあげ、量産しているといっていいくらいだった。

「でもシンイリさん、いつもおこったようなカオをしていて、ちょっとこわいんだ。カワイイのにもったいないって、パパがいってた」

「あの子は愛想笑いができないんだ」

「なぁに、アイソワライって？」

「ひとに好かれようとして、無理に笑うことさ。それだけ自分に正直なんだ」

「そうか。じゃあ、しょうがないな」

「だけどお客さんに接するときはもう少し笑っていたほうがいいのはたしかだからな。注意しておくよ」

「ハガはいつ、ここをやめて、ホッキョクにいっちゃうんだ？」

蘭くんはなおも芳賀に話しかけた。どうやら別れ難いらしい。

「来週の水曜にやめて、今月のおわりにいく」

「きょうはモクヨーで、キン、ドー、ニチ」と蘭くんは指折り数えだす。「ゲツ、カー、スイ。あと六ニチだけか。これからマイニチあいにきてやってもいいぞ」

「ぜひきてくれ。俺も最後のご奉公で、おわりの日まで最後まで出勤しているからさ」

「なあ、ハガ」

「なんだい」

「花はおもしろいな」

「どこがおもしろい？」

「ぼくがいちばん、おもしろいとおもったのは、花びらだとおもっていたのが、ほんとは花びらじゃなくて、ガクやホウだったこと。ニゲラの花びらがそうだけど、クリスマスローズにアジサイ、クレマチス、アネモネなんかの花びらもガクだし、チューリップだって花びらが六まいにみえるけど、ソトガワの三まいはガクだもんね。ホウが花びらにみえるのはハナミズキにカラー、ブーゲンビリア、それにミズバショウ。じぶんがそうだとおもいこんでいたことが、じつはそうじゃないところが、おもしろくてたまらない。だからさ、ハガ。ぼくもっとベンキョーをして、ハガとおんなじ花のハカセになろうとおもう。どうすればなれる？」

「農大か農学専攻の大学院に五年以上在学して、定められた単位を取得のうえ、必要な研究指導を受け、なおかつ博士論文の審査および試験に合格すれば、博士学位は取得できる」

「それってようするに、いっぱいベンキョーするってこと？」

「そうだ。でもいちばん大切なのは、いつも花について考えていることだ。だから蘭くんはいまのままでいい」

「わかった。なあ、ハガ。ぼくとあえなくなるのは、さびしいか」

「そりゃ寂しいさ」

「ぼくはさびしくない」

「どうして?」紀久子は思わず口を挟んでしまう。

「いくらとおくてもホッキョクは、おなじチキューでしょ。ホッキョクの空もクジラヌマの空も、おなじ空だからね。空をみあげれば、さびしくなんかない」

芳賀が虚を衝かれた顔つきになった。本気で驚いているようである。

そのときだ。

「あ痛たたったた」バックヤードから妙な声がした。驚いた蘭くんがびくりと身体を震わせる。「たたたた助けてぇぇ」

光代さんにちがいない。去年の九月、まるきりおなじことが起きたのを紀久子は思いだした。


「母の日のプレゼントを予約なさっていない方は、大変申し訳ございませんが、どうぞこちらにお並びください。写真付きのカタログをお配りしますので、できれば先にお選びいただき、お申しつけください。よろしくお願いします」

さすがは野球チームのキャプテン、張りがあって通る声をしていた。馬淵先生の孫娘、千尋は学校へ通うときとおなじジャージ姿で、川原崎花店に訪れる客をきちんと誘導している。開店して十分も経たないうちに、店頭から大型スーパー側にある一方通行の道へと十数人が並んだ。そのひと達に千尋は、紀久子が二日前に急拵えしたカタログを配っていく。

千尋が川原崎花店に姿をあらわしたのは、昨日の午前中だった。馬淵先生経由で、光代さんが魔女の一撃を食らったのを知り、私になにかできることはありませんか、なんでもお手伝いしますと言いにきたのである。あまりの熱意に、ちょうど居合わせた李多はすっかり気圧され、案内係をお願いしたのだ。

「千尋ちゃん、がんばってぇ」

「ありがとうございます」

ひとみママの突然の声援に、千尋は戸惑いながらも礼を言った。

ここは車庫だ。シャッターを全開にしているので、千尋の奮闘する姿が見える。壁に貼った鯨沼近郊の地図の前に、紀久子、ひとみママ、そして瑞穂の三人が立っていた。

三日前の木曜、光代さんは川原崎花店に出勤し、バックヤードから入ってから作業に取りかかろうと、屈んだ途端、ぎっくり腰になってしまった。ふだんであれば李多と芳賀、紀久子、そしてミドリもいるので、光代さんの穴をなんとか埋められるだろう。だが母の日ともなると、そうはいかない。なんといっても花屋としては一年のうちでいちばん忙しい日なのだ。

今回、いちばんの問題は配達だった。通常の五倍もあって、紀久子ひとりでは配達しきれない。そこで李多がミニバンを発動し、店は光代さんが仕切るはずだった。光代さんが不在となると、その代わりを李多が務めねばならない。では李多の代わりに、だれが配達すればいい？

という話をその夜、アパートに帰ってからグチったところ、瑞穂がこう言った。

私がやろうか。

そう言えば大学合格の直後、ふたりして合宿教習所で免許を取得していたのを紀久子は思いだした。聞けば瑞穂は大学へ車で通い、社会人になってからは営業なので、ほぼ毎日、社用車で地元を走り回っているという。

できれば鯨沼のひとに助手席でナビしてもらうと、よりスムーズに進むと思うんだけどね。

すぐさま李多に電話をかけ、瑞穂の話をしたところ、ぜひお願いしたい、もちろん日給は払うとのことだった。そして瑞穂が希望するナビは、ひとみママに決まった。というのも李多はそのとき、〈つれなのふりや〉で呑んでいたのである。

配達は鯨沼駅の北側を紀久子が、南側を瑞穂とひとみママでおこなう。北側にはキラキラヶ丘団地があり、お届け先の七割方がここだった。団地の敷地内を走るには、ミニバンより電気三輪自動車であるラヴィアンローズのほうが小回りが利くし、狭いところへ入っていける。午前に一回、午後に二回と三回に分けて配達をすることにして、一回目の荷物を積みおえ、いよいよ出発のときとなった。

　昨日、お届け先のリストを渡し、ひとみママと瑞穂のふたり、ミニバンで回っている。今日のためのリハーサルだ。準備万端と言っていい。ふたりともやたら張り切ってノリノリだった。

「高校んときお世話になった香川先生に、こんなカタチで恩返しできる日がくるなんて、思っていなかったわ」

「私もキクちゃんの力になることができるなんて、光栄だよ」

　ひとみママは〈つれなのふりや〉で会うときよりも化粧が薄く、パーカにジーンズというでたちで、いまのほうがずっと若く見える。瑞穂は紀久子が貸した黒白のボーダーシャツと七分丈パンツだ。スーツの他は寝間着代わりのスウェットしか持ってきていなかったのである。

「食事は三階に準備してありますので、適当な時間に戻って、お摂りください」

「芳賀くんのカレーなんでしょ?」ひとみママがうれしそうに言う。「噂はかねがね伺っていたから、一度食べてみたかったのよねぇ」

　紀久子も楽しみにしている。芳賀自身は水曜までいるものの、おかず当番は今日がラストなのだ。

「慌てる必要はありません」紀久子は言った。瑞穂とひとみママにむかってではあるが、自分自身にも言い聞かせる。「大切なお届けものですので、丁寧なお取り扱いをお願いします。そしてくれぐれも安全運転を心がけてください」

「了解っ」「ラジャーッ」

駄目だ。死ぬかもしれん。

ハンドルに重ねた手の上に額を乗せ、紀久子は思う。

午前中、一回目の配達は鯨沼商店街を中心に回り、順調だった。午後一時には店に戻り、ランチを摂ってから二回目の配達にでた。

キラキラヶ丘団地は相変わらず手強い相手ではあった。なにしろいずれの棟も五階建てで、エレベーターがないときている。バイトをはじめて一年足らず、足腰はだいぶ鍛えられ、肺活量もアップした。棟と部屋の番号を間違えることもゼロに近い。だがとんでもないミスを犯してしまった。ランチで芳賀のカレーを食べ過ぎたのである。

わかっていたはずだぞ、紀久子よ。なのにどうしておまえは、おいしいからと言って、三杯もカレーを食べた？

今日はぜんぶで七人、しかもみんな一日通しということもあって、芳賀はいつもの倍以上の量のカレーをつくり、大小さまざまなタッパー八個に入れて持ってきていた。どうせ夜にもまた食べるのだから、一杯で抑えておけばよかった。なのに気づいたら三杯食べていた。あきらかに食べ過ぎだった。

二棟つづけて最上階へ配達したところ、胸がむかつきだした。そしてラヴィアンローズに辿り着き、つぎの配達場所である棟へむかおうとしたところで、お腹に差し込むような痛みを感じ、そのまま動けなくなってしまった。死なないまでもピンチであることには変わりがない。

「だいじょうぶですか、君名さん」

聞き覚えのある声に、紀久子は顔をあげる。伊福部だった。帆布バッグを斜めにかけ、白のコットンシャツにチノパンの彼が、運転席をのぞきこんでいた。

「ちょっと休んでいただけです」カレーを食べ過ぎて、具合が悪くなっていたとは言いづらい。「伊福部さんはどうしてここに？」

「先月、満天星が読めたご褒美として押し花の栞をいただいたのをきっかけに、本を読むようになりましてね。団地内にある図書館で古事記と日本書紀、それと雨月物語を借りてきた帰りなんです。この車を見つけて、あなたに会えるかと思って近づいたら、ハンドルに顔を伏せていたので、どうしたのかと思って」

「し、心配していただいてありがとうございます」

「今日は母の日で、配達する数が半端じゃないんでしょう？」

伊福部はゴールデンウィーク中、川原崎花店を一度、訪れていた。母の日のアレンジメントを〈花天使〉で送る注文をしにきたのだが、そのときにいまの話を紀久子がしたのである。

「思ったよりも体力を消耗してしまって」

「なんでしたらお手伝いしましょうか」

「ほんとですか」うれしさのあまり、大声をだしてしまい、紀久子は慌てて取り繕う。「あ、いや、でもそんな申し訳ないです。折角の日曜なのに」

「日曜でもこれといってすることないんで」

「まだカノジョ、できないんですか」

「できませんねぇ」伊福部はしみじみと言う。「がんばってどうにかなるものではなかったんだなと、最近気づきました。職場の仲間にマッチングアプリや婚活パーティーを勧められるのですが、いまいち抵抗があって、どうしたものかと悩んでいます。あ、いや、ぼくのことなんかどうでもイイんです。ぜひ配達を手伝わせてください。こう見えてもぼく、高校大学の七年間、ボート部でしたし」

そんな撫で肩で？　と紀久子は危うく言いかけた。ボートを漕ぐのに関係ないのか。

「いまもローイングマシンで鍛えています」

「なんですか、ローイングマシンって」

「こんなふうに」伊福部は軽く握った両手を並べ、前後に動かした。「ボートを漕ぐみたいにして、身体を鍛える器具です。足腰には自信あります。つぎはどの棟へ配達にいくのか、おっしゃってください。ぼく、先にいってますんで」

胸のむかつきとお腹の痛みは、まだ治まりそうにない。ここはひとつ、手伝ってもらうとしよう。

「でしたら三つ先の東八棟に」

「わかりました」伊福部はシャツの袖を左右とも捲りあげる。「すみません、バッグだけ預かってもらえますか。走るとずり落ちちゃうんで」

伊福部の言葉には嘘はなく、紀久子の一・五倍の速さで階段を上り下りしても、まるで疲れは見せなかった。理系と思いきや、体育会系との二刀流男子だったわけだ。

紀久子は一時間もしないうちに快復した。ところがもうだいじょうぶですと告げても、乗りかかった船ですからと伊福部は続行し、結局はふたりで配達してまわった。自分の指示どおりにテキパキ動く彼の姿は、見ていて清々しいくらいだった。おかげで三時間かかると予想していた配達は、半分以下の時間でおわらせることができた。

「ありがとうございました」

「もうオシマイですか。残念だなぁ」

伊福部は冗談半分本気半分の口ぶりだった。三回目の配達もあるが、それまで手伝わせるわけにもいかない。

「なにかお礼をさせてください」

「お礼だなんてとんでもない。困ったときはお互い様ですし、お礼をしたいのはこちらのほうです。こんだけ身体を動かしたのはひさしぶりで、ハイになっているほどです。ほんと楽しかった」

「あ、待ってください」立ち去ろうとする伊福部を紀久子は慌てて引き止め、ラヴィアンローズから帆布バッグをだした。「これ」

「そうでした。ありがとうございます。では」

その必要もないのに、伊福部は駆けだしていく。伸びやかでキレイな走りだ。そのうしろ姿を紀久子はしばらく見つめていた。

「ミドリちゃんってお酒呑めるの?」

「呑めます」レジカウンターの中にいる李多に訊かれ、ミドリは少しむくれながら答えた。「誕生日が昭和の日なんで、もう二十歳になりました。私が生まれたときはみどりの日でしたが」

「だからミドリって名前なわけ?」と紀久子。

「そうです。いけませんか」

「いけなかないけど」

そう答えながら、ミドリの安定のトゲトゲしさに紀久子は笑ってしまう。寒河江に連絡をして、今度の木曜にミドリといく。紀久子はそれが少し楽しみだった。

川原崎花店は一時間延長し、九時に店を閉じた。ふだんの日曜の夜など六時過ぎに、ぱたりと客足が止むのに、閉店まで店は賑わい、間際に十人ほど滑りこんできたほどだった。李多によれば、今日一日の売上げは昨年の二割増しだったという。

ウチの店で打ち上げしましょうよ、とひとみママが言いだし、ミドリはお酒が呑めるのかどうかという話になったのだ。ちなみに千尋は百花が迎えにきて、六時前に帰っている。

「李多さん、ほんとにいかない？」ひとみママが惜しそうに言う。

「無理だって。明日は朝四時にここをでて市場にいかなくちゃいけないからさ。みんなで楽しんできて。芳賀くん、送別会は改めてするね」

「わかりました」

「瑞穂さん、今日はほんとにありがとう。とても助かったわ」李多は茶封筒を瑞穂に差しだす。「これ、些少だけど」

「私、そんなつもりは」

「受け取って」と言ったのはひとみママだ。「私は前払いでもらっているんだ。あなたが受け取らないと、私も返さなきゃならない」

「では遠慮なくいただきます」

「それじゃみんな、私の店へレッツゴーッ」

「ごめん、私、李多さんに話すことがあるんで、少し遅れてく」

伊福部に配達を手伝ってもらったことを、まだ話していなかったのだ。

「ちょうどよかった」そう言いながら、李多はエプロンからスマホをだしていた。「私もキクちゃんにちょっと話があったんだ」


「キャッホォォォオォオオオオォ」

海の上を飛びながら、ひとが叫んでいた。もちろん自力ではない。足に付けたゴツい装置から水が吹きだして、その水圧で飛んでいる。まずはこれを見てと、李多が自分のスマホを紀久子にむけてきたのだ。

「これって李多さんのお母さんですか」

「そのとおり。あのひとのフェイスブックにあがっていた動画。はじめのうちは一メートル足らずだったのに、いまでは七メートルまで飛べるようになりましたって、自慢げに書いてあった」李多は画面をタップし、スマホをエプロンのポケットに入れた。「昨日の晩、いきなり電話してきてさ。キクちゃんがデザインコンペに参加したはずだけど、その後どうなったか、本人に訊いてくれって言われたんだ」

「本社にいってプレゼンしてきました。でも結果はまだです」

「手応えはあった?」

「わかりません。プレゼンでなにを話したかも、覚えていないくらいで。あの、でもなんで李多さんのお母さんが私の心配を?」

「キクちゃんのことを気に入ったみたい。あの子を雇ったあんたはエラい、さすが我が娘、ひとを見る目はたしかだって、珍しく褒めてくれたわ。それとね。キクちゃんは近い将来、デザイナーとしてぜったい一本立ちする、いくら仕事ができて店に必要だとしても、そのときは引き止めたりしないで、ちゃんと見送ってあげなきゃ駄目よって釘を刺されたわ」

「私なんかまだまだです」

「っていう具合に、キクちゃんは消極的なことを言うだろうから、私がフライボードをしているところを見せなさいと命じられたの」

水を噴射させていた装置を、フライボードと言うのだろう。

「どうしてですか」

「六十五歳の私でも新しいことにチャレンジしているんだから、二十五歳のキクちゃんだってそうすべきだっていうメッセージじゃないかな」

紀久子は李多にお願いして、七メートル上空を飛ぶ外島莉香をもう一度、見せてもらった。

「キャッホォォォオォオオオオォ」

李多が言ったようなメッセージはあったとしても、外島莉香自身がエンジョイしすぎているため、いまいち伝わってこなかった。李多もそれに気づいたらしい。

「六十五歳なのに凄いでしょって自慢しているようにしか見えないよね、これじゃあ」苦笑いを浮かべ、そう言ってからだ。「キクちゃんの話ってなぁに？」

「じつは」キラキラヶ丘団地で、伊福部に配達を手伝ってもらった話をしたところだ。李多は瞬きもせず、紀久子の顔をじっと見つめていた。

「伊福部さんって、フリル菊をつくった撫で肩のお兄さんだよね」

「そうですが、それがなにか」

「一昨日の朝、花卉市場から戻ってきたら、このあたりで見かけないおじいさんが、店の前に立っていてさ。どこからか徘徊してきて困っているのかと思って、どうしました？　って声をかけたの。するとそのおじいさん、こちらの店に君名紀久子さんというお嬢さんがいらっしゃいますよね、と言ったんだ。彼女のお知り合いですかと訊くと、重陽の節句にフリル菊を売っていただきましたって」

え？

「どんなおじいさんだかわかる？」

「背筋をぴんと伸ばして、仕立てのいい背広を着た」

「そうそう。世が世ならばお殿様みたいな品格があるひとだったわ。でね、私には伊福部晶という若い友人がいて、去年の八月の末、偶然でくわした君名さんに一目惚れをした、そこでこの恋が成就するよう、いままで三回、ふたりを引き合わせているものの、その度に伊福部くんはどうでもいい話しかせずに、君名さんを食事に誘おうともしないので困っているって言うわけ」

一目惚れ？　三回、引き合わせた？

たしかに伊福部とはじめて会ったのは、去年の八月の末だ。配達の途中、彼が住むキラキラヶ丘団地北八号棟の二階と三階のあいだの踊り場だった。その後、おなじ場所で三回、会っている。

あれは偶然じゃなかったってこと？

「この先、何度引き合わせたところで進展するとは思えない、いっそ君名さんに伊福部くんを好きになってもらったほうが、物事がスムーズに進むかもしれない、そのためにはなにかイイ手立てはありませんかねって、おじいさんが訊いてきたんだ」

「李多さん、それに答えたんですか」

「うん。妙なことを言っているなとは思ったよ。でもおじいさんがあまりに真剣な顔だったもんだからさ。しばらく考えてからこう答えたの。自分のピンチを救ってくれた相手に心動かされるのは、古今東西使い古されたパターンではあるものの、だからこそ確実ではないでしょうか、できればその際、相手の意外な一面がわかる、いわゆるギャップ萌えがより効果があると思いますと答えたんだ。そしたらおじいさんが大変、参考になりました、ぜひやってみますって。やってみますってどういう意味？　と思ったけど、これってまさに今日、キクちゃんの身に起きたことだよね」

「偶然ですよ、偶然」

紀久子は笑った。我ながらわざとらしい笑い方だと思う。李多は訝しげな表情で、「何者なの、あのおじいさん?」と訊ねてきた。

「伊福部さんの上司で、フリル菊をつくったチームリーダーの、森教授という方です」

一昨年の年末に亡くなっていますとは言えなかった。李多を混乱させるだけだからだ。

「なんであんな朝早くに?」

「その日は、伊福部さんと植物採集にでかけていたみたいですよ」と紀久子は嘘をつく。「鯨沼駅で待ち合わせて、早めにきて、ここを見つけて、たまたま店の前まできたところに、李多さんがあらわれた。それだけのことです」

「でもさ」李多は首を捻る。「ありがとうございましたと礼を言って、駅のほうにむかっていってね。私は店のシャッターを開けようとしてから、名前を聞いていないかったと思って振り返ると、どこにもいなかったんだ。まるで消えたみたいにね」

ガラガラガラガラガラガラ。

瑞穂が引きずるキャリーバッグの車輪の音が、朝の鯨沼に鳴り響く。昨夜、〈つれなのふりや〉での打ち上げはカラオケで大いに盛り上がった。唄う歌は桜とバラしばりで、タイトルのみならず歌詞にあればオッケーだった。さんざん唄い尽くし、お開きになったのは午前一時、終電で帰るはずだったミドリは、紀久子のアパートに泊めた。いまもまだ、布団に包まって寝ている。その寝顔にはいつものトゲトゲしさはなく、それどころか二十歳にしては幼く見えた。

瑞穂を鯨沼駅で見送ったら、紀久子はそのまま川原崎花店に出勤だ。十五分ほど早いが、李多は花卉市場で仕入れを済ませ、すでに戻っているだろう。通常の月曜、紀久子は休みなのだが、今日は〈遅れてゴメン便〉を配達しなければならない。〈ちょっと早め便〉はカーネーションの値段が五パーセント引きだったが、〈遅れてゴメン便〉は十パーセント引きで、けっこう注文がきている。おかげで紀久子は休日返上で、一日通しで働くことになったのである。

「ふわぁわあぁぁあわ」

紀久子はうっかり大きなあくびをしてしまう。

「仕事、だいじょうぶ？　そんなんでバラの車、きちんと運転できる？」

「できるよ。開店前に水をじゃぶじゃぶ使って、花桶を洗うと目がぱっちり覚めるんだ。瑞穂こそどう？　午後から出社なんでしょ」

「新幹線の中で三時間は眠れるから余裕」

駅前まで辿り着くと案外、通勤通学のひとが多い。自分もそのひとりだったのがほんの一年前のはずなのに、遠い昔のようだ。

「楽しかったなぁ」瑞穂が呟くように言った。「来年の母の日も、手伝いにこようかな」

「きてきて。大歓迎だよ」

「でもさ、キクちゃん、来年のいま頃にはデザインの仕事がめじろ押しで、花屋さんのバイト、やめてるんじゃない？」

「そんなわけないって」

「そうだ。事務所の名前」

「ミズホカンパニーは駄目だからね」

「ちがうよ。べつのを考えたんだ。キクちゃんだから、菊の花言葉はどうかなと思って」

「でもそれって高貴、高尚、高潔でしょう？」

「英語のもあるんだ」

「知ってる」去年の重陽の節句、店頭の黒板に、紀久子自身が書いたので、はっきり覚えていた。「ユア・ア・ワンダフル・フレンドでしょ」

「それそれ。事務所の名前、ワンダフル・フレンドってどう？」

「いい。とってもいいよ」紀久子は本気で思い、即答する。「お客様に対して、私は素敵な友達ですよってアピールできるし」

「気に入ってくれてうれしいよ」瑞穂はにんまり笑う。「一日も早くワンダフル・フレンドが開けるよう、祈っているわ」

そう言い残すと瑞穂は改札口を通っていき、一度も振りむかずに、ホームへむかっていく。途端に寂しさが押し寄せ、紀久子はほんの少し、目の端を涙で濡らしてしまった。


昨日の母の日ほどではないにせよ、昼前から〈遅れてゴメン便〉の配達に追われ、川原崎花店に戻ってきたのは夕方の五時過ぎだった。ラヴィアンローズを車庫に入れ、ビルの玄関口を抜け、バックヤードから売場に入ると、遅番の芳賀が店先で空を見上げていた。

「どうしました、芳賀さん？」

「いましがたまで蘭くんがいたんだ。今日も事前にお母さんから電話があって、ひとりで花を買いにきたのはいいんだけどね。花について、あれこれ質問攻めにあって大変だったよ」

そう言いながらも芳賀は頬を緩ませている。そしてまだ空を見上げたままだった。

「それでまあ、蘭くんがこのあいだ、言っていたのを思いだしてさ。いくら遠くても北極はおなじ地球で、北極の空も鯨沼の空も、おなじ空だから、空を見上げれば寂しくなんかないって」

芳賀はいま、空を見上げ、遠く離れただれかを思いだしているのだろう。紀久子はそれをわざわざ指摘するつもりはなかった。

「いけない、危うく忘れるところだった。これ」と芳賀がエプロンのポケットから取りだしたのは、紀久子の部屋の鍵だった。「ミドリちゃんが昼間きてね。君名さんに返しておいてくれって」

瑞穂を見送ったあと、紀久子はアパートに戻らず出勤した。なので部屋で眠っていたミドリにわかるよう、ドアの内側に鍵を貼っておき、でかける際には戸締まりをして、川原崎花店に届けてほしいと手紙も添えておいたのである。

「草木染めのひとの個展のポスターに使う写真を、ミドリちゃんに撮らせるんだってね。そのためにふたりででかけるんでしょ」

「はい。今度の定休日に」

「なんであたしがそんなことしなくちゃいけないんだって、ブウブウ文句言ってたよ。そのくせずいぶんうれしそうでさ。面倒かけるかもしれないけど、なかよくしてやって」

「私はもう、なかよしのつもりですよ」

「はは。そういや昨日、君名さんの友達も含めて三人で、きのこ帝国の歌、唄っていたもんな。あとそれとさ、今日、カレーのスパイスをぜんぶ持ってきたから、君名さん、受け取って。レシピも書いてきたんだ。上手にできるようになったら、みんなに食べさせてあげてよ」

「どうして私に？」

「君名さんがだれよりもウマそうに食べてたからさ。好きこそ物の上手なれって言うでしょ？」

そのあと紀久子は売場でひとりになった。夕飯を食べに、芳賀は三階へあがっていったのだ。途端に客が数人訪れ、俄に忙しくなったものの、どうにか捌き切れた。一段落ついたところで、壁掛けの電話が鳴った。馬淵先生から、花材の注文だった。それが済んでからだ。


「昨日は千尋がお世話になって」

「とんでもない。こちらこそ助かりました」

「とっても楽しかったって。バイトが禁止じゃない高校へいって、川原崎花店で働きたいとも言ってたわ」

「ぜひぜひ」

「それとそう、紀久子さん、莉香と〈みふね〉で食事をしたんでしょ。なにか私の悪口言ってなかったかしら」

「言ってませんよ。〈みふね〉の生け花を見て、六十代なかばでも衰えるどころか、これだけ凄みのある作品がつくれるんだから、たいしたもんよと褒めていました」

「あら、ほんとに？　昨日、フェイスブックでやりとりしてたんだけど、そんなこと一言も言ってなかったわ」

「だったらフェイスブックの動画、ご覧になりました？　海の上を飛んでいる」

「見た、見た。あのひと、自分が得意なことは、やたら見せびらかして自慢したがるひとなのよ。昔とまるでおんなじ」

昔とまるでおんなじ。

四十年先、自分も瑞穂について、そう言ってみたいものだと紀久子は思う。すると店先に人影があった。伊福部だった。森教授がまた引き合わせた？　いや、ちがう。伊福部が自らの意志で訪れたにちがいない。

「馬淵先生、すみません。お客さんがきたんで切りますね」

紀久子は慌てて受話器を置くと、伊福部が売場に入ってきた。

「こんにちは」

「ど、どうも。昨日はありがとうございました」

「いえ。お力になれて光栄です。ぜひまた手伝わせてください」

そう答える伊福部の顔が強張っているのに、紀久子は気づく。

「今日はどんなお花をご要望ですか」

「カーネーションをお願いします。色は赤で」

はて？

「伊福部さん、〈花天使〉で母の日のアレンジメントをお送りしていますよね」

「今朝、母からお礼のメールが届きました」

「では今日のカーネーションはご自宅用なんですね」

「ちがいます」伊福部はやたら力んで言う。

「ではどなたかに？」

「君名さんに受け取ってほしいんです」

「私に？　どうしてですか」

「カーネーションが色によって花言葉がちがうと、こちらのツイッターで知りました。それであの、赤のカーネーションの花言葉は」

伊福部の話を遮るように壁掛けの電話が鳴った。

「ごめんなさい」と詫びてから、紀久子は受話器を取る。「もしもし川原崎花店ですが」

「〈長春花〉鴨モール店の結城です。君名さんはいらっしゃいますか」

「私ですが」

「き、君名さん」結城は興奮からか、声が擦れている。「先日のコンペの結果がでました。たったいま、本社から連絡がありまして」


赤いカーネーションの花言葉は母への愛、純粋な愛、そして。

真実の愛。

IX
鶏頭

「もうちょっと右。あ、いきすぎました。あと二ミリ左へ」

二ミリって、と思いつつも紀久子は言われたとおりにする。

「このへん？」

壁にむかったままの体勢で、カウンターのむこうにいる蘭くんに聞き返す。紀久子は三段の脚立のてっぺんに立ち、もみの枝を括り付けたワイヤーを左手で持っていた。

「そうです。ちょうどイイかんじです」

もみの枝は八十センチくらいで、平べったくしてから、蘭くんとふたりでリボンやヒメリンゴ、松ぼっくり、お星様やサンタクロースなどを飾り付けした。これを川原崎花店のカウンター裏の壁に吊るそうとしているところだ。

今日は十一月最初の月曜だ。基本、月曜は休みなのだが、店長の李多に頼まれ、早番で出勤している。ほんの一週間前まで店にはハロウィン用のカボチャが並び、スタッフ全員、つばが広くて先が尖った魔女みたいな黒い帽子を被って接客していた。クリスマスまでまだ一ヶ月半以上ある。

クリスマスの準備と蕎麦屋（そばや）の出前は早いほうがいいに決まってるじゃない。

そう言ったのは店長の李多だ。蕎麦屋の出前ではなく、ウーバーイーツの配達ではないかと思ったものの、どうでもいいことなので紀久子は黙っておいた。すでに店先にはクリスマスの定番であるポインセチアが並び、クリスマスリースの予約もはじまった。アメリカのオレゴン州から入荷したもみの木も販売している。

しかし家の中にクリスマスツリーを置くとなると、だいぶ場所を取ってしまう。赤ちゃんや小さいお子さん、さらにはペットがいる家庭は尚更だろう。そこでクリスマスツリーを壁に飾ってみてはいかが？　という見本のディスプレイをすることになった。その役目を李多から紀久子は仰せつかったのである。

川原崎花店でアルバイトをはじめてかれこれ三年以上の歳月が経つ。デザイナーとしての仕事はポツポツあるものの、現状はそれだけではやっていけないのだ。三十歳を前にして焦りを感じ、この先どうなるのか不安でもある。困るのは川原崎花店は居心地がとてもいいことだった。それが自分自身を甘やかしている気がしないでもなかった。

平日の今日、客が少ない昼過ぎを見計らって、カウンター横にある作業台でもみの木の飾り付けをはじめた。するとそこに、ひょっこり蘭くんが訪れた。はじめて会ったときはまだ幼稚園の年長だったのに、いまや小学三年生になっていた。花についてはより知識を深め、三日にあげず川原崎花店を訪れ、小一時間ほどなにかしら手伝っていく。文化の日とつぎの日の二日間、小学校で創作発表会なるものがおこなわれ、土日を挟んで月曜の今日は振替休日なので、いつもよりだいぶ早くあらわれたのだった。

蘭くんのために店長の李多は、川原崎花店のスタッフとおなじ、大小いくつものポケットがついた鶯色のエプロンをあげた。いまもきちんと着けている。

ツリーを吊り下げるワイヤーの先は輪っかにしてあった。右手に持った鉛筆で、輪っかの内側の壁に×を書く。

「ツリー、持っててくんない？」

「はい」

カウンターの中に入ってきた蘭くんに、ひとまずツリーを渡す。そして鉛筆と入れ替えに、エプロンのポケットからJフックを取りだした。裏側のフィルムを剝がすと強力なテープになっており、×したところにゆっくりと丁寧に貼りつける。

よしよし。

蘭くんが差しだすツリーを受け取り、Jフックにワイヤーの輪っかをかけ、脚立を下りる。そして蘭くんとカウンターをでて、店の出入口に立ち、ツリーのほうをむく。

「どう？」

「カンペキです」

ふたりでハイタッチをする。そのとき店先にある黒板の看板をじっと見つめている男性に気づいた。歳は四十代なかばといったところか。立体マスクで顔の下半分は隠れていても、彫が深くて日本人離れした顔立ちだとわかる。

背丈は百七十五センチ以上、すらりとして脚が長く、オジサンなのにお腹はでていない。といって痩せ型ではなく、肩回りや胸に筋肉がついている。しかも姿勢がいい。背筋がぴんとしているのは、意識してではなく、ふだんからのようだった。

若い頃はなにかしらのアスリートで、いまも趣味程度につづけているのかもしれない。

　その身を包むスーツは一目で高級だとわかる代物だった。なにせ美しい光沢を放ち、色目が鮮やかで、触れずとも柔らかくて滑らかだとわかる生地でできているのだ。どこかのブランド品だろうか。じつに見事に着こなしている。立っているだけで絵になり、品格さえ感じられるほどだ。そんじょそこらのオジサンではこうはいくまい。鯨沼駅近辺ではほとんど見かけることのない人種だ。都心でも珍しいだろう。

〈我がやどに韓藍蒔き生ほし枯れぬれど懲りずてまたも蒔かむとそ思ふ　山部赤人
私の家に韓藍（鶏頭(けいとう)のこと）の種を蒔いて育てていたのに枯れてしまった。けれども懲りずにまた蒔こうと思う〉

　黒板には万葉集の短歌とその現代語訳が並んで書いてある。

「鶏頭って万葉集の時代にあったんですか」

　視線を黒板から紀久子に移し、男性が訊ねてきた。オジサンというのは若い女性と話をしたがる生き物だ。ひとりで店番をしていると、オジサンによく話しかけられ、うんざりしてしまう。正直、キモい。だがいまはそうでもなかった。声のせいかもしれない。ハリウッドスターの吹き替えみたいな、低くて渋い声なのだ。

「あ、はい。奈良時代に中国から朝鮮半島を経由して渡来していたみたいですよ。万葉集にはこの他にも、いくつか鶏頭を題材にした短歌がありまして」

「そうだったんですか。知りませんでした」

紀久子も昨日の夜まで知らなかった。閉店後、黒板にこの短歌を書きながら、光代さんが教えてくれたのだ。

「でも山部赤人はどうやら実際に韓藍を育てていたわけではなくて、韓藍を題材に歌を詠む会で披露したもので、韓藍は女性の喩えだそうです」

「となるとこの歌はだいぶ意味深になってきますね」

光代さんの話では、とある女性と育ててきた恋がうまくいかなかったけれども、懲りずにつぎの恋をしようという意味らしい。男性の言うとおり、だいぶ意味深と言える。彼は看板の前から離れ、店頭に並んだ鶏頭を見下ろしていた。

顎に右手を当てた立ち姿も様になっていた。ここが東京の西の外れなどではなく、ニューヨークとかパリとか、異国の大都会に思えてくるほどだ。もしかしたら若かりし頃にモデルでもやっていたのかもしれない。そんな彼を見つつ、つい先日、ツイッターにあげた鶏頭の花言葉を思いだす。

個性。気取り屋。風変わり。おしゃれ。

もうひとつあったはずだけど、なんだっけかな。

「このへんのはぜんぶ鶏頭?」

「そうです」紀久子よりも先に蘭くんが答え、さらに説明を加えた。「こちらのようにヤリのごとく、タテにまっすぐのびていくのがもともとのすがたでした。それがトツゼンヘンイでクキがひらべったくなったのがかさなりあい、グニャグニャってなったのを、人間の手によってふやしていったのが、こちらのトサカケイトウです」

　いずれの鶏頭も赤に黄色、オレンジ、ピンク、紫、緑と色を豊富に取り揃えている。

「花に見えるこの部分」蘭くんはトサカ鶏頭を一本、手に取った。「じつは花ではありません」

「ほう」男性は蘭くんと視線をあわせるためか、その場にしゃがみこんだ。「花でなければなんなのかな」

「クキの先がカタチをかえたものです」蘭くんはその根元を指差す。「ここにあるツブツブがほんものの花です。他の花は虫や鳥を引きよせ、花フンを運ばせるために、きれいな花びらがあります。しかしこの花は花フンを風でとばすので、花びらがいりません。スギやマツ、イネ、ムギもおなじです」

　蘭くんがいきなり話しかけると、たいがいの客は戸惑う。だがそれも最初のうちで、次第にわかりやすくて丁寧な彼の説明にだれもが耳を傾ける。

「いまお話ししたとおり、色づいている部分はクキですので、このままのカタチで二、三ヶ月はもちます。そのあいだにほんものの花はさきおわって、黒くてツヤのあるタネになり、こすればとることができます」

「なるほど」男性はよほど感心したらしく、しきりに頷いている。「そういうことって、学校で習ったわけではないよね」

「はい。自分で勉強しました」蘭くんは鶏頭を元の場所に戻してから答えた。「おとなになったら、花屋さんをしながら、花のハカセになろうと思っています」

「きみ、この店の子？」そう訊ねる男性はなぜだか少し動揺しているように見えた。

「ちがいます。ただの見習いです」

「小学校にあがる前からの常連さんなんですよ」と紀久子は説明を付け足す。「少し前からこうして手伝ってくれるようになったんです。今日は小学校が振替休日なので、この時間からきていて」

「そうでしたか」

男性はホッとした顔つきになり、すっくと立ちあがる。そして紀久子にこう訊ねてきた。

「こちらの店長さんって、外島さんですよね」

「店長をご存じなんですか」

意外な質問に少し驚きつつも、紀久子は訊き返す。

「ええ。昔、おなじ職場だったことがありまして」

李多は昔、弁護士事務所で、パラリーガルとして七年間働いていた。はじめて会ったとき、彼女はその職場の同僚の披露宴に参列してきたあとだったのを思いだす。

「店長に会いにいらしたんですか」

「あ、はい。いえ」男性はどっちだかわからない返事をして、困った顔になる。「ここよりひとつ手前の駅で仕事がありましてね。昼飯を食べて帰ろうとしたとき、ふと外島さんの花屋が近くにあったのを思いだしまして、それでまあ、ちょっと寄ってみようかなと」

「それってやっぱり会いにきたってことですよね」

「うん、まあ、そうだね」蘭くんに指摘され、男性は降参するように言う。

「すみません、店長は生憎、外出でして」

東京都下の生花店による協同組合があり、今日はその勉強会だ。紀久子といっしょに開店準備をして、十時過ぎにはそそくさとでかけていった。六時半には帰ってきて、閉店のあとかたづけまで働くつもりらしい。

「いや、いいんです。とくに用事はないんで。元気かどうか顔を見にきただけに過ぎません」

「よろしければお名前を教えてもらえませんか。いらしたことを店長に伝えておきますよ」

「では」

男性はスマホケースの内側から名刺を取りだし、紀久子に渡す。写真付きで、マスクを外した彼がそこにいた。鼻の下というか、上唇の上に綺麗に整えた髭を生やしている。パスポートや免許の証明写真ではなく、芸能人の宣材写真のように見えるのは、それだけ彼に華があるからだろう。

〈鷹橋弁護士事務所　弁護士　折敷出航〉

オリシキシュッコウ？

ちがった。名前の下のローマ字表記には〈Wataru Orisikide〉とあった。

「せっかく彼に」折敷出は蘭くんに視線をむける。「鶏頭について教わったことだし、手ぶらで帰るのもなんなんで、鶏頭と秋らしい花で、花束をつくってもらえませんか」

「わかりました。ご自宅用ですか。それともプレゼント？」

「自宅に持ち帰りますけど、プレゼントと言えばプレゼントかな」

「失礼ですが、ご予算のほうはいかほどになさいます？」

「税込みの五千円だとどのくらいのボリュームになりますか」

「花にもよりますけど、このくらいにはなるかと」

紀久子は両手でバスケットボールを持った程度の大きさを示す。

「飾るのは玄関の下駄箱の上なんで、それくらいがちょうどいいです。ぜひお願いします」

「鶏頭はどのお色になさいますか」と紀久子。

「どの色が人気ですかね」折敷出が訊き返してくる。

「やはり赤ですかね。他にどんな色の花を選んだとしても、赤ならばしっくりきますし」

「だったら赤で」

折敷出が答えると、蘭くんが赤い鶏頭を三本、花桶からだした。

「では他の花を選んでいきましょうか」と紀久子は折敷出を店内に招き入れた。その前に彼は店先に置いたアルコール消毒液を手に取ってまんべんなく広げ、指のあいだと両手首にまですりこんでいった。丁寧というよりも几帳面な性格のようだ。

紀久子はピンククォーツという品種で、その名のとおり鮮やかなピンク色のダリアを、蘭くんは淡いブルーと白がライン状に入った複色リンドウを薦めたところ、折敷出は素直に受け入れ、さらには秋を強調するためにススキを加え花束をつくった。ぜんたいとしてはバスケットボールよりもやや小振りになったが、それでも折敷出は気に入ってくれたらしい。

「華やかなのに、きれいにまとまっていて、品が感じられます。素晴らしい。私が選んだのではこうはならなかったでしょう。ありがとうございます」

大絶賛だ。蘭くんは満面の笑みで、よろこびが溢れでている。紀久子も自分の頬が緩んでいるのがわかった。それだけではない。レジ裏の壁に吊り下げたツリーの出来映えも褒めてくれた。さらにはだ。

「素敵ですね、このカード」

スマホで支払いをすませたあとだ。レジ脇に置いてあった川原崎花店のショップカードを手に取り、そう言った。

「ありがとうございます」紀久子はなによりも先に礼を言ってしまう。「私がデザインしたものでして」

「あなたが？　もしかして店のロゴマークも？」

「ええ、まあ花屋さんは仮の姿で、その実体はグラフィックデザイナーなんです、私」

紀久子は冗談めかして言う。「ショップカードだけではなく包装紙や定期便サービスの箱、季節ごとのカードなど、この店のあらゆるものをデザインしています。他にも洋服屋さんに和菓子屋さん、コーヒーショップにペットショップ、温泉旅館などの仕事もしておりまして」

そうやって並べると、すごい仕事量のように思えるが、さほどではない。大雑把に言えば一年のうちの仕事量はデザイナーが三分の一、川原崎花店が三分の二だった。しかも収入となるとデザイナーが四分の一、川原崎花店が四分の三である。花束やアレンジメントをつくるのも、すっかりお手のものとなっていた。これではどちらが本業だかわからない。

「紀久子さん、めいし」花束を入れた紙袋を提げ、レジカウンターをでていきながら、蘭くんが言った。

「え、あ、はい」

紀久子はエプロンのいくつもあるポケットをさぐり、ようやくグラフィックデザイナーとしての名刺を取りだす。

〈デザイン事務所　ワンダフル・フレンド　代表　君名紀久子〉

代表もなにも紀久子ひとりしかいない。あとは携帯電話の番号とメールアドレスだけだ。

「うらのＱＲコードを読みこむと、紀久子さんのいままでの仕事をアップしたインスタグラムにいけるんですよ」

　これまた蘭くんだ。やたらデザイナーの紀久子を推すのには理由があった。

ぼくは高校生になったら、ここでアルバイトをしようと考えているんですよ、だから紀久子さんにはなるべく早く、アルバイトを卒業して、デザイナー一本で食べていけるようになってほしいんです。

　以前、真顔でそう言われたのだ。まだ七年はある。さすがにだいじょうぶだと思うが、はたしてどうだろう。

「和菓子屋さんって、長春花のことでしたか」

　折敷出が言った。彼は早速スマホでＱＲコードを読みこんでいたのだ。

「長春花さんをご存じなんですか」紀久子は訊ねた。

「もともと甘いものが好きだったんですが、歳を取るにつれ、和菓子のおいしさがわかるようになりまして。長春花は上位ランクです。値段が手頃にもかかわらず、高級感を失うことなく、品格がある味わいなのがいい。この秋に発売された〈姫彼岸花〉の袋と箱も、あなたのデザインだったとは」

「創業百五十周年以降、新作の包装は私が担当をしておりまして」

「というと去年の春、季節限定だった〈風信子〉の箱もですか」

「そうです」

「あれはよかった。ぜんたいに薄い紫色で、風信子という文字が金色の箔押しで入っていましたよね。箱のカタチが指輪のケースみたいなのも洒落ていて」

「ど、どうも」

「それってショウをもらったヤツでしょ？」と蘭くんが言い、紀久子を見上げ、右目を硬く閉じる。ウインクをしたのだ。

「どんな賞ですか」折敷出が訊ねてくる。

「日本包装技芸協会が毎年おこなう、パッケージコンクールでホープ賞というのをいただいたんです」

紀久子はできるだけ謙虚な言い方を心がけた。しかしうまくできず、ちょっと自慢げになってしまう。

「すごいじゃないですか。たしかにひとつの作品と言ってもいい出来でした。そうだ。ここで会ったのもなにかの縁でしょう。デザインをしてもらいたいものがあるのです。つまりは仕事の依頼なのですが、よろしいですか」

「ぜひっ」声高らかに返事をしたのは蘭くんだ。

「どういったことでしょうか」

「さきほどお渡しした名刺の事務所を近々やめて、来年の春には自分の事務所をかまえることになりましてね。そこのロゴと名刺、それにパンフレットをつくってもらえればと」

「ごめんなさい、ちょっといいかしら」

そこに客が入ってきた。

「あまり長居をしてはご迷惑ですね。詳しいことはメールでお送りします」

そう言い残し、折敷出は蘭くんから花束を受け取ると、店を颯爽とでていった。


それから数人を接客して、蘭くんは水泳教室があるんだと帰っていった。小学三年生ながらけっこう忙しいようだ。午後二時にミドリがやってきたので、紀久子は三階にあがって、遅めの昼食を食べることにした。以前は大男の芳賀がいたため、炊飯器で六合炊いていた。しかし今日など昼は紀久子ひとり、夜は李多とミドリの三食だけなので、三合でも余りそうだった。

芳賀はまだ北極のほうにいる。旅立つ前に譲り受けたスパイスを使い、手書きのレシピどおりにカレーをつくってみたものの、ひとに食べてもらえるようになるまでに、一年近くかかった。

それでも芳賀のカレーとは微妙にちがう味になってしまう。その原因を探ろうと、彼とメールやズームでもやりとりしたことが数回ある。だが結局のところ、君名さん自身のカレーでいいんだよと芳賀に励ますように言われるだけだった。

昨日も三時間かけてつくった。やはり芳賀のとはちがうが、まちがいなく上達はしている。なんなら自信作と言ってもいい。今日はそのカレーをタッパーに入れて持ってきた。鍋にあけて少し煮こみ、皿に盛ったご飯にかけて食べる。一晩寝かせたおかげで、味にまとまりができていた。うまい。結局、二杯半食べてしまった。

店はミドリに任せ、電気三輪自動車のラヴィアンローズで配達にでかけた。ミドリは車の免許を持っておらず、取る気もないらしいので、配達はまだまだ紀久子の役目だった。

さぶっ。

十一月に入ってから、三寒四温どころか一寒二温くらいのペースで、日々の温度差が激しい。今日が昨日よりも気温が五度も低いというので、厚手のパーカを着てきたが、これでは足らなかった。エアコンどころかドアさえないラヴィアンローズは冷たい風が吹きこんできて、寒くてたまらなかった。陽が傾いてくると、より寒さが身に沁みてくる。九月のなかば過ぎまで夏日がつづき、汗だくになって、コンビニや公園のトイレでTシャツを着替えていたのが、懐かしいくらいだ。

ラヴィアンローズをスマホで撮って、待受画面にすると恋愛が成就するという噂はいまだ健在だ。今日も信号待ちしているところを女子高生に撮られた。彼女達の心の支えになるのだと思えば悪い気はしない。

配達のためにキラキラヶ丘団地の階段を上り下りするのも、さほど苦にならなかった。このおかげで足腰が鍛えられ、健康な身体を保つことができているように思う。いまだコロナに罹患していないし、風邪もひかなくなった。

十軒ちょっとの配達をおえ、鯨沼駅まで戻って、川原崎花店の前を通り過ぎ、車庫へむかおうとしたときである。

「紀久子さんっ」

背後で聞き覚えのある声がした。路肩にラヴィアンローズを停めて振りむくと、大きなバッグを抱え、ユニフォーム姿の馬淵千尋がこちらに駆け寄ってきた。

ユニフォームはキラキラヶ丘サンシャインズのではない。その胸にはローマ字で〈IRUKA〉という文字が刺繍されていた。紀久子から見れば、いまいちのロゴデザインではある。だが人様の仕事にケチをつけるほど、自分に実力がないのがわかっているので、だれにも言ったことはない。

「おひさしぶりです」

「ひさしぶり。ずいぶん早く帰ってきたじゃない」

千尋は中学を卒業してからも野球をつづけたいと考え、女子の硬式野球部がある入鹿女子高に進学した。二年生のいまはキャプテンだ。

都内だが神奈川寄りにある学校で、通学時間はドアトゥドアで一時間以上かかり、なおかつ野球部の練習があるため、午前六時前に家をでて、夜の八時九時の帰宅もざらだという。なのに今日はまだ午後四時過ぎだった。

「文化の日とつぎの日が文化祭だったんで、今日は振替休日だったんです。でもまあ、ウチら野球部は朝から練習がありまして」

部活は午前中だけだったが、そのあと部員みんなで高校の近くにあるファミレスへいき、昼メシを食べ、しばらくダベっていたのだという。

「蘭くんも振替休日で昼間、店にきてたわ」

「蘭くんにもしばらく会ってないなぁ。あ、そうそう。私もいまから川原崎花店へいくんですよ」

「おばあさんの頼まれもの？」

千尋の祖母、馬淵十重は華道の先生で、花材をすべて川原崎花店で購入している。

「今日は私のなんです」

「だれかに花束をプレゼントでもするの？」

「いえ。紀久子さんって、市民ホールっていったことあります？」

「二、三回あるよ。それこそ馬淵先生がそこのエントランスに生け花を飾るって言うんで、花材を配達したわ」

川原崎花店が配達できる半径五キロの外側どころか、四つ先の駅のそばで、東へ八キロ以上もあり、ラヴィアンローズで三十分以上かかったが、馬淵先生の頼みとあらばやむを得なかった。

「市内の生け花教室の先生や生徒さんが半月に一度、持ちまわりでやっているんだよね。けっこうな人数なんで、馬淵先生は一年に一回あるかないかだって」

「その生け花を今度、私がやることになったんです」

「そうなんだ」

千尋は野球に打ちこむかたわら、いつ頃からか祖母に生け花を教わってもいた。なんだったら将来、祖母のあとを継いでもいい、野球と生け花ってかっこよくありません？　と彼女が口にするのを、紀久子は何度か聞いたこともある。

「自分の好みの花材が入荷できるか心配なんで、李多さんに相談しようかと」

「ごめん」紀久子は思わず詫びた。「李多さんはでかけてて、いまいないんだ。ホールの生け花はいつ？」

「勤労感謝の日に生けにいく予定です」

「まだ先だね。店にはミドリがいるから、彼女にほしい花材を伝えておいて。あとで李多さんに見てもらうよ」

「わかりましたっ」

元気よく答えると同時に頭を下げ、千尋は川原崎花店へと走っていった。

車庫にラヴィアンローズを停め、バッテリーをコンセントに繋ぎ、充電をしてからだ。パーカのポケットにあったスマホをだして画面を見るとＬＩＮＥが一通届いていた。

〈すみません。今日は遅くなります〉

「謝ればすむと思っているでしょ」紀久子は自分でも気づかないうちに、声にだして毒づいてしまう。「それに今日〈は〉じゃなくて、今日〈も〉だろうが」

LINEを送ってきた相手は、文化の日だけでなく土日も朝早くに出勤して、帰りはこの一週間、終電だった。とは言えべつに呑み歩いているわけではない。仕事だ。長年に亘って取り組んできたプロジェクトが、いよいよ大詰めらしい。その話は何度も聞いているが、専門用語が多過ぎて、紀久子にはよく理解できていなかった。

その一方で、ひとに頼まれると嫌とは言えない性格のため、職場では同僚にあらゆることを任されてしまうことが多いのも気になった。つまらぬ雑用で、帰宅が遅くなっている可能性もある。

紀久子はスマホにむかってニッコリ微笑み、自撮りして返送した。文章だと愚痴や嫌みを書いてしまいそうなので、最近はもっぱらこれだった。

午後四時をとうに過ぎていた。このままバイトをあがってもいいのだが、千尋が気になる。車庫をでて、建物の玄関を通り過ぎ、バックヤードでパーカを脱ぎ、エプロンをかけていると、店から千尋の話し声が聞こえてきた。

「やっぱウチのチームって守備力がいまいちだったんですよ。だからこの秋はいかに守備でエラーを減らすことができるか、とくに内野手はゴロを捕球するときの安定感を身につけるための練習をつづけてて」

「千本ノックとかするわけ？」と訊ねたのはミドリだ。

「そんなのいまどきしませんって。ノックも滅多にしません。監督やコーチが、ゆっくり転がしてきたボールを捕って送球するのをひたすら繰り返すだけです。こういう地味な練習をこなしていくのが、上達するいちばんの近道なんですよね」

「だったら来年は東京ドームか甲子園、どっちかいけそ？」

「どっちもいくつもりで頑張ります」

女子の高校野球にも男子とおなじく春夏の大会があって、二十年以上の歴史があると紀久子が知ったのは、千尋が高校に入ってからだ。準決勝までの試合を春は埼玉、夏は兵庫の複数の球場でおこなう。そして決勝戦が春は東京ドーム、夏は甲子園なのだ。

どっちもいくつもりという千尋の発言は、けっして夢物語ではない。入鹿女子高校の硬式野球部はここ十年近くは芳しい成績を残していなかったものの、千尋が入部してはじめての夏はベスト8に、今年の春夏はともにベスト4まで勝ち進んだのだ。

今年の春は埼玉の球場へ、川原崎花店の定休日にスタッフ全員、李多のミニバンでいった。ミドリは面倒くさがって、往きの車中でずっとブー垂れていた。ところが球場で観戦しているうちにどういうスイッチが入ったのか、中盤過ぎからはだれよりも大きな声を張りあげて応援していた。このときは準決勝戦で入鹿女子高は敗退、するとミドリは帰りの車中でずっと泣きつづけ、他の三人を呆れさせた。それだけではない。今年の夏には千尋の祖母、馬淵先生の付き添いとして兵庫に乗りこみ、準決勝戦までの入鹿女子高の試合をぜんぶ観戦するほどの熱の入れようだった。

バックヤードで紀久子はエプロンをつけたまま、店にでようか迷った。会話を弾ませている千尋とミドリの邪魔立てをしては悪い気がしたからだ。なによりもミドリがこれほどまでに楽しそうに話すのを聞いたのはひさしぶりだった。美大の四年生である彼女は就職活動がままならず、十一月のいまも内定をもらっていない。加えて卒業制作も滞っているらしい。もともと陽気とは言い難いキャラではあったが、このひと月あまりはずっと眉間に皺を寄せていた。痕ができてしまうのではと心配になるほどだ。

店内には千尋の他に客はいない。ひとまず紀久子はふたりからは見えないが、店の出入口が見える微妙な位置に立って待機することにした。千尋は野球の話から市民ホールのエントランスに飾る生け花について、話題を変えていた。

「必要な花材、言ってってよ。私、メモるからさ」

「私がメモに書きますよ」

「いいって、いいって。千尋はお客さんなんだし」

「それじゃあいいですか。オリエンタルユリの白とピンク、バラは赤、ジュズサンゴにオンシジューム」千尋はよどみなく花材の名前を並べていく。どんな生け花をつくるのか、すでに頭の中でイメージができているのだろう。「ユキヤナギ、サンゴミズキとかもあるといいな」

「待って待って。バラのつぎ、なんだった？」

「ジュズサンゴです。花より実を楽しむ花材で、珊瑚でつくった装飾品の珠に似た光沢のある赤い実が数珠のように連なってできるんですよ」

「そのつぎのオレンジジュースってなに？」

「オンシジューム。ミドリさん、わざと言ってません？」

「ちがうって。マジで聞きちがえたんだ。あの花でしょ」

オンシジュームは店内にあった。黄色くて小さな花が並んだそれをミドリは指差しているにちがいない。いつだったかツイッターとインスタグラムで紹介するために調べ、和名が群雀蘭だと紀久子は知った。たしかに電線に群れる雀に見える。ただし英名だと蝶々あるいは踊る女性に喩えられており、これまたそう見えなくもなかった。

「それとユキヤナギに、サンゴなんだった？」

「サンゴミズキ。枝が珊瑚みたいに赤いヤツです」

「了解。これでぜんぶ？」

「メモ、見せてもらえますか」

「あら、やだ、千尋ちゃんじゃないのぉ」

店に入ってくるなり、そう言ったのは〈つれなのふりや〉のひとみママだ。

「おひさしぶりです」千尋は丁寧にお辞儀をする。

「ずいぶん見ないうちに、また大きくなったんじゃない？」

ひとみママにつづいて客がふたり、べつべつに入ってきた。店頭に並べた花を見ているひとが幾人かいる。ミドリもここで二年半働いているので、これくらいの人数はひとりでじゅうぶん捌ける。だがもののついでと、紀久子は店にでていった。


「まだいたんだ、キクちゃん」

「すみません」

「謝らなくてもいいわよ」

笑いながら李多が勝手口からキッチンに入ってくる。スマホで時刻をたしかめると、六時半ちょうどだった。

「仕事してんの？」

「ええ、まあ」

あとは私ひとりでだいじょうぶなんで、君名さん、帰っていいですよ。

店には四時半頃までいたが、ミドリにそう言われ、おとなしく引き下がることにした。私がひとりじゃ信用できませんかという目をしていたというのもある。しかし荷物を取りに三階にあがってはきたものの、なんとなく帰る気にならなかった。

十八歳で東京にでてきて長いあいだ、ひとり暮らしだったので、ひとりには慣れているはずだった。だが同棲をはじめてからは、自宅でひとりでいるのは、寂しくてたまらなくなってしまった。そこで同棲相手の帰りが遅いときは、こうして三階のキッチンで、グラフィックデザイナーの仕事をさせてもらう。ファミレスやコーヒーショップでもやろうと思えばできる。しかし他人の会話に気が散って、仕事が進まない場合があった。その点、ここはひとりきりでいい。二階の囲碁倶楽部から、ひとの声がしても内容まではわからなかった。

「ちょこっとだけ、店、のぞいてきたんだけどさ、壁掛けのクリスマスツリー、いい感じでできてたじゃん」

「蘭くんに手伝ってもらったんですよ。彼、今日、振替休日で昼間にきてました」

会話をしつつ、李多は上着を脱ぎ、ショート丈の黒いスウェットにカーキ色のチノパンというでたちの上に店用のエプロンをかけた。七時には店にでて閉店後の掃除まで働くのだ。帰宅途中のサラリーマンやOL、そして繁華街にあるスナックやバー、キャバクラなどへいく客が訪れ、夜の川原崎花店は意外と混む。まだまだコロナは終息していないが、以前に比べればずっとマシだ。一時期はあまりにひとがこないので、六時に店を閉めていたこともあった。

「このカレー、食べていい?」紀久子の返事を待たずに、李多はコンロの火を点ける。

「ミドリちゃんの分は残しておいてくださいね」ミドリは李多と交代で、このあと七時に夕食なのだ。「彼女、二杯は食べるんで」

「あの子、ほんとよく食べるよなぁ。そのくせ全然太んないのが羨ましいよ」焦げないよう、お玉でカレーをかき混ぜつつ、李多が不服そうに言った。「若い子は生きてるだけでエネルギーを発散してるんだろうね」

紀久子もほんの二、三年前まではどれだけ食べても、体重は増えなかったのに、このところお腹に肉がつきだしてきた。

「いやだ、嘘でしょ。なにそれ？」

カレーライスを食べるため、紀久子の右斜め前に腰をおろした途端、李多が悲鳴に近い声をあげた。

「どうしました？」

「これよ、これ」

李多がスプーンの柄尻で、紀久子が鉛筆で描いていたラフを叩く。

「なんで折敷出の名前がここに」

「昼間にいらしたんです」

折敷出が花束を買い求めたうえで、個人事務所を開くに当たって、名刺やパンフレットなどのデザインをしてほしいと頼んできたことを手短かに話した。

「まだ正式に依頼されたわけじゃないんですけど」

「髭生やしていた？　アイツ」

「マスクをつけていたので、わかりませんでした」アイツ呼ばわりに驚きながらも紀久子は答える。「でも名刺の写真だと生えてましたよ」

「アイツ、変なとこにこだわりあってさ。胡散臭く見えるからやめろって、まわりに注意されても生やしたままだったんだよね」気づけば李多は、カレーライスをぱくぱく食べていた。「個人事務所を開くとはなぁ。でもまあ、アイツも来年で四十だもんなぁ」

まだ四十手前だったとは。李多よりも年下というのも信じ難い。李多は李多で四十歳を過ぎたのに、七、八歳は若く見えた。

「元カレなんだ」

「へえ」と危うく受け流しそうになる。それだけ李多がさらりと言ったのだ。「マ、マジですか」

「事務所辞めるとき、別れちゃったけどね。アイツより花屋を選んだってわけ。まだ独身で、けっこう貯めこんでいるはずだからさ、デザイン料はいつもの三倍、いや五倍請求していいから。元カノの私が許す」

「そうはいきませんって」

カレーライスはすでに食べおわっていた。李多は空いた皿を流し台で洗い、つづけてグラスに水を注ぎ、ごくごくと喉の音を立てて飲んだ。

「キクちゃんはどうなの？　カレシくんとはうまくいっている？」

「どうにか。でも最近、すれちがいが多いんですよ。今日も帰りが遅くて」

「ウチに帰るとひとりで寂しいんで、ここで仕事してたんだ」

「そんなところです」ご名答だ。

「カレシくんがいなくて寂しいのは、まだまだ好きな証拠だよ。そのうちいないほうが楽で清々するって思うようになる」

　ははと李多は笑う。えらく乾いた笑いだった。


〈いま職場をでることができました。八時半にはウチに帰れそうです〉

　李多がでていった直後、同棲相手からＬＩＮＥが届いた。予定が変わったらしい。

〈夕飯、家で食べる？〉

〈できれば〉

〈わかった〉

　紀久子は慌てて帰り支度をする。そして勝手口からでていこうとすると、ミドリとばったりでくわした。

「まだいたんですか、君名さん」

　李多とほぼおなじ台詞だ。本人にはそのつもりはないかもしれないが、紀久子には非難がましく聞こえた。ムッとしつつ、表情にでないよう注意する。

「今日もカレーですか」

「そうよ」嫌だったら食うな。

「つくる度に上達してきてますよね。今日のも楽しみです」

いきなりの褒め言葉に紀久子は面食らう。ありがとうと礼を言おうとしたが、できなかった。ミドリはさっさとキッチンに入り、ドアをばたんと閉めてしまったのだ。中で鍵をかける音まで聞こえてきた。

紀久子は階段を駆け下りていく。そのあいだにふと思いだしたことがあった。鶏頭の花言葉だ。個性。気取り屋。風変わり。おしゃれ。残りのひとつである。

通勤に使う自転車は車庫だが、一階まで下りた紀久子は、反対側のバックヤードを抜け、店に入った。

「なんか用?」カウンターの中から李多が訊ねてくる。

「花、買って帰ろうと思って」

買うのはもちろん鶏頭だ。

残りひとつの花言葉。

色褪せぬ恋。

(to be continued)

【参考文献】

『花屋さんになろう！』本多るみ　青弓社
『はじめての「お花屋さん」オープンBOOK』バウンド　技術評論社
『フローリスト』２０１７年2月号　誠文堂新光社

【取材協力】

Flowers & Plants PETAL（フラワーズ&プランツ ペタル）

この作品は二〇二二年三月にポプラ社より刊行されました。
「Ⅸ　鶏頭」は書き下ろしです。

花屋さんが言うことには

山本幸久

2024年３月５日　第１刷発行
2024年10月17日　第10刷

発行者　加藤裕樹
発行所　株式会社ポプラ社
〒141-8210　東京都品川区西五反田3-5-8
JR目黒MARCビル12階
ホームページ　www.poplar.co.jp
フォーマットデザイン　bookwall
組版・校正　株式会社鷗来堂
印刷・製本　中央精版印刷株式会社

N.D.C.913/367p/15cm　ISBN978-4-591-18149-2

P8101490